마음이 소금밭인데
오랜만에 도서관에 갔다

마음이 소금밭인데 오랜만에 도서관에 갔다

초판 1쇄 발행 | 2004년 7월 29일
개정판 1쇄 발행 | 2014년 1월 15일
개정판 2쇄 발행 | 2014년 2월 13일

지은이 이명원
발행인 이대식

편집주간 이숙
편집 나은심 김화영 최하나
마케팅 임재홍 윤여민 정우경 **디자인** 모리스

주소 서울시 종로구 평창길 329(우편번호 110-848)
문의전화 02-394-1037(편집) 02-394-1047(마케팅)
팩스 02-394-1029
전자우편 saeum98@hanmail.net
블로그 saeumbook.tistory.com

발행처 (주)새움출판사
출판등록 1998년 8월 28일(제10-1633호)

ⓒ 이명원, 2014
ISBN 978-89-93964-68-4 03810

마음이 소금밭인데
오랜만에 도서관에 갔다

이명원

새움

저자의 말

하늘이 와락, 참았던 눈물을 쏟아내고 있다. 장마인 것이다. 그것에 아랑곳없이 팔다리가 가느다란 소년이 두꺼운 한 권의 책을 읽고 있다. 성경책이다. 소년은 지금 '에서와 야곱'에 관한 기록을 읽고 있다. 소년에게 성경은 이해되지 않는다. 오히려 성경을 읽으면서 무정한 신의 편애에 소년은 분노한다. 신의 선택은 언제나 인간적인 사유의 기대치를 배반하고, 넘어서고, 무력하게 만드는 듯하다. 세상도 이해하기 힘들지만, 그런 세상을 만든 신이라는 주재자도 무책임한 존재라는 생각이 든다. 그런 생각을 하는 소년은 어린 시절의 '나'다.

다른 사람은 어떤지 모르나, 내게 한 권의 책을 읽는 행위는 해명되지 않는 삶의 비밀을 풀어가기 위한 질문이었다. 질문거리가 많았으므로, 자연스럽게 나의 독서는 난독亂讀이 될 수밖에 없었다. 낄낄거리며 만화책을 읽다가도, '존재자' 운운하는 하이데거를 읽는 일이 내게는 매우 자연스러웠다. 책읽기란 '나'와 '세상'에 대한 물음 던지기의 일부였고, 그런 방식으로 책을 읽어나가면서 나의 물음은 해소되기보다는 더욱 충만해졌다. 그런 일을 나는 진심으로 즐거워했다.

　내 생각에 좋은 책이란 '답'을 주는 책이 아니라 '물음'을 키워주는 책이다. 그런 책들이야말로 그것을 읽는 독자들에게 '창조적 의혹'을 증폭시켜주고 '자기만의 언어'를 촉구하는 것이다. 이른바 의식의 '각성효과'라는 것이 그것이다. 의혹이 충만할수록 사유의 진폭은 넓어지고 깊어진다. 이 책에 수록된 글들은 의혹으로 충만했던 책과 세상을 읽어가면서, 내가 던졌던 물음표라고 할 수 있다.

　그래도 산다는 일이 때때로 팍팍하게 느껴질 때가 있다. 쓰린 마음에 소금이 뿌려져 그야말로 소금밭이 되는 일도 종종 있는 것이다. 그러나 소금은 얼마나 아름다운가. 한 움큼의 투명한 소금이야말로 가혹한 비바람과 격렬한 태양 아래서 마술적으로 응결된 것, 아니 단련된 것. 사각형의 책들을 순례하면서, 나는 사는 일을 경쾌하게 긍정하는 연습을 했으며, 더 나은 삶에 대한 질문을 거듭 던졌다.

　그 질문의 뿌리는 어디일까. 가끔 나는 그것이 궁금하다.

이명원

1장

산책자의 책읽기

2장

여행자의 책읽기

3장

사색자의 책읽기

1장

산책자의 책읽기

낙서의 아이러니

낙서에도 '세상'이 있다. 공중화장실의 벽과 문에 적혀 있는 낙서들을 볼 때마다 그런 생각에 자주 빠져든다. 청량리나 영등포역과 같은, 사람들로 북적거리는 역사 화장실의 낙서에는 으레 이런 것들이 적혀 있다. "출장마사지, 저렴한 가격" "신장 구함, 절대 안전함". 그리고 여기저기에 욕지거리, 육두문자, 날것의 성욕을 표출한 도색화, 살기 힘들다는 절규 등이 적혀 있다. 공간이 대학의 화장실로 바뀌면, 낙서의 양상도 달라진다. 가장 심각한 것은 역시 취업문제인 듯. 구직의 어려움을 한탄하는 낙서들이 다수를 이루고, 거기에 자신이 다니는 대학이 '일류대'니 '이류대'니 하는 회의로 가득 찬 낙서도 자주 발견된다. "노동해방 만세" "신자유주의 분쇄"와 같은 구호도 간혹 눈에 띈다. 그러나 우리 시대에 이런 낙서들은, 많은 경우 '소수파'의 처지를 면치 못한다.

속초의 '대포항' 방파제 바로 옆에는 소박한 공중화장실이 하나 있다. 물론 그곳 화장실의 문과 벽에도 어김없이 낙서들이 있었다. 그런데 '낙서'의 양상이 조금 특이하다. 출렁거리는 푸른 바다가 마음을 넉넉하게 했던 것일까. 그곳에는 이런 낙서가 적혀 있었다. "꽃

피고 술 익고/ 달 밝자 벗 왔네/ 이같이 좋은 때를/ 어이 그저 보낼소냐/ 내 이 긴 밤을/ 대포항 싱싱회 안주 삼아/ 흠뻑 취해 보리라." 이 '낙서-시'에는 정철의 「장진주사」와 황진이의 "동짓달 기나긴 밤을"로 시작되는 시조의 어조와 모티프가 그런대로 섞여 있다. 흥미로운 것은 대개의 낙서들이 '익명성'을 담보로 종횡무진 '육담'을 풀어놓고 있는 것과 달리, 이 '낙서-시'에는 저자의 '서명'이 뚜렷이 적혀 있다는 것이다. 거기에는 이렇게 적혀 있었다. "시인 안상현". 과문하게도 나는 이분을 모른다. 하지만 이 시를 읽으면, 왠지 모르게 '대포항'의 싱싱회가 그립게 느껴지고, 벗들과의 통음의 즐거움이 마음을 시리게 하는 구석이 있다.

그런데 더욱 흥미로운 것은 이 '낙서-시'에 이른바 '댓글' 격으로 적힌 다음과 같은 또 한 편의 낙서다. 그 낙서는 자못 근엄한 표정으로 '안상현 시인'을 질책하고 있다. 이런 내용이다.

"니가 시인이라고! 화장실에 낙서하는 男일 뿐이다."

남자화장실이니까 '男'이라고 적었겠지만, 아마도 이 낙서를 적었던 사람은 사실 '놈'이라고 적고 싶었을 것이다. 그런데 어떤 무의식이 그에게 '놈' 대신 근엄하게도 한자 '男'으로 적게 만들었을 것이다. 왜 그랬을까? 나는 이런 생각을 해보았다. '시'로 상징되는 '문화적 교양'에 대한 반발감이 그 하나다. 화장실의 '낙서'에조차 굳이 '시인'이라고 밝히는 허위의식을 '무명씨'는 공박하고 싶었던 것이 아닐까. 두 번째 이유는, 그럼에도 불구하고 '무명씨' 역시 얼마간 '교양'에 대한 과시욕이 있었던 것이 아닐까. '놈'이라는 말 대신 한자 '男'

을 표기함으로써, 나도 알 만큼은 아는 사람이라는 것을 그는 말하고 싶었던 것은 아닐까. 그런데 '안상현 시인'을 공박하고 있는 분 역시 "화장실에 낙서하는 男일 뿐"이라는 사실이 나를 미소 짓게 했다. 낙서의 아이러니라고나 할까. 가장 흔한 낙서가 "낙서금지" 아닌가. 이런 생각을 하다가, 나는 갑자기 서글퍼졌다. 제대로 된 낙서 하나 하지 못하고, 다만 복잡하게 그것을 '해석'하고 있는 나의 못 말릴 '직업병'의 아둔함 때문에. 어쩌나, 이것도 낙서일 텐데.

괴물은 보이지 않는다

이외수의 장편소설 『괴물』에는 그 흔한 '작가의 말'이란 것이 없다. 역시 흔해 빠진 '촌평'이나 '해설' 등도 없다. 작품만이 외롭게 놓여 있는 형국인데, 이것은 작가란 오직 작품으로 말할 뿐이라는 작가의식의 결과라는 생각도 해보았다. 『괴물』이라는 제목도 인상적이었다. 사전적으로는 '괴상한 사람'을 뜻하는 괴물은 일반적으로는 인간다움의 덕목에 미달된 '야만'의 이미지와 잘 어울린다. 그런데 역사 속에서 '야만'으로 추방된 그것들이, 실제로는 인간다움의 핵심을 이룬다는 지적이 최근 들어 일정한 설득력을 얻고 있다. 파괴적인 욕망, 비이성, 광기를 포함한 반사회적인, 때때로 탈사회적인 그 요소들이 환기되기 시작하면서, 문명과 이성으로 요약되는 인간다움의 허구성에 대한 논의가 백가쟁명으로 이루어지고 있는 것이다.

그러나 이외수의 소설 『괴물』은 적어도 내게는 매우 실망스러운 작품이었다. 이 소설은 삽화적 구조episodic structure로 되어 있는데, 이 각각의 삽화 속에 거의 50여 명에 가까운 인물들이 등장하여, 사소하다면 사소하고 기이하다면 기이한 사건들을 만들어나간다. 그런데 그 사건들은 삽화적 구조에 걸맞게 매우 단편적이어서, 각각의 다른 사건들과 내적으로 연관되지 않는다. 이 소설의 주인공이라고 할 수 있을 괴물적 존재, 그러니까 소설 속에서 '초생성서'라는 죽음의 바이러스를 유포하고, 독침으로 전생의 원수들을 살육하는 것을 삶의 목적으로 하고 있는 진철은 1권의 초반부에 등장하다가, 이 소설 2권의 후반부에 다시 등장하여, 무예소년 송을태에게 제압당하는 것으로 주인공으로서의 자신의 의무를 다한다.

그는 '초생성서'라는 일종의 살인 바이러스이자 새로운 경전을 인터넷에 유포시키기도 하는데, 그 내용이 지극히 소박할 뿐만 아니라 도대체 그 소박한 내용을 읽고 불특정 다수의 사람들이 죽음에 침잠한다는 설정 자체가 내게는 비현실적으로 느껴진다. 마치 형사 콜롬보처럼 연쇄살인 사건의 단서를 풀어나가는 역할을 담당하고 있는 심리학자의 존재 역시 코믹하기는 마찬가지다. 『괴물』속에 등장하는 인물들은 내게 전혀 괴물적인 존재로 보이지 않는다. 그들은 몇몇 애니메이션이나 출판만화에 등장하는 도착적 인물들의 행태를 비슷하게 반복하지만, 적어도 문학에서 표현돼야 마땅할 '풍요한 내면'을 보여주지는 못한다. 이 단순화된 인물들에게서 '괴물'의 흔적을 찾기란 결코 쉽지 않다. 독자들이 이 소설에서 '괴물'의 출현을 기대한다면, 그 기대는 손쉽게 배반당할 것이다. 『괴물』에는 '괴물'이 등장하지 않으니까.

아, 포장마차

소설가 임영태 씨의 『무서운 밤』에 수록되어 있는 「포장마차」라는 단편소설을 읽다가, 난데없이 '포장마차'에 대한 상념에 빠져들었다. 책읽기라는 것이 그렇다. 눈썹에 힘을 주고 책을 읽다가도, 페이지는 넘어가는데 생각은 전혀 엉뚱한 방식으로 널뛰기를 하는 것이다. '몽상의 시학'이란 말도 있다 하니, 이걸 '몽상의 독서'라고 명명하자.

「포장마차」라는 소설은 썩 재미있다. 얼큰하게 술에 취한 사내의 '내면독백'으로 이어지는 이 소설의 재미는, 소설의 끝에서 제시되는 '극적 반전'에 기인한다. 소설의 화자, 즉 귀가를 미루고 '곰바우'에 닭똥집을 맛나게 먹고 있는 사내는 포장마차의 젊은 주인장에게 지속적인 호의를 드러낸다. 예의 바르고, 성실하고, 게다가 말도 통할 것 같다는 생각이 줄기차게 피력된다. 소주를 한 병 더 시키는데, "이제 그만하시죠? 꽤 드신 것 같아요"라고 젊은이가 말하자 그는 이런 생각을 한다. "역시 허랑한 장사꾼이 아니다. 돈만 밝히는 사람이 아니다." 사내는 이 젊은 주인장과 속 깊은 대화를 나누고 싶어 하지만, 다음을 기약하고 포장마차를 빠져나온다. 참으로 깔끔한

음주 아닌가.

그러나 극적 반전이 그를 기다리고 있다. 포장마차의 젊은 주인장과 마중 나온 그의 동거녀가 포장마차를 정리하면서 대화를 나누는데, 그 대화의 내용이란 게 술 취한 사내의 호의적인 해석과는 철저하게 정반대 아닌가. 이런 내용이다. 동거녀가 묻는다: "그나저나 오늘은 왜 이렇게 늦었어?" 젊은 주인장이 대답한다: "어떤 씨발 놈이 술 한 병 시켜 놓고 계속 죽치잖아." 젊은 동거녀의 촌철살인에 가까운 종합평가는 이렇다: "막차로 진상이 걸렸구나?" 이것은 취기에 얼큰해진 사내의 젊은 주인장에 대한 호의가 어김없이 배반당하는 풍경이지만, 상황을 서술하는 작가의 태도는 익살이 넘치고 게다가 의뭉스럽기까지 하다. '기대의 전복을 통한 파안대소의 효과'랄까. 그런 노련한 골계미가 이 소설을 잘 읽히게 만든다.

그리고 이런 회상. 포장마차를 보면 사람들은 '술'을 상상하지만, 나는 이제는 사라진 '카바이트'가 뿜어내던 '냄새'를 떠올린다. 특히, 유쾌하기보다는 서글픔에 가까운 카바이트의 독특한 냄새를 떠올리다 보면 다소 우울한 표정의, 팔다리가 가느다란 어느 소년이 생각난다. 그 소년은 '나'의 과거다. 지금 생각해보면, 소년은 선구적인 '홈리스'의 일원이었다. 홀린 듯 집을 나와 낯선 새벽 거리를 배회하곤 했던 이 소년에게, 주인마저 떠난 새벽 거리의 포장마차는 '길 위의 집'이었다. 기다란 포장마차의 의자 위에, 겁에 질린 몸을 의탁했던 '가출소년'에게 알싸한 카바이트 향은 기묘한 슬픔으로 침전되곤 했다.

오랜 가출에서 돌아오면, 선량했던 부모님은 모진 매질로 내게 묻곤 했다. "너 커서, 도대체 뭐가 되려 그러니?" 어려운 질문이었으므로, 나는 침묵했다.

아버지와 『진보정치』

어린 시절 곧잘 불렀던 노래 중에 〈아빠와 크레파스〉라는 것이 있었다. "어젯밤에 우리 아빠가/ 다정하신 모습으로/ 한 손에는 크레파스를/ 사가지고 오셨어요/ 음–음". 아마 이렇게 시작되는 노래였을 것이다. 이 노래를 부를 때면, 왠지 가슴이 서늘해졌다. 다 그런지는 모르겠지만, 적어도 한국의 젊은이들에게 대략 현재 60대를 넘어선 아버지의 이미지는 '천국'과 '지옥'의 사이, 그러니까 천주교의 개념을 활용하자면, 어떤 '연옥'의 불편함을 상기시키기 때문이다. 연옥의 아버지라는 현실의 이미지와 늦은 밤 크레파스를 사오시는 다감함 사이에는 연옥보다도 깊은, 이런 표현이 가능하다면, 이해하기 힘든 '벼랑'이 있다.

그 '벼랑'에 다리를 건설하는 것은 이미 성장해버린 나에게도, 더이상 변화라곤 가능할 것 같지 않은 아버지에게도, 적어도 이성적으로는 지극히 어려운 일이다. 그러나 살다 보면 뜻하지 않은 감성의 진동이 그것을 가능하게 할 때가 종종 있다.

어느 폭설이 내리던 겨울날 새벽, 술에 취해 무력하게 고개를 떨군 아버지를 길 위에서 우연히 발견한 적이 있다. 그날의 나 역시 쓰린 속에 술이 들어가 고달픈 심정으로 집으로 돌아가고 있었을 것이다. 폭설은 내리는데, 넥타이를 맨 노신사와 운동화를 질질 끌고 가는 술 취한 아들이 길 위에서 무턱대고 조우해버렸으니, 난감하기 짝이 없었다. 취한 아들이 취한 아버지를 일으켜 세우는데, 취한 아버지가 역시 취한 아들을 예고도 없이 끌어안았다. 감정표현을 지극히 절제하는 예의 '연옥의 아버지'의 이런 행동에, 내가 적잖이 당황했을 것은 분명하지만, 역시 취해버렸던 나는 아버지의 크고 두툼한 손을 창백하기 그지없는 내 손에 꽉 그러쥐었다. 가로등에 비친 눈발이야말로 가장 아름답구나. 이렇게 웅얼거리면서.

얼큰하게 술에 취한 아버지는 간혹 맥락 없는 이야기를 하시곤 해 나를 긴장시킨다. 가령 자신은 죽음이라는 현상이 무엇인지 이해하기 어렵기 때문에, 다시 태어나면 철학자가 되고 싶다는 발언이 그 가운데 하나다. "너는 문학을 하니까, 꼭 한번 죽음에 대해 소설을 써보도록 해라." 이런 말씀을 하실 때면, 나는 영문도 모르는 척, "아버지 저는 소설가가 아니라 평론갑니다"라는 식으로 너스레를 떨곤 하지만, 대수롭지 않은 상황에서 튀어나오는 '죽음'이라는 단어는 아버지의 내면을 엿본 것 같아 불편하기 짝이 없다.

지난주 지인들과의 어느 술자리에서 나는 아버지에 대한 새로운 사실을 하나 알게 되었다. 아버지가 민주노동당 기관지인 『진보정치』를 자주 읽는다는 것이 그것인데, 이러한 사실 역시 나를 엉뚱한 충격으로 몰고 갔다. '아빠와 크레파스'도 내게는 낯설기 짝이 없지만, '아버지와 진보정치'라는 것은 거의 충격에 가깝다. 내 아버지의 정치적 성향이 『진보정치』를 읽게 만든 것이었을까. 아무래도 그런 가정은 설득력이 떨어진다. 지인의 말에 따르면 『진보정치』에 연재되는 내 글도 스크랩을 한다고 하시던데, 그렇다면 지금 쓰고 있는 이 글도 읽으시려나.

그날 밤, 어떤 서늘한 느낌 때문에 도무지 잠을 이룰 수 없었다.

누이 콤플렉스, 어떤 글쓰기의 기원

고종석은 젊음의 많은 시간을 기록하는 자, 곧 기자記者로 살았다. 『기자들』이라는 제목의 그의 장편소설에는 전직 기자 고종석의 과거가 고스란히 고백되고 있다. 그가 기록하는 자였을 때, 그의 문학기사들은 나와 같은 문청들을 자주 매혹시켰다. 그러던 그가 소설가가 되었고(『기자들』 말고도 『제망매』라는 창작집을 출간한 바 있다), 언어학자로서의 예민한 탄성을 지닌 책의 저자가 되었으며(『감염된 언어』에 실린 「우리는 모두 그리스인이다」를 나는 경탄 속에서 읽었다), 루소적인 에세이스트로서 글쓰기를 계속하고 있다. 그는 기록하는 데서, 표현하고 성찰하는 자리로 그의 펜을 이동시켰다.

그의 펜은 유려한 무늬를 가졌다. 이번에 낸 책의 제목은 『자유의 무늬』다. 무늬는 파문이며, 그것은 내부로부터 외부로 유연하게 원심운동을 지속하는 힘의 결과다. 고종석의 자유, 사유, 열망은 그가 '쓰레기'라는 표현을 거침없이 쓸 때조차도 아름다운 무늬를 지니고 있다. 그의 문체 속에는 죽은 김현(그는 백낙청이나 정과리의 책을 즐겨 읽었다고 고백하지만)의 그림자가 어른거리고 있지만, 그가 말하는 '자유'는 김현의 그것보다 한층 탄력적이다. 투쟁하지 않는 '가짜' 자유의 문제를 예리하게 자각하고 있다는 점에서 그렇다.

나는 고종석의 에세이를 읽으면서, 단 한 번도 실망해본 적이 없다. 그의 글 속에서 표출되는 생각들이 나의 그것과 충돌할 때도 있지만, 또 어떤 과잉 서정적인 고백들이 건조한 나를 불편하게 할 때도 있지만, 그 충돌과 불편함조차도 그의 글은 넉넉하게 껴안는다. 그 넉넉함은 아무래도 어조의 편안함, 글을 쓰는 '저자'나 그것을 읽는 '독자'나 삶의 낭패감이란 차원에서는 별다를 것이 없다는 위로에서 오는 듯도 하다.

이 책에서 그가 주장하고 있는 내용물들을 미련하게 요약하지는 않겠다. 전라도, 소수자, 〈조선일보〉에 대한 그의 생각들보다는 오히려 탤런트 허영란에 대한 호감을 나는 즐겁게 읽었기 때문이다. 그것은 고종석의 글쓰기의 비밀이 '누이 콤플렉스'라고 명명할 법한 '아니마 지향성'에 있다고 판단되기 때문이다. 나는 그의 의식보다는 무의식에 관심이 있고, 시간에 풍화되지 않는 좋은 글들이란, 대개 그것을 감추면서 드러내는 미묘함에 있다고 생각하는 편이다. 그의 책이 많이 팔렸으면 좋겠다. 이것은 비평가가 할 수 있는, 익숙하지 않은 최대의 찬사이다.

내 안의 소금밭

마음이 소금밭인데, 오랜만에 도서관에 갔다. 서가에 꽂혀 있는 오래된 책을 보면 안심이 되기 때문이다. 오래된 책들에서 나는 서늘한 냄새가 그리웠기 때문이다. 할 수 없이 제법 '오래된 인간'이 되어버린 나, 별 수 없이 '무화과'의 삶을 살고 있는 것은 아닌가 하는 불안, 그런 향기 없는 젊음의 대피소가 기껏 도서관의 지하서고였다. 습기와 책 먼지로 가득한, 어두운 지하 2층의 서고에서 허균의 산문집을 읽었다. 과거에 이미 다 읽어보았던 것인데, 그게 그렇게 새롭게 읽혔다.

허균은 혁명을 꿈꾸었을까. 그렇다고도 하고, 아니라고도 한다. 사실이야 어쨌건, 반역을 모의했다는 죄로 대로에서 철퇴에 맞아 죽은 허균의 삶은 비극적이다. 그가 죽은 형식은 비참하기 짝이 없지만, 살아서 그가 썼던 글들은 웅변적이다. 당대의 상황맥락을 고려하면, 허균은 대체로 반체제적 문사였다. 명망가의 특권을 누릴 수 있었음에도 불구하고, 허균은 서출을 포함한 당대의 불우인들과 광범위하게 교유했다. 그는 역시 서출인 방랑시인 손곡 이달을 스승으로 삼았다.

허균의 다양한 형식의 산문에는 당대의 지배층에 대한 분노와 정치개혁의 프로그램이 잘 드러나 있다. 특히 위정자는 민중을 두려워해야 한다는 경고는 지금 읽어보아도 절실하게 들린다. 그러나 그의 산문에 분노만 있는 것은 아니다. 그 분노의 배후에 있는 또 다른 목소리, 즉 몰락하는 자기 삶에 대한 절제된 연민, 미래로 지연된 희망에 대한 위로, 날것의 불안과 동시에 진술되는 도도한 자신감을 거기서 읽을 수 있다. 내게는 이런 발언이 특히 울림이 컸다. "관 뚜껑을 닫기 전까지 대장부는 죽은 것이 아니다." 허균은 대장부였을 것이다. 그가 봉직과 파직을 반복하면서 속으로 외쳤을 이러한 진술 속에는, 몰락이 불가피한 자기 운명에 대한 결연한 투쟁의 태도가 잘 드러나 있다. 그러나 칼바람은 결코 허균을 비켜가지 못했다. 허균의 뜨거운 분노에도 불구하고, 정권에 의해 제거되었거니와.

문인으로서도 허균은 혁신적인 사고의 소유자였다. 그는 조선의 시단이 당송의 시법을 무비판적으로 추종하고 답습하는 것에 반발했다. 그는 '자기만의 언어'를 쓰지 못하는 문사란 '앵무새' 같은 존재에 불과하다는 일침을 가했다. 그는 지식인들의 현란한 '문어체'에 대해서도 경고를 보낸다. 명료한 '구어체'의 힘찬 언어를 그는 존중했고, 실제로 그런 글을 썼다.

마음이 소금밭인데도, 되도 않는 글을 써야만 한다는 것은 괴로운 일이다. 고통으로 속이 꽉 찬 개그맨이 사람을 웃겨야 된다는 아이러니가 그런 걸 거다. 내 안의 소금밭을 부지런히 갈기 위해서라도, 그 짜디짠 인생에 정직하기 위해서라도, 당분간 나는 글을 쓰지 않기로 했다. 그러나, 허균의 말을 약간 비틀어 말하자면, '붓두껍'을 닫는다고 해서 문인이 죽는 것은 아니다.

주마간산 책읽기의 묘미

책을 읽는 일이 직업이 되다 보니, 종종 책읽기가 곤혹스러울 때가 있다. 이를테면 의무감이 나를 불러 책상에 앉게 할 때라든가, 적지 않은 시간 동안 공을 들여 책을 읽었으나, 그 책이 도대체가 내게 아무런 지적·정서적 자극을 주지 못했다는 것을 확인하게 되는 순간이 그러하다. 그럴 때, 제법 품위 있게 우리가 '독서'라고 명명하는 그 행위는 여타의 '소외된 노동'과 궤를 같이하는 불편한 시간으로 전락한다. 그런데 이와는 정반대의 체험에 빠져들 때가 있다. 아주 짧은 순간이긴 하지만, 어떤 책의 페이지를 무심히 들추는데, 거기서 자기의 마음과 딱, 공명하는 문장들을 발견했을 때의 즐거움이 그렇다. 책읽기에도 어떤 '계시의 체험'이 존재하는 것처럼 느껴질 때.

재독 철학자 송두율의 『경계인의 사색』이라는 책을 읽다가, 나는 그런 문장과 조우하고 깊은 생각에 빠졌던 적이 있다. 그 문장은 매우 평이하고 단순했지만, 그것이 나의 내면에 불러일으킨 호소력은 의외로 강렬한 것이었다. "별로 읽히지 않을 것 같은 책을 그래도 써야 하는 의무감과 당위성을 함께 발견할 수 있었기 때문이었다." 왜 이 별스러울 것도 없는 문장이 나에게 강렬한 호소력을 발휘한 것일까. 생각해보니, 나라고 하는 사람이야말로 "별로 읽히지 않을 것 같은 책"을 쓰는 부류의 사람이었기 때문이다. 송두율과 같이 뛰어난 학자이자 사색가의 책도 읽히지 않는 판인데, 딱딱할 뿐만 아니라 실용적으로는 전혀 효과적인 기여를 할 수 없는 책을, 과연 어떤 사람들이 읽는단 말인가. 독자들이 점점 사라져가는데, 도대체 "별로 읽히지 않을 것 같은 책"을 쓰는 나는 무엇이란 말인가. 아마도 이런 생각이 송두율의 문장에 눈길을 머물게 했을 것이다.

메이지 시대 일본의 계몽사상가였던 후쿠자와 유키치의 『학문의 권장』을 읽다가 경쾌한 정서적 자극을 경험했던 때가 있다. 이런 문장들 때문이었다. "학문에 뜻을 두었다면 학문에만 전념해야 한다. 농업을 한다면 대농이 되라. 상업을 한다면 대상이 되라. 학자들은 사사로운 일에 얽매여서는 안 된다. 낡은 의복과 소박한 음식, 그리고 추위와 더위도 아랑곳하지 말고 벼도 찧으며 장작도 패라. 벼를 찧으면서도 학문은 할 수 있다."

학문하는 자의 태도에 대해 설파하고 있는 후쿠자와의 문장들은, 사실 빼어나게 아름답지도 그 사상이 독창적인 것도 아니다. 사실 이런 종류의 언설은 조선 후기의 이른바 실학파 지식인들에 의해 반복적으로 제기되고 실천된 바 있으므로. 그들은 뜻한 바 학문을 하기 위해 도자기를 구웠고, 야산에 조림을 해 나무도 팔았으며, 몇몇 사람들은 자신의 저작을 팔아 생계를 도모하기도 했다. 말 그대로 "벼를 찧으면서도 학문은 할 수 있다"는 것을 증명한 셈이다.

내 마음의 소리통을 공명시켰던 송두율과 후쿠자와 유키치의 문장들. 아마도 그것은 내 마음의 무늬를 또렷하게 반사해준 거울과도 같은 문장들이었을 것이다. 가난하게 글을 쓰고 책을 엮지만, 사람들은 그 책을 별로 읽지 않는다. 그러나 읽고 쓰는 일은 '즐거운 고통'이고, 아마도 나는 그것에서 자유로울 수 없을 것이다. 주마간산의 문장 산책을 하며, 나는 이런 생각에 종종 잠겼다.

시적 비전과 산문적 폭력

서울의 인사동에는 '귀천'이라는 한 평범한 찻집이 있다. '하늘로 돌아가다'라는 뜻의 이 상호는 지난 시대의 김종삼, 박용래 등과 함께 뛰어난 서정시인 가운데 한 사람이었던 고 천상병 시인의 대표작의 제목이기도 하다. "나 하늘로 돌아가리라/ 새벽빛 와 닿으면 스러지는/ 이슬 더불어 손에 손을 잡고,// 나 하늘로 돌아가리라./ 노을과 함께 단둘이서/ 기슭에서 놀다가 구름 손짓하며,// 나 하늘로 돌아가리라./ 아름다운 이 세상 소풍 끝내는 날,/ 가서 아름다웠더라고 말하리라." 전혀 어렵지 않은 정갈한 한국어로, 죽음이라는 무거운 주제를 경쾌하고 유연하게 표현한 좋은 작품이다. '노을'과 '이슬', 그리고 '기슭'과 같은 단어로 가뭇없이 소멸하는 인생사를 암시하고, 이 땅에서의 고통스러웠을 삶을 '소풍'에 비유하면서, 죽음을 두려움이 아닌 편안한 귀향으로 형상화하고 있는 솜씨는 지금 읽어도 담백하다.

그러나 이렇게 아름다운 서정시를 즐겨 썼던 천상병 씨조차도 충만한 아름다움의 주인공이 될 수는 없었다. 이 시가 발표되기 3년 전, 그러니까 1967년에 초월주의자이자 서정주의자였던 천상병 씨는 엉뚱하게도 이른바 '동백림 사건'에 연루되어, 모진 전기고문을 받고 6개월간의 수형 생활을 하게 된다. 이 고문의 체험은 한 시인의 육체뿐만 아니라 정신에도 커다란 상흔을 남긴다. 수형 생활에서 풀려난 천상병 씨는 극도의 우울증과 고문 후유증, 알코올중독과 영양실조로, 어느 날 거리에서 쓰러진다. 이후 행려병자로 분류되어 서울시립정신병원에 입원했으나, 오랫동안 이 사실을 알지 못했던 지인들이 그가 사망한 것으로 판단해 유고시집 『새』를 발간하기에 이르는데, 이로써 천상병 씨는 생전에 유고시집을 발간한 전무후무한 문학사적 사건의 주인공이 되기도 했다.

천상병 씨의 경우가 우리에게 상기시켜주는 것은 '서정시를 쓰기 힘든 시대'의 비극이 한 사회의 '산문적 폭력성'과 밀접한 관련을 맺고 있다는 점이다. 과거 한국사회에서의 산문적 폭력성은 군사독재 정권에 의해 자행되었지만, 군사독재가 청산된 오늘날의 현실이 과거에 비해 덜 폭력적이라고 볼 수는 없다. 분배정의를 실현하지 못하고 있는 자본에 의한 폭력은 물론, 인간과 자연의 생존을 근본적으로 위협하는 생태학적 위기, 과학기술의 발전이 초래할 디스토피아적 미래, 그리고 지금도 지구 곳곳에서 벌어지고 있는 인간에 의한 인간의 살육 등은, 오히려 '서정 말살의 징후'를 드러내고 있는 듯하다.

이 '서정 말살의 시대'에 한 편의 아름다운 서정시를 읽는 것은, 마치 지층 깊숙이 파묻혀 있는 유물을 발굴하는 일과도 같이 고단하다. 그래서일까, 시집을 읽다 보면 흔하게 만나게 되는, 도사연하는 많은 생태시들은 지구가 아닌 안드로메다 성운의 어느 별에서 발표된 시처럼 느껴질 때가 종종 있다. 그것은 오늘날 우리가 살고 있는 이 땅의, 아니 지구적인 현실이 '시적 비전'을 경멸하고 또 압살하는 방향으로 흘러가고 있기 때문이다.

2003년 4월 28일은 고 천상병 시인의 10주기였다.

기묘한 아이러니를 가진 흥미로운 에세이

에세이야말로 글쓰기의 순금 부분이라고 나
는 생각한다. 그것을 가능케 하는 것은 무제한문의 형식이 가능한
'자유'에서 온다. 에세이는 자유의 형식이다. 이 자유의 형식을 통해,
글을 쓰는 자는 내밀한 쓰기의 모험을 전개한다. '나'로 수렴되는 것
을 두려워하지 않으면서, 내 바깥의 세계에 대해 개진하는 자유의
모험, 그것이 에세이다. 장정일의 『생각』은 이 에세이 정신에 충실한
한 아웃사이더의 단상을 담고 있다. 나는 장정일이 문학판의 김기덕
과 유사한 '야성'을 드러내는 작가라고 생각한다. 그만큼 장정일의
글쓰기는 그것을 읽는 자를 불편하게 하면서, 소위 우리가 상식이
나 통념이라고 생각하는 것의 '허위의식'에 대해 불편한 반성을 이
끌어내는 것이다.

이번 책에서 나는 '매문賣文'에 대한 장정일의 견해를 읽는 일이
불편했다. 생각해보니, 장정일의 관점에서 보자면, 나는 '매문'에 대
한 자의식은 있으나, 연약하게도 그것을 실천해오지 못한 자이기 때
문이다. 비자발적 글쓰기에 대한 장정일의 명쾌한 자기반성은, 그것
을 반성하지 못했거나 회피했던 나의 안일함을 추궁했다. 쓴다는

일 역시 때로는 관성이 되기도 하는 것이다. 불편함이란 말이 무슨 뜻인지도 모르면서, 우리는 불편함에 대해 글을 쓸 수 있다. '아무 뜻도 없어요'라는 제목을 장정일은 자신의 산문 제목으로 사용했다. 이 말은 그의 글쓰기가 독자에 대한 '계몽'을 고려하지 않는 지점에서 시작되고, 끝난다는 것을 의미한다. 그런데 오히려 그의 글을 읽는 독자들은 스스로를 '자기 계몽'의 시험대 위에 올려두게 된다. 기묘한 아이러니이다. 이번 책에서 가장 빛나는 부분은 이른바 사회비평에 해당하는 글들에서였다고 나는 생각한다. 가령 장정일의 산문을 읽으면서 나조차도 미국의 '국기'를, 왜 한국인들은 '성조기'로 부르고 있는 걸까, 하는 의문에 빠졌다. 예리하고, 정확하고, 상상력이 뛰어난 문제의식과 지적들이 유쾌하게 서술되고 있다. 흥미로운 책이다.

문체와 성정

멋 부린 문체라는 것이 뻔히 보이는 글을 읽기에 내 인내심은 걸맞지 않다. 기형도의 어조를 흉내내, 잘 있거라, 짧았던 읽기여! 이렇게 말하고 싶어지는 것이다. 느낌표가 따발총으로 이어지는 문장들을 발견하면, 숨 가쁘기보다는 안쓰러워진다. 전혜린이 살던 시대에나 어울릴 법한 새벽의 감상은, 역시 완연한 올드 패션인 것이다. 소설가 김훈의 문체를 아름답다고 하는 사람은 많으나, 그 아득한 뱀을 연상하게 만드는 문장들은, 언어적 페티시즘이다. 적어도 소설은 문체의 충만을 넘어서는 곳에 존재한다.

문체가 아름답다는 말처럼 무의미한 것은 없다. 어떤 문장의 덩어리들이 찬연한 밀도로 우리들에게 육박해 들어오는 것은, 그 문장들을 둘러싼 '맥락들'에 의존하기 때문이다. 조선조의 반역 도당의 일원으로 잔인한 죽음을 맞아야 했던 허균은 구어체의 명료하고도 힘찬 문장을 신뢰했다. "관 뚜껑을 닫기 전까지 대장부는 죽은 것이 아니다." 허균은 이런 문장들을 선호했다. 장식적인 수사에 대해서는 신념에 가까운 혐오를 자주 피력했던 허균의 문체가 내게 깊은 울림을 주는 것은, 그 문체의 단호함을 맥락화하고 있는 삶의 강건함 때문이다. 문체와 성정의 혼연일체처럼 감동적인 것은 없는 법이다.

고종석을 포함하여 많은 문사들에게 문체론적으로 영향을 끼친 비평가는 '김현'이다. 그의 문장이 후대의 문사들에게 얼마나 강렬한 영향을 끼쳤으면 혹자는 '김현체'라는 말을 쓰기도 한다. "아파라" "놀라워라" "괴로워라" 식의 정서적 어사를 지뢰처럼 문장 속에 배치하는 것에 능란했던 이 비평가는, 그의 사후에 출간된 일기에서 동료이자 선배이기도 했던 비평가 김윤식의 문체를 '과잉 서정적'이라고 비꼰 적이 있다.

그런데 내가 선호하는 문체는 김현이 아닌 김윤식의 것이다.

"벗이여, 여행이란 이런 것이 아니겠는가. 코뿔소도 아니고 호랑이도 아닌 것들의 들판 헤매이기를 세 번 반복하기. 바야흐로 등불이 켜지고 있는 마을을 함께 지켜보기. 아득한 울림이자 선연한 헛것 속에 함께 서 있기."

"선연한 헛것"인 인생 앞에서의 과잉 서정성이란, 허무하기 짝이 없는 삶을 문장을 통해 보상받고자 하는 심리를 노출한 것이 아닐까. "낯선 신" "황홀경" "선연한 헛것" 등을 찾아가는 그의 기행문들에 등장하는 문장들이 기묘한 마력을 발휘하는 것은, 허균과는 다른 방식으로 허무의 진정성을 체득하고 있기 때문이다. 이 역시 문체와 성정의 혼연일체가 아닐 수 없다.

지그문트 프로이트가 아름다운 문체의 소유자라는 것을 알고 있는 사람은 그리 많지 않은 듯하다. 번역되었음에도 불구하고 여전한 밀도를 유지할 수 있는 문장은 흔치 않다. 프로이트가 바로 그런 예에 속한다. 프로이트 문체의 특징은 '가정법'과 '자기확신'에 있다. 그는 그의 책을 읽는 모든 독자들이 자신의 주장을 결코 믿지 않으려 한다는 '가정' 속에서 문장을 시작한다. 프로이트 당대에 도대체 누가 '무의식'과 '성욕'의 관계를 믿으려 했겠는가. 이런 예를 생각해보자. 저것은 또 어떤가 식의 문장들이 자주 나타나는 것은 이런 까닭이다. 가정법으로도 안 될 때, 그의 문장은 돌연 예언자적 확신과 신념의 언어로 널뛰기 한다.

"진실이란 관용적일 수 없으며, 타협과 제한을 인정할 수 없고, 과학적 연구는 그 자체로서의 모든 분야의 인간활동을 그 대상으로 하고 있으며, 그의 영역을 침범하려고 하는 어떤 다른 힘에 대해서도 비타협적인 비판적 태도를 견지해야 하는 것이다."

이 가쁜 호흡의 간명함과 단호함은 얼마간 허균의 문체와 유사하고, 특히 칼 마르크스의 남성적 서정성과 상통한다. 문체 속에 '뼈'가 있는, 이 대리석처럼 단단한 문장들을 접할 때마다, 나는 내 문체와 성정의 나태에 대한 자기비판을 서슴지 않는다.

네 꿈을 펼쳐라

봄이 오면 고등학교 3학년이 되는 조카가 상경했다. 방학 동안 서울에 있는 '입시학원'에 다니면서, 학교에서 배우지 못한 '경쟁력'을 확보하겠다는 것이 상경의 이유였다. 자식을 서울로 올려보낸 누이의 생각은 그랬지만, 아무래도 내 조카의 의중은 다른 데 있었던 듯싶다. "서울에 있는 동안 연극을 꼭 보고 싶어요." 연극이라고?

학력고사 체제였던 내 고3 시절이 떠올랐다. 그때 내 친구들은 모두 대학입시라는 '전쟁터'에 참전해야 될 군인처럼 무표정했지만, 나는 희희낙락했다. 나는 '모범생'과는 거리가 먼 학생이었지만, 그렇다고 해서 '문제아'도 아니었다. 그때 내 꿈은 남성합창단의 지휘자가 되는 것이었다. 고3 때 내가 제일 주력한 일은 '입시공부'가 아니라, '악보수집'이었다. 이곳저곳의 악보사를 돌아다니며, 제법 희귀하다 싶을 합창악보를 수집했다. 일면식도 없는 어느 지휘자의 댁을 찾아가, 언젠가 연주회에서 들었던 감동적인 곡의 악보를 보여달라고 졸라대기도 했다. 음반은 존재하는데 악보는 도저히 찾을 수 없는 곡도 있었다. 그럴 때면 반복해서 음반을 듣고 그것을 오선노트에 채록하기도 했다.

그해 여름에는 한 방송사가 주최하는 '청소년 가요제'에 참가하기도 했다. 지금은 공군장교가 되어 있는 한 친구가 '작곡'을 하고 내가 '작사'를 했다. "오 그대 흰 백합화" 운운하는, 딱 청소년기에 알맞은 정서와 음조로 된 그 곡으로 입상을 하지는 못했지만, 우리가 만든 음악이 관객들 앞에서 연주되었다는 사실만으로도 그것은 희열의 체험이었다.

그랬던 내가 대학에 간다면 당연히 음대를 갔어야 할 것이지만, 또 실제로 음대를 가기 위해 '레슨'을 잠시 받기도 했지만, 나는 결국 음대 진학을 포기했다. 그 가공할 레슨비를 감당할 만큼 집안 사정이 넉넉지도 않았거니와, 진정한 예술은 '프로 정신을 지닌 아마추어'에 의해 가능할 수 있다는 예술관이 그런 선택을 하게 했다. 그해 대학입시에서 나는 낙방했다. 음악에 빠져 지냈으니 그것은 당연한 결과였다. 그러나 나는 후회하지 않았다.

연극을 보고 싶다는 조카가 한 달간의 서울생활을 마치고 고향으로 내려가기 전날 우리는 함께 연극을 관람했다. 조카는 무척 즐거워했지만, 나는 속으로 "얘가 연극에 빠져 입시공부에 소홀하면 어쩌나" 하고 불안해했다. 왜 나는 이렇게 옹졸해진 걸까. 한국사회에서의 대학입시 제도란 것이 신분재생산의 확실한 거점이라는 사실을 알아버린 어른의 비애 때문이 아니었을까.

'파리 올레'를 걷는 사색자

철학자 비트겐슈타인은 언어의 변화를 도시의 비유를 통해 설명한 적이 있다. 고대의 시간과 중세 그리고 현대의 시간이 도시의 건축물 안에 잡거하는 것처럼 언어 역시 그렇게 누적된 시간의 흔적을 보여준다는 것이다. 그러나 시간의 동시적 현존이라는 이 도시의 비유는 서울에서 통용되지 않는다.

사실 서울은 기억 상실의 도시다. 서울은 언제나 영원한 현재만을 구가하는 것처럼 보인다. 그러면서도 현재는 언제든 미래를 향해 밀려나면서 잿더미로 솟아오르는 끝없는 파괴의 흔적을 거느리고 있다.

오늘의 서울은 한국전쟁을 거치면서 완전한 잿더미에서 다시 시작한 도시다. 그러나 기억의 파괴는 전쟁만을 통해서 진행된 것은 아니다. 이른바 근대화 프로젝트에 기반한 서울의 도시계획과 재개발, 그리고 정권이 바뀔 때마다 시행되는 도시디자인 프로젝트는 서울의 기억상실증을 더욱 깊게 한다. 근대화 역시 전쟁의 연장인 것이다.

특정한 공간이 인간의 실존적 의식과 내연의 관계를 맺음으로써 가능해지는 것이 장소의식이다. 그러나 서울에서 이러한 장소의식을 발견하는 것은 어렵다. 끝없는 파괴와 건설만이 지속되는 대도시에서 인간의 삶이란 그런 건축물의 운명과 비슷하게 파괴되기는 하지만, 새롭게 개조될 수 없는 운명이라는 점에서는 난민과 다를 것이 없다. 이런 난민에 가까운 일상인에게 산책이란 얼마나 호사스러운 몽상인가.

정수복의 『파리를 생각한다』는 파리에 대한 책인 동시에 산책에 대한 몽상으로 충만한 인문지리서다. 파리 유학 시절을 거쳐 서울로 귀환했다가 다시 파리로 돌아간 저자에게 파리는 산책자의 몽상으로 충만한 기억의 보물창고다. 그는 파리 지도 한 장을 책상에 붙여놓고, 일용할 양식처럼 파리의 각 구역을 산책하면서, 파리라는 도시의 육체를 상상하고 관조한다.

그는 우리에게 산책자가 될 것을 권유한다. 그러나 산책자가 되기 위해서는 다음과 같은 자질을 갖춰야 한다고 말한다. 목표 달성을 위한 얼음 같은 계산과 강한 성취동기는 산책자의 자질과 거리가 멀다. 남보다 더 많은 것을 보아야겠다는 경쟁심리도 버려야 한다. 진정한 산책자는 주류 질서에서 일정한 거리를 유지하면서 비판적 거리를 취할 능력을 갖춰야 한다고도 말한다.

중요한 것은 체제가 요구하는 속도를 거슬러 자신의 완만한 삶의 리듬을 찾는 일이다. 그것은 실용적 목적이 없는 순수한 걷기에 자기 몸의 리듬을 체화하는 일이다. 이런 리듬을 체화하는 것은 물론 쉬운 일이 아니다. 지금 이 순간에도 많은 사람이 파리를 찾지만, 그들은 이 박물관에서 저 미술관으로, 이 음식점에서 저 호텔로 옮겨 다니며 숨 가쁜 속도경쟁을 반복할 뿐이니까.

그렇다면 파리가 아닌 서울에서 산책은 가능한가 하고 나는 이 책을 읽으면서 물어보았다. 기억 상실의 도시이긴 하지만, 유독 서울에서만 그것이 불가능할 리는 만무한 것이다. 그러나 오늘의 서울 사람들은 서울을 산책의 도시로 간주하지 않는다. 지리산의 숲길과 제주도의 올레길을 산책하는 일, 더 멀리는 남미에 있다는 순례자의 길조차도 마다하지 않고 걷는 도시인에게 서울은 무엇인가. 횡단보도 앞에서 마치 전력 질주를 기다리는 선수처럼 긴장하는 도시인의 표정은 무엇을 보여주는가.

뼈근한 슬픔, 성숙한 소설

"너무 사랑하면 너무 무서워진다." 이 문장의 주어는 소설가 공지영이다. "우리는 모두 어디로 와서 어디로 가는지 모르고 있나이다." 이 문장을 읊조리는 것은 알쏭달쏭한 우리 인간들이다. 한동안 이 땅의 소설들을 가능하면 읽지 않았다. 그런 때도 있는 것이다. 낡은 인물들, 방만한 사건들, 그리고 아무 개성 없는 어린 여자 아이와 남자 아이들이, 하릴 없이 심각한 표정을 짓고, 또 별것 아닌 섹스를 하고, "아, 뭔지 모르겠어", 그리고 껌 씹는 표정으로 나른하게 누워 있었던 한 시대의 그 소설들을. "쿨? 지랄하고 자빠졌네." 이런 말을 썼던 한 작가의 일갈이 후련했다.

『별들의 들판』을 읽던 어느 대학도서관의 칸막이 아래에서, 나는 자꾸 눈시울이 뜨거워졌다. 머지 않아 세월의 한 문턱에 다다를, 한 늙지도 그렇다고 젊지도 않은 눈물샘에 오랜만에 물이 들기 시작했던 것이다. 「빈 들의 속삭임」을 읽다가 불편해졌다. "때때로 나는 엄마 없는 아이 같아"라는 문장은, 내가 가끔 부르는 '니그로 스피리처'였는데, 그 노래가 소설에서 울려 퍼졌다. "내게 강 같은 평화"로 시작되는 찬송가를 나도 열심히 불렀는데, 베를린의 한 사내가 그 노래를 부르고 있었다. 서늘했다. 가끔 들러, 낡은 탁자 위에서 맥주 병을 쓰러뜨리던 신촌의 한 카페, 「섬」의 여주인공이 비빔밥을 비벼 먹던 그곳이, 아, 그곳이었다. 그리고 갑자기 나는 고개를 들 수 없었다. 『별들의 들판』을 읽다가, 나는 자주 페이지를 접고 심호흡을 했던 것인데. 소설이 무섭다는 생각이 들 때, 그러나 사실은 어둔 뒷골목에서 스윽, 칼을 디미는 일이 삶이라는 것, 그게 소설보다 무섭다는 것, 그런 생각이 오랜만에 나를 흔들었는데, 수연이 때문에 많이 울었다. 그녀를 이해할 수 있을 것 같았고, 미안하게도, 그런 상황을 뻔뻔스럽게 알 것 같다고, 생각하는 내가 오랜만에 철딱서니 없이 보였다. 신파가 아닌 '뻐근한 슬픔', 그게 이 소설이고 내가 다시 한국소설을 읽어야겠다고 결심한 이유였다. 성숙한 소설.

발로 차주고 싶은 아쿠타가와상

　　문학상 수상작이라고 해서 안심해서는 안 된다. 외국의 경우라고 해서 예외가 아니다. 이런 생각은 아쿠타가와상 수상작인 와타야 리사의 『발로 차주고 싶은 등짝』을 읽으면서 절감했다. 이 소설의 작가인 와타야 리사는 만 19세에 아쿠타가와상을 수상해서 화제가 된 바 있다. 그토록 어린 나이에 아쿠타가와상이라니, 일단 독자들이 흥미를 가질 법하다. 1998년 20대 초반의 대학생 히라노 게이치로가 『일식』으로 아쿠타가와상을 받았을 때, 실제로 일본 문단은 흥분의 도가니에 빠져들기도 했었다. 물론 이유 있는 일이었다. 내 개인적인 판단으로도 『일식』은 최근 수년간의 아쿠타가와상 수상작 가운데서도 가장 뛰어난 작품이었다고 판단되기 때문이다. 대학생 특유의 패기로 관념성을 극단적으로 밀어붙인 소설가의 자세가 매우 인상적이었다.

　　문제는 와타야 리사의 경우인데, 내 판단에는 왜 이 작품이 아쿠타가와상의 수상작이 되었는지 도무지 이해하기 힘들다. 어떤 측면에서 그것은 일본 문학의 몰락을 단적으로 지시하는 현상처럼 느껴진다. 이 소설의 배경은 고등학교 교실이고, 주요 등장인물들은 동료들과의 교류가 단절된 단자적인 삶을 살아가는 하이틴이다. 여주인공 하츠가 남주인공인 니나가와의 등짝을 걷어차고 싶어 하는 것은 오타쿠적인 집념으로 그가 패션모델 올리쨩에게만 몰입하고 있기 때문이다. 왕따들의 커뮤니케이션 욕구랄까 하는 것이 이 소설의 단일 주제라 할 수 있다. 딱 하이틴들이 읽기에 걸맞는 수준의 소설이기 때문에, 그 연배들에게는 '킬링타임'용으로 적당한 작품이다. 하지만 이 소설은 나에게 '시간'의 소중함을 재인식하게 만들었다. 이미 어른이 되어버린 나에게 소득 없는 시간 낭비란 그 자체로 죄악 아닌가 하는 결론.

상처로 빚어진 언어의 연금술 -J형에게

J형. 내가 없는 그곳에도 여전히 태양은 서쪽으로 흐르고 있겠지요. 벌써 가을입니다. 목련꽃이 한창이던 어느 해의 봄날이 생각나는군요. 그때 J형은 머리를 짧게 자르고, 막 신병교육대에 입소한 '장정'처럼 다소 상기된 눈빛으로 교정의 등나무 밑에서 책을 읽고 있었지요. 육사를 중퇴하고 사병으로 군생활을 했다고 그랬던가. 제대해서는 소속 없는 낭인처럼, 그러나 마음속에 신비한 우주를 간직한 독서가처럼, 어느 소읍의 서점에서 갈증 난 소처럼 책을 읽곤 했다고 했지요. 늦은 나이에 어린 학생들과 문학을 하겠다고 찾아온 또 다른 대학에서 당신은 내내 고통스럽다고, 여전히 삶은 결핍이고 상처라서, 언어 속에서 충만해질 수밖에 없을 것이라는 예감에 치를 떨었다고 했었지요.

J형. 어느 대낮의 호프집에서 제가 했던 말을 기억하시는지요. 삶은 상처로 빚어진 것이지만, 바로 그렇기 때문에, 역설적으로 우리는 그것을 적극적으로 '향유'해야 한다는 말을 했었지요. 맙소사, 상처로 빚어진 사람에게 삶이 향유될 수 있는 아름다움을 품고 있다고 역설했던 30대 초반의 애늙은이라니! 상처가 아름다운 생의 긍

정으로 연금술적으로 변환될 수 있다는 것을 당신은 인정할 수 없다는, 그래서 여전히 당신은 상처이자 결핍의 보증인이라는 반문을 했던 것을 저는 기억합니다.

괴로운 날, "살다보면 그렇다지/ 병마저 사랑해야 하는 때가 온다지"(김선우, 「사랑의 거처」)라는 시구를 나는 자주 되뇌곤 합니다. 우리는 모두 상처로 빚어진 사람이지만, 그러나 바로 그 사실이 삶은 고통스럽다는 인식을 넘어, 오히려 그것을 관대하게 껴안게 만드는 이 정신의 밀도를 존중하는 편입니다. 물론 "치료하기 어려운 슬픔을 가진/ 한 얼굴과 우연히 마주칠 때" 내 마음에도 파랗게 불꽃이 이는 것은 어쩔 수 없는 일이겠지요. 그러나 "그마저 사랑해야 하는 때가 온"다는 것, 그래야만 우리는 이 삶을 진실하게 그리고 관대하게 건너갈 수 있다는 것 또한 분명합니다.

J형. 저는 문학이 상처의 자폐로 전락해서는 안 된다고 생각합니다. 물론 우리는 상처로 빚어진 사람을 앞에 두고, 자신의 통증을 고양시키거나 오히려 위무 받는 경험에 익숙한 것인지도 모르겠습니다. 그러나 그 위무와 고양된 상처는 삶 속에서 끈질기게, 돌발적으로, 게다가 뻔뻔하게 반복되는 것이기도 합니다. 저는 세계는 고통스러운 곳이라는, 이제는 거의 상투어가 되어버린 탄식에 익숙하지 않은 사람입니다. 탄식 속에 주저앉기보다는 침묵 속에서 주먹을 쥐며 일어서는 일이 아름다운 실존이라 생각하는 것이지요. 그리고 '사이'와 '거리'!

"종합병원 복도를 오래 서성거리다 보면/ 누구나 울음의 감별사가 된다// (……)// 그러나 이 복도에서는 보이지 않는 불문율이 있다/ 울음소리가 들려도 뒤돌아 보지 말 것./ 아무 소리도 듣지 않은 것처럼 앞으로 걸어갈 것"(나희덕, 「이 복도에서는」). 울음의 감별사는 타인의 상처를 감별하지 않고, 자신의 상처로부터 가능하면 멀리 나아가는 사람이 아니겠습니까. 그리고 왜 상처가 없겠습니까. 그리고 이 넝마 같은 삶의 비극성을 느끼지 못할까요?

　J형. 삶은 아파하되 오래 견디는 것이며, 결핍이 오히려 희망의 꽃 핀 자리라는 것을 확인하는 일이 아닐까요. 언제까지 당신은 그 구멍 뚫린 삶에 끌려다니실 건가요. "幻을 기꺼워하는 마음은 수치를 껴안고 수천 개의 물결 속으로 들어간다 오 오 나의 그리움은 이제 자연사할 것이다"(허수경, 「이 지상에는」). 설마 그리움이 자연사하기야 하겠습니까만, 우리는 주어진 시간들과 팽팽하게 싸울 수밖에 없는 존재들입니다. 당신의 상처와 그 놀랍도록 고통스러워 보이는 과거와 가을이면 달아오르는 풋풋한 그리움들도, 결국은 이 팽팽한 견딤의 시간 속에서만 기적적으로 풍화될 수 있는 것입니다.

　J형. 우리는 모두 상처로 빚어진 사람들입니다. 그때 당신과 내가 심각한 전율 속에서 시를 읽는 일은 상처가 빚어낸 삶을 순금의 언어로 눈부시게 단련시키는 일인지도 모르겠습니다. 그러나 눈부신 언어의 연금술을 사랑하기보다는, 피로한 다리를 쉬어갈 수 있는 생의 의자를 저는 존중합니다. 그러므로 저는 당신이 걸어야 할 에움길과 몸시질을 그저 넉넉하게 바라보고만 있어야 할 것 같습니다. 그래야 이 삶이 정당하지 않겠습니까. 극에 달한 독이 약이 되듯이,

당신의 고뇌가 더욱 향기로워지기를 기원하겠습니다.

아, 벌써 가을이 목젖까지 차오른 것 같군요.

심청의 섹스문화 탐사기

　　회갑을 기념하여 이루어진 여러 언론들과의 인터뷰에서 우리 시대의 중견작가 황석영은 자신을 '청년작가'로 명명하면서, 앞으로는 이전과는 다른 더욱 새로운 문학적 실험을 해볼 것이라는 호언장담을 한 바 있다. 그러나 그의 장편소설 『심청』을 읽어보면서, 황석영의 호언장담이 다소 걱정스럽다는 생각을 하게 되었다. 내 판단에 『심청』이라는 작품은, 황석영의 소설세계에서 공간적 스케일의 확대에 있어서는 가장 광활한 영토를 보여주고 있지만, 작품의 밀도에서는 바닥의 수준을 보여주는 태작이라고 평가될 수준에 있다. 단적으로 말해 이 작품은 실패작이다.

　　『심청』은 〈한국일보〉에 연재되었던 신문소설을 개고하여 출간한 것이다. 우리의 신문소설은 그 발생론적 기반 자체가 '통속성'을 원천으로 했거니와, 이러한 원칙에 걸맞게 이 소설의 상권은 비유적으로 표현하자면, '심청의 섹스문화 탐사기'나 고전소설 『심청전』의 '소녀경 버전'으로 명명하는 것이 적당할 듯하다. 이렇게 말하면 평론가인 내가 단지 이 소설에 노출되는 과격한 성묘사만을 '윤리적'으로 비판하는 것처럼 보이지만, 사실은 그렇지 않다.

이 소설의 가장 핵심적인 문제점은 심청의 육체를 담보로 한 동아시아 제국의 '오디세이적 항해'라는 것이, 철저하고 뿌리 깊은 '강간 판타지'에 기반하고 있으며, 같은 차원에서 여성인물 심청의 내면을 형편없이 축소시키는 '남근적 사유'를 노골화하고 있다는 점에 있다. 물론 이 소설의 배경으로 작동하고 있는 청일 전쟁 전후로부터 조선의 개항과 식민화에 이르는 역사적 시간과 일련의 사건들은 이러한 과감한 비판에 얼마간 망설임을 부여한다고 할 수 있지만, 이 소설을 다 읽어보고 나서 내린 결론은, 역시 이 소설은 실패작이라는 애초의 판단을 뒤흔들지 못했다. 그렇기 때문에, 이 소설은 지독한 논쟁의 시간을 관통할 필요가 있다.

또 한 가지. 책을 낸 출판사의 미묘한 광고카피로부터, 발문을 쓴 어느 남성평론가의 놀라운 경탄, 그리고 마치 심청이 당한 육봉질을 다 이해한다는 것처럼 쓰여진 뒤표지 어느 여성 소설가의 말은 물론, 이 소설 속에 뭔가 거창한 문제의식이 담겨져 있는 것처럼 대서특필했던 언론의 행태에 이르기까지 우리는 또 한 번의 본격적인 비판의 메스를 가해야 할 것이다.

특히 이 소설은 '여성해방'에 완벽한 모독을 가하는 이미지들, 즉 심청을 '창녀'와 '성녀'의 이분법에서 헤매게 만들고 있다는 점에서도, 반인권적 소설이다. 왜 진보적 작가마저도, 여성의식에 있어서는 영화 〈색즉시공〉 투의 섹스 판타지 수준에서 벗어나지 못할까.

가족 파시즘

소설가 전혜성의 장편소설 『마요네즈』를 읽다 보면 "가족은 안방에 엎드린 지옥"이라는 표현이 나온다. 아무리 상상력이 뛰어나도 그렇지, 어떻게 가족이 지옥일 수 있느냐고 점잖게 반문을 던지는 분들이 많을 것이다. 소설가 배수아의 장편소설인 『랩소디 인 블루』를 읽다 보면 "가족은 흡혈귀"라는 표현도 등장한다. 이쯤 되면, 점잖게 반문하던 분들도 다소 상기된 목소리로 "그래도 험한 세상에서 가족은 '유일한 피난처'가 아니냐"고 목청을 높이실 것이다. 흥미로운 점은 가족에 대한 이처럼 비관적인 인식을 많은 젊은 작가들이 공유하고 있다는 사실이다.

그런데 이것이 유독 한국문학에만 나타나는 현상인가 하면, 그렇지는 않은 것 같다. 가령 프랑스의 젊은 소설가인 쥐스틴 레비의 『만남』이란 소설을 읽다 보면, 자신의 어머니를 혐오한 나머지, 그녀에게 스스럼없이 물리적 폭력을 가하는 젊은 소녀가 등장한다. 일본의 소설가인 시마다 마사히코의 『드림 메신저』라는 작품에서는 아예 가족이 급진적으로 해체되어 가고 있다는 설정 아래, '아이 대여업'이라는 신종사업까지 등장하고 있다. '아이 대여업'이라니? 고독에 시달리는 사람들이 한 회사에 일정한 비용을 지불하고 아이를 구매한 후, 제한된 기간 동안 '의사-가족생활'을 한다는 식이다. 가족까지도 상품처럼 사고 판다는 소설의 설정이 자못 충격적일 수도 있겠으나, 그만큼 현대적 가족에 대한 작가의 문제의식이 심각한 수준에 있다는 방증으로 볼 수도 있을 것 같다.

위에서 거론한 몇 가지 사례를 통해서 우리가 간접적으로 이해할 수 있는 사항은 현대소설에 묘사된 '가족'이 흡사 묵시록적 소재에 가까운 면모를 보이고 있다는 사실이다. '가족묵시록'으로 규정할 수 있을 법한 새로운 유형의 소설이 집단적으로 창작되고 있는 셈이다. 그런데, 이른바 묵시록적 관점에서 가족을 다루는 것은 공통적인 현상이지만, 한국 작가들의 작품 속에 표현된 인물들의 '정신적 방황'이 구미 작가들의 그것에 비해서 유달리 밀도 높게 나타나고 있다는 사실은 주목할 필요가 있다. 이를 단순화하자면, 구미의 소설들에서는 가족으로부터의 분리와 이탈이 '성숙'의 주요한 도정으로 제시되는 데 반해, 한국의 소설들에서는 그것이 많은 경우 편집증과 강박증을 포함한 정신적 병리현상으로 발전하는 예가 자주 나타난다는 것이다.

왜 이런 '차이'가 발생하는 것일까? 대구 효성가톨릭대 교수인 이득재는 한국의 가족주의를 '가국체제', 즉 가족과 국가의 논리가 끈끈하게 결합된 체제로 규정한 바 있는데, 이러한 주장에서 일말의 단서를 얻을 수 있을 것 같다. 즉 한국의 가족주의는 국가주의로 표상되는 집단주의의 하위구조라는 것이다. 때문에 지난 역사를 통하여 작동되었던 가부장적 '국가 파시즘' 체제는, 가족 단위 내에서 가부장적 '가족 파시즘' 체제로 재생산된다. 그래서 국가폭력과 가정폭력은 쌍생아의 관계를 이루게 된 셈인데, 이러한 관점에서 보자면, 한국소설의 작중인물들이 '가족'에 대해 보이는 적의와 공포의 태도도 쉽게 이해될 수 있지 않을까? 집단에 종속된 개인의 무기력함이라는 차원에서 말이다.

아무리 그렇다고는 하지만, '가족 파시즘'이라니? 표현이 너무 심한 것이 아니냐는 분도 계실 줄 안다. 천만에! 가족주의라는 미명 아래, 이 순간에도 가부장의 야만적인 폭력에 속수무책으로 짓밟히고 있는 여성들과 어린이들이 있다. 그들은 '가족 파시즘' 체제 아래서 고통스럽게 신음하면서 구조를 요청하고 있다. 그들이 '흡혈귀'와 '지옥'을 소설이 아니라 현실의 가족을 통해 경험하고 있다는 사실은 끔찍한 일이다. 가정폭력의 문제는 근원적으로 '인권'의 문제이다. 그러므로, 국가 파시즘의 잔재와 가족 파시즘의 독소를 동시에 제거하는 일은 우리 시대 진보적 실천의 주요한 의제임에 분명하다.

팍팍한 삶, 뻐근한 감동

"지랄은 곱빼기로 지랄이네. 원제는 기운을 다 써가며 패구 또 원제는 살살거리구. 기생오래비한티 과외를 받았나 사내놈이 간살시럽긴."

소설가 박병례의 첫 창작집인 『쑥 캐는 불장이 딸』에 수록된 「여름, 그 어느 날」의 한 대목이다. 작중 여성인물의 충청도 사투리가 농익은 어투로 리드미컬하게 전개되고 있다. 이 소설을 읽다 보면, 소설의 주인공은 작중인물들이 아니라, 차라리 사투리 그 자체라는 생각까지 들 지경이다. 그만큼 언어에 대한 작가의 장악력이 높은 수준에 있다고 생각해도 좋을 것 같다. 같은 소설에서의 다음과 같은 표현도 인상적이다.

"암마뚜 말어 이년아! 이 시상 저 시상 이것 크네 저것 크네 해도 배고픈 설움 우에 더 큰 설움 없고, 끄니 안칠 일 말고 더 큰 일 없는겨. 여북하믄 그럴까. 참, 그 여자 젖은 겁나게 실하드라. 애도 안 났는디 누렇게 익은 호박덩이만 한 젖을 벌써 달고 있드라니께."

처연하게 가난의 괴로움을 설파하다가, 돌연 화제를 익살스럽게 전환하는 여성인물의 입담이 흥미롭다. 「그해의 겨우살이」에서의 다음과 같은 표현도 보라. "그렇지만 엄마의 심장 소리는 고스란히 남겨져 빈 마당이 대신 콩콩 울렸고, 콩코투리는 제멋대로 벌어져 콩알이 마음대로 튀어다녔다." 빗쟁이가 온다는 소리에 엄마가 겁에 질려 안방으로 도망간다는 상황을 묘사한 대목이다. 고통스러운 삶의 정황을 묘사하는 언어가 도리어 벙글벙글한 해학으로 넘쳐 있다 보니, 소설이 돌연 생생한 활력을 얻고 있다.

표제작인 「쑥 캐는 불장이 딸」에는 '쑥부쟁이'를 "아무리 봐도 손찌검을 당한 여인 같은 꽃이다"고 표현하는 대목이 나온다. 실상 박병례의 소설 속에 등장하는 여성인물들은 이 꽃의 운명과 비슷한 삶의 정황에 처해 있다. 한마디로 그들은 숙명에 손찌검을 당한 여인들이다. 박병례의 소설 속에 등장하는 여성인물들의 삶을 무리하게 유형화하자면, '여성수난사'에 등장할 법한 삶의 주인공들이다. 「황구지천」에서의 어린 여성은 미군에게 강간을 당한 후유증으로 자살을 감행하며, 「쑥 캐는 불장이 딸」에 등장하는 여성은 자궁암에 걸려 고통스러워하다가 비극적인 죽음을 맞이한다.

한 가지 흥미로운 것은 여성의 고통을 더욱 심각한 상황으로 몰고 가는 것이 또 다른 여성에 의한 억압 때문이라는 설정일 터인데, 그 배역을 대개 '어머니'나 '시어머니'가 맡게 된다. 그러니까, 이때 어머니와 딸과의 관계는 갈등하면서 화해하고, 화해하면서 또다시 갈등하는 미묘한 의존관계를 형성하게 되는데, 그런 가운데 대개의 남성들은 방관자나 무위도식자, 무책임한 바람둥이 등으로 등장한다. 여성이 소설의 전면에 등장하여 극적 갈등과 화해의 드라마를 보여주지만, 대개의 남성인물들은 소설의 배경으로 물러나 있거나 지워져 있다.

박병례의 소설이 흥미롭게 다가오는 것은 팍팍한 고난의 삶 속에서 여성들이 보여주는 강인한 생명력과 삶에의 끈질긴 열정이라고 할 수 있는데, 바로 이러한 사실 때문에 소설을 읽는 독자는 그 현실에 대해 심각한 문제의식을 갖게 된다. 소설 속의 인물들이 대개 하층 여성인물로 설정되어 있기 때문에, 그들이 소설 속에서 보여주는 삶에 대한 태도나 행동들은 오늘날 여성주의의 관점에서 판단하자면, 매우 시대착오적인 모습으로 보일 수도 있다. 「쑥 캐는 불장이 딸」에 등장하는 자궁암에 걸린 어머니에게 시어머니라는 사람이 던지는 다음과 같은 욕지거리를 보라.

"에이 질긴 년. 아랫도리가 썩어문드러진 것이 누굴 찾어, 누굴 찾긴! 내 아들 잡아먹을려고. 아들도 못 낳은 년이!"

이처럼 상상하기 힘든 언어폭력을 지켜보고 자라는 것이 소설 속의 딸들인데, 독자들은 자연스럽게 이 딸들의 관점에 자신의 감정을 이입하게 됨으로써, 현실의 모순과 부조리에 대한 강렬한 문제의식을 갖게 되는 것이다. 그런 점에서 보자면, 박병례의 소설은 여성의 비극적인 삶에 대한 강렬한 문제의식을 '주장하는' 것이 아니라 '보여주는' 데에 집중하고 있는 셈이다.

90년대 내내 우리들은 이른바 도시 중산층 여성인물들의 '자아 찾기'와 관련된 많은 소설들을 읽어왔다. 이에 반해, 박병례의 소설은 농촌 하층여성들의 '자아 찾기'에 집중하고 있다. 소설에 묘사된 여성들의 삶은 비극적이고, 팍팍하며, 아픈 그것이다. 그러니 소설을 읽고 난 후의 감동조차 뻐근할 수밖에 없다. 팍팍한 삶에서 뻐근한 감동을 느낄 수 있다면, 삶은 존엄한 것임에 틀림없다.

잘 만들어진 고통

"지난 5년 동안 시를 못 쓰는 상황에 대해 비참함을 느꼈다." 정호승 시인은 시집 『이 짧은 시간 동안』의 '저자의 말'에서 이렇게 진술하고 있다. 시인이 시를 쓰지 못할 때, '시인'이란 타이틀은 시의 묘비명과도 같은 것이다. 그것은 일종의 가사상태와도 같은데, 살아 있으되 사실은 죽어 있는 것과도 같은 심리적 불안의식은, 정호승뿐만 아니라 시를 쓸 수 없는 거의 모든 시인들이 공유하고 있는 일반 정서라고 할 수 있다. 그렇다면 시를 쓰지 않는 동안 그는 무엇을 하고 있었는가. 다소 놀랍게도 그는 지치지 않고 에세이와 어른을 위한 동화를 쓰고 있었다. 2000년 이후에만 해도 그는 『연인』『비목어』『항아리』『스무살을 위한 사랑의 동화』 등의 동화를 썼으며, 『인생은 나에게 술 한잔 사주지 않았다』『정호승의 위안』 등의 산문집을 출간했다. 이 많은 책들에서 정호승이 줄기차게 강조한 것은 삶의 본질은 '사랑'에 있고, 오직 사랑함으로써 우리는 인간됨의 기품을 회복하게 된다는 전언이었다. 그의 시집 제목과도 비슷하게 '사랑하다가 죽어버려라' 투의 잠언적 문장이 정호승의 글쓰기를 장악했던 것이다.

그러나 사랑하다가 죽어버려야 한다는 투의 이 강렬한 주장은 냉정하게 보자면 공허한 '사랑의 교조주의'처럼 보인다. 이 말랑말랑하면서도 감상적인 사랑에의 몰입은, 도대체가 그것을 불가능케 하는 착잡한 현실의 층위에서 보면 달콤하고 미끈한 당위라고 하지 않을 수 없다. 잠언 투의 문장이 뿜어내는 해맑은 깨달음의 어조는, 사랑의 실제적 속성과는 무관해 보인다. 사랑이란 사실 얼마나 고통스러운 일인가.

『이 짧은 시간 동안』에 실린 시편들은 이 사랑 만능의 담론에서 얼마간 벗어나, 성찰적으로 때로는 종교적으로 지나온 자기 삶을 반추하고 있으며, 다른 한편에서는 이 사회의 변두리적 인생에 대한 연민을 담고 있다. 거기에는 어떤 회오의 감정마저 실려 있는데, 문제는 그 지극한 고통마저도 단정하고 맑고 깨끗하다는 것이다. 그것은 '잘 만들어진 고통'이라고 할 수 있지만, 적어도 '뼈아픈 고통'은 아니다. 미끈한 잠언들은 고통을 휘발시킨다. 만들어진 시는 그래서 일급이 될 수 없다.

플라스틱 자본주의

지난주 신문의 사회면에는 어느 대학의 시간 강사가 모교의 뒷산에서 목을 매 자살했다는 기사가 게재되었다. 그 기사에 따르면, 죽음의 여러 원인 가운데 '가난'이라는 문제가 가장 심각하게 음미될 만한 사항으로 서술되고 있었다. 생활현실은 끝이 보이지 않는 '빈궁의 터널'을 거쳐야 했으나, 강의실에서는 그 가시적인 현실을 뛰어넘는 '진실'에 대해 강의해야 했던, 마치 소설가 현진건의 「술 권하는 사회」에 등장하는 고뇌에 찬 인텔리를 연상시키는 그의 죽음이 대단히 안타까웠다.

플라스틱 자본주의(현대판 고리대금업의 지배적인 상징인 플라스틱 재질의 신용카드를 상기해보는 것이 좋을 것이다)의 세계에서는 신용이 더 이상 인간의 내밀한 인격성의 지표가 되지 못한다. 이때 신용이란 자본의 순조로운 이동과 순환의 경유지로서의 무력한 인간조건을 지시할 뿐이다. 이 흐름을 거스르거나 거역할 때, 한 인간은 그가 삶 속에서 견지해온 모든 힘겨운 노력에도 불구하고 '불량자'로 전락한다. 오히려 불량한 것은 인간의 인격을 자본으로 대체한 '불량사회'이고 '불량 자본주의'라고 할 수 있는데, 기이하게도 그것의 희생양으로 집단 출연하는 주연배우는 인간 자신인 것이다.

내가 '플라스틱 자본주의'로 호명한 그것을 소설가 최인석은 '서커스 자본주의'로 은유한 바 있다. 『서커스 서커스』라는 중편소설을 통해, 그는 '우렁각시'로 상징되는 인간의 선한 '이타성'이 무력화되고, 우렁각시가 자본의 획득을 위한 서커스 또는 호객행위의 수단으로 전락해버린 시대가 오늘의 현실임을 차갑게 진단했던 것이다. 각자의 지갑 속에 가지런히 꽂혀 있는 몇 장의 신용카드는 자본주의의 가시화된 '물신物神'이자 '데몬demon'인 셈인데, 이 끈질긴 현대판 분신의 존재야말로, 자본에 무력하게 포섭된 인간조건을 뚜렷하게 환기시키고 있다.

한 신파극의 제목을 차용하자면, 모든 인간들은 역사 속에서 사랑에 속고 돈에 울었다. 사랑과 돈이 문학의 대주제였던 점은 이런 점에서 필연적이었다. 무력한 개인들에게 그것은 견딜 수 없는 상처였고 때때로 비극의 원천이었지만, 희망이라는 아름다운 질병을 가졌던 인간은 문학을 통해, 현실극복을 끌어안은 자기극복의 태도를 버리지 않았다. 민간에서 널리 유포되었던 '눈물은 내려가고 숟가락은 올라간다'는 경구가 우리에게 상기시키는 태도가 그것이다. 그역시 견디기 힘든 빈곤에 시달렸던 소설가 도스토옙스키는 "인간은 빵이 산처럼 쌓였어도 죽음을 생각한다"는 아포리즘을 통해, 물질적 한계를 뛰어넘는 인간의 정신적 의지에 대해 말한 바가 있지만, 문제는 빵조차도 상상할 수 없는 사람들, 올라갈 숟가락조차도 빼앗긴 사람들의 생활과 실존의 문제인 것이다.

플라스틱 자본주의. 최인석의 은유를 빌리자면 서커스 자본주의는 알려진 대로, 가난을 세계화하고 있다. '가난의 세계화'는 지금까지 담론의 차원에서는 매우 활발하게 논의되어 왔지만, 그것이 최근 한국문학의 영토 안에서 얼마나 유효한 창작의 성과를 얻었는지는 알기 어렵다. 공선옥의 노력이 자못 치열한 바가 있고, 최근에는 배수아가 '가난'의 문제를 장편소설로 제출했던 것이 기억날 뿐이다. 한 강사의 죽음이 내게 이런 생각을 촉발시켰다.

열망을 버리지 않는 전당포 노인

요즘 들어 한국소설에 종종 전당포 노인이 등장하고 있다. 도스토옙스키가 열에 들뜬 젊은 실존적 살인자인 라스콜리니코프에게 살해당할 운명에 처한 어리둥절한 인물로 전당포 노인을 창조해낸 이후, 그의 운명은 가혹하기 그지없었다. 그는 인간이 병적으로 몰입하는 '돈'에 대한 편집증을 상징하면서, 타인과 세계로부터의 완전한 분리의 결과일 극단적인 소외의 대변자로 등장해왔다. 왜 많은 작가들은 이 전당포 노인을 전혀 '내면'이 존재하지 않는 것처럼, 상투적인 묘사의 붓대를 휘둘러온 것일까.

그런데 배수아의 『일요일 스키야키 식당』에서 이 상투적인 인물형이 하나의 뚜렷한 개성으로 재탄생한 것을 발견했다. 작가는 소설 속에 '돈'에 대한 탐욕으로 가득 찬 인물들과 그것의 완벽한 '부재' 속에서 살아가는 인물들을 대거 등장시킴으로써, 이 소설이 가난에 대한 만화경적 탐구라는 사실을 독자들에게 환기시키고 있다. 그런데 흥미로운 것은 소설 속에서의 가난이, 가령 과거의 '빈궁문학'에서처럼 어떤 비극적 아우라를 거느리고 있지는 않다는 것이다. 반대로 그것은 불가피한 한계조건에 불과하지만, 오히려 상투적인 '풍요의 신화'에 대한 냉소와 경멸, 더 나아가서는 그것에 대한 적극적인 전복의지를 드러내는 실천의 한 방식으로 제기되고 있다. 이 소설 속에서 가장 무력하게 놀고먹겠다는 의지의 체현자로 묘사되는 노용이라는 인물은, 그가 가난에 완벽히 흡수된 존재이기 때문에 타인과 세계로부터 두려운 금기와 호기심의 대상이 되고 있다 (그는 무위를 실천하는 현대판 노자다).

생산과 풍요의 신화에 대한 냉소와 경멸을 가히 철학적 경지로 승화시키는 또 하나의 인물로 등장하는 것은 이 소설 속의 전당포 노인이다. 작가는 이 노인의 입을 빌려 이런 말을 하고 있다. "나는 일생 동안 한 번도 내 마음의 자유를 따라 살지 못했다." 맙소사, 자유라니! 이런 서술도 등장하고 있다. "그는 죽는 날까지 최후의 있는 힘을 다해 냉소할 것이다." 무엇으로부터의 자유이고, 무엇에 대한 냉소냐는 물음이 당연히 제기될 터이다. 그것은 부와 가난, 자유와 억압을 이분하는 이 삶 전체이다. 가난으로 인한 궁핍한 한계조건이 비극인 것은 사실이지만, 배수아는 그것을 뛰어넘어 보다 근본적인 가치에 대한 열망을 버리지 않는 존재가 인간이라는 사실을 전당포 노인을 통해 증거하고 있다. 이 전당포 노인의 존재만으로도 이 소설은 존중될 만한데, 그것은 '반자본/탈물질'의 세계관을 강렬하게 환기시키고 있는 듯하다.

아름다운 추억의 힘

제7회 한겨레문학상 수상작인 심윤경의 『나의 아름다운 정원』을 읽으면서 자꾸만 나는 여덟 살 소년이 되곤 했다. 이 소설의 시간적 배경을 이루고 있는 1977년에서 1981년, 그러니까 작중인물 동구의 유년시절은 그대로 나의 유년시절과 일치했기 때문이다.

'세대론적 동질성'으로 표현할 수 있을 끈질긴 공감의 정서가 이 소설을 읽는 내내 지속되었다. 이러한 느낌은 신예작가 이기호가 『현대문학』에 발표한 「백미러 사나이」라는 단편이나, 91년의 분신정국을 소설화한 김별아의 『개인적 체험』과 같은 장편소설, 김종광의 『71년생 다인이』와 같은 작품을 읽는 중에도 반복되었다. 개별 작품들의 예술적 성과나 소설의 밀도와는 무관하게, 어떤 사건, 기억, 풍경 등에 대한 무방비의 공감이 일단 작동되고 만다는 것은 그만큼 추억의 힘이 강렬하다는 것의 증거라고 보아도 무방할 듯하다.

『나의 아름다운 정원』은 제목처럼 아름다운 성장소설이다. 성장을 위해서는 내면적인 성숙을 가능케 하는 '부조리한 세계'와의 대면이 필요한데, 소설 속에서 그것은 두 가지 '사건'으로 나타난다. 한 사건은 주인공인 동구의 여동생 영주의 죽음이다. 감을 따기 위해 동구의 무등을 타고 있던 영주가 실수로 떨어져 죽는 이 사건은 다소 돌발적인 것으로 느껴진다. 그런데 이 돌발적인 사건이 동구는 물론 동구의 가족 모두를 변화시킨다. 아버지는 술에 취해 인생을 비관하고, 어머니는 정신병원에 입원하게 되며, 독살스럽게 굴기만 하던 할머니는 지나온 생을 반성하고 고향으로 낙향하고자 한다. 또 한 사건은 동구에게 책읽기를 가르쳤던 박영은 선생님의 실종이다. 동구는 박영은 선생님을 통해서 책을 읽는 법뿐만 아니라 세상을 읽는 법을 배운다. 선생님의 등 뒤로 훔쳐본 세상은 어지러운 어른들의 세상이라고 할 수 있는데, 광주에서의 선생님의 돌연한 실종은 그 세계가 대단히 폭력적인 세계라는 깨달음을 동구에게 간접적으로 심어준다.

이 두 사건을 통해 동구를 둘러싸고 있던 조화로운 세계의 균형은 깨진다. 세계의 균형이 깨지면서 동구가 느끼는 것은 혼란이다. 그런데 이 혼란이야말로 성숙을 위해 필요한 '정신의 성장통'이 아닐 수 없다. 소설 속에서 동구의 성장의 증거는 그가 즐겨 찾곤 했던 '아름다운 정원'과의 이별로 형상화되고 있다. 화자는 그 장면을 이렇게 서술하고 있다. "아름다운 정원의 모습은 이제 기억 속에 하나의 영상으로만 남게 되었다. 차가운 철문을 힘주어 당기며 나는 아름다운 정원에 작별을 고했다. 안녕, 아름다운 정원. 안녕, 황금빛 곤줄박이." 조화로 가득 찼던 시간과 장소로부터 작중인물이 떠나는 것은 거의 모든 성장소설이 견지하고 있는 일반 문법이라고 할 수 있다. 가령 문화혁명기 중국 소년들의 성장담을 다룬 차오원쉬엔의 『빨간 기와』의 첫 장면은 주인공 임빙이 이불 보따리를 어깨에 메고 중학교인 '빨간 기와'의 교문으로 들어서는 것으로 시작되며, 결말은 다시 그것을 들고 학교를 떠나는 것으로 형상화되고 있다. 조화로 가득 찼던 세계의 질서가 붕괴되고, 이를 대체할 또 다른 세계를 찾아 떠나는 주인공의 모습에서 우리는 자아의 성숙과 확장의 드라마를 간접적으로 확인할 수 있다.

『나의 아름다운 정원』의 미덕은 밀도 높은 서사성에 있다. 그것은 이 소설의 작가가 작중인물들의 미세한 내면의 변화를 직접적으로 서술하기보다는 일련의 사건들을 통해 간접적으로 유추하게 만드는 데서 가능해진 현상이다. 이와 함께 한 소년의 성장담을 효과적으로 부각시키면서도, 유신 말기에서 광주항쟁에 이르는 역사적 사건을 은은한 배경으로 설정함으로써, 한 순진한 소년의 성장이 그를 둘러싼 거대한 세계의 규정력으로부터 결코 자유로울 수 없다는 것을 암시하고 있는 것은 소중한 미덕이라고 판단된다. 물론 이러한 내적 필요 때문에 동구로 하여금 박영은 선생님과 그의 운동권 선배의 대화를 엿듣게 하는 설정을 한 것은 관점에 따라 다소 작위적인 것으로 느껴질 수도 있겠지만, 작품의 전체적인 전개 과정을 고려하자면 이러한 한계 역시도 너그럽게 이해할 수 있는 부분이다. 무엇보다도 이 소설의 은은한 감동을 가능하게 하는 요소는 작가의 뛰어난 문장 구성력이다.

문학평론가 도정일은 "이 신예작가의 언어는 마력을 갖고 있다"라는 평가를 내린 바 있는데, 실제로 이 소설의 작가는 이러한 찬사의 주인공이 되기에 부족함이 없어 보인다.

'자기 언어'를 가지면 '자기 세계'를 갖는다

생각해보면, 나는 사회화가 아주 더디게 진행된 듯싶다. 늦게까지 이불에 오줌을 지렸고, 유년기에는 말을 심하게 더듬었다. 중학교 때 성적은 바닥을 맴돌았다. 대학도 또래보다 늦게 입학했고, 군대도 늦게 갔으며, 대학원도 재수를 했는가 하면, 자퇴를 했다가 우여곡절 끝에 학교를 옮겨 졸업했다. 이런 모호한 인간이 그래도 남보다 조금 뛰어났던 일은 '언어'를 매만지는 능력이었다. 일찍부터 책을 읽고 독후감과 일기 쓰기를 즐겼는데, 어쩌면 그것이 오늘날 문학평론가랍시고 살고 있는 삶의 원형이 된 듯하다.

나이 사십이 넘어서야 첫아이를 갖게 되었는데, 요즘 내가 즐겨 읽는 책은 그래서 '아기'와 관련한 것이다. 보리스 시룰니크의 『관계』라는 책도 그런 과정에서 우연히 읽게 됐는데, 읽다 보니 골똘해질 일이 많아졌다. 이 책은 '사랑과 애착의 자연사'라는 부제를 달고 있다. 저자가 신경정신학자이자 비교행동학자인 까닭에 정서적 '애착'과 '분리'에 따른 인간의 사회화 과정을 때로는 비교동물학적으로, 때로는 인간적으로 잘 해명하고 있다.

정체성을 다루는 모든 심리학 저작은 아기와 부모의 초기 애착

과정과 이로부터 분리되어 사회화되는 메커니즘을 논리적으로 설명하고자 한다. 아기와 어머니 간의 근원적 친밀성이 자아 안정성의 근본이고, 아버지와의 만남을 통해 아기가 사회화의 기본 형식을 터득한다. '애착'도 중요하지만 부모와의 정서적 '분리'에 따른 '자아 형성'의 중요성을 강조하는 것은 다른 책들과 시각이 비슷하다.

정작 내가 이 책을 읽으면서 흥미로웠던 것은 부모와의 애착 관계에 실패한 아기일지라도, '말(언어)'을 배움으로써 그 난관을 극복할 수 있다는 자못 놀라운 통찰이었다. 저자는 "버림받은 아이들은 내면세계에 애정적 결함을 안고 있으면서도, 말을 통해 그 흔적을 극복할 가능성도 언제나 가지고 있"다고 말한다. 왜냐하면 "말은 과거의 기억을 끊임없이 가공해내기도 하고, 지나온 삶의 역사를 예술 작품으로 변모시키기도" 하기 때문이라는 것이다.

나는 이런 비결정론적인 저자의 시각이 마음에 들었다. 세상은 꿈꾼 만큼만 살 수 있다. 내가 말을 배움으로써 어둡고 고통스러운 자기모멸의 터널을 벗어난 것처럼, 상처로 충만한 아이들도 얼마든지 멋진 어른이 되는 일이 가능한 것이다. 그런 관점에서 보면, 언어는 육친으로부터 상속받은 상처에 대한 사회문화적 보상 체계다. 그러니 자기 언어를 갖는 것은 자기 세계를 갖는다는 말과 같다는 진술도 결코 과장이 아니다.

소설 읽기의 즐거움

미국의 작가 댄 브라운의 『다빈치 코드』를 읽으면서 참으로 오랜만에 소설 읽기의 즐거움을 만끽했다. 이 소설은 구미문화의 마르지 않는 영감의 원천인 '성배 전설'을 핵심 모티프로 차용하면서, 종교의 영역을 뛰어넘어 서구적 인식론의 기본항이라 할 청년 예수의 미스터리에 가까운 삶을 소설적으로 재구성했다는 점에서, 강력한 대중성을 확보할 수 있는 근거를 마련했다. 이 소설의 긴장감은 간명하게 말하면, 예수의 생애에 대한 정통적 해석과 이단적 또는 전복적 해석 사이의 밀도 높은 투쟁에서 온다. '오푸스 데이'와 '시온 수도회'로 상징되는 종교적 비밀 결사 단체의 목숨을 건 대결구도가 그것이다. 그것이 생사를 건 대결인 만큼 소설의 긴장감은 높아질 수밖에 없는데, 작가는 여기에 흥미로운 자신의 가설을 덧보태 독자들의 사고실험을 적극적으로 전개하게 만들고 있다.

요컨대 서구인의 종교적 영감을 끊임없이 자극했던 '성배'란 애당초 존재하지 않는다는 것, 예수를 둘러싼 가톨릭의 정통교리란 진실이 아닌 조작된 허구라는 주장이 그러하다. 그렇다면 이 소설의 두 주인공인 랭던과 소피가 찾아 헤매는 그 성배란 무엇인가. 정통 교리에서 창녀로 왜곡된 막달라 마리아가 사실은 예수와 부부관계였다는 충격적인 사실을 포함하고 있는 이른바 '외경'에 속하는 기록들, 즉 기독교의 광란에 가까운 종파투쟁에서 말살되거나 은폐되어야 했던 충격적인 내용을 담고 있는 문서들이라는 것이다. 이 전복적인 '성배'의 존재를 목숨을 바쳐 수호해온 단체가 소설 속의 시온 수도회인데, 이 수도회의 수장 가운데 한 사람이 다빈치였다는 것이 작가의 흥미로운 가설이다. 따라서 다빈치의 그림 속에는 이 전복적인 가설을 증명할 수 있는 단서들이 숨어 있다. 그것이 다빈치 코드라 할 수 있는 것인데, 그 코드 찾기의 숨 가쁜 모험담을 통해 작가는 초기 기독교의 '여신숭배'와 중세 기록교의 '마녀사냥'의 동학을 파헤치고 있다. 대담하고도 놀라운 상상력, 지적 세련미와 박진감이 넘치는 매우 흥미진진한 소설이다.

전업 소설가가 아니라도

이적이 소설을 썼다는 이야기를 동료들에게 들려주었다. 그들은 대체로 전문 문인이거나, 대학에서 오랫동안 문학을 공부한 사람들이었다. 첫 반응은 이런 것이었다. "아니, 가수가 소설을?" 이런 반응은 아주 자연스러운 일이다. 문학도 근대적 전문화의 궤도 속에서, 그렇게 돌고 도는 것이다.

그러나 나는 '문학'에서까지 전문성이라는 이름 아래 영역을 따지는 일은 그렇게 바람직한 일은 아니라고 생각한다. 문학은 그 열려 있음을 본질로 하고 있고, 그게 예술과 예술가의 자유로운 상상력의 모험을 가능케 하는 것이 아닐까. 전문 문인이 아니고도, 이른바 구미에서는 글 잘 쓰는 많은 사람이 있다. 전직 변호사였던 마이클 크라이튼은 흥미진진한 법정 스릴러물을 잘 써내고 있다. 〈가위손〉의 감독으로 잘 알려진 팀 버튼은 문학의 영역에서도 대단히 몽환적인 동화를 잘도 써내고 있다. 소설가로 먼저 데뷔했던 일본의 시마다 마사히코 같은 작가는, 오페라 평론이라는 자못 고급한 장르에서 필봉을 날리고 있다. 그러니 이적이 소설을 썼다는 일 자체는 전혀 이상한 일이 아니다. 그런데 이것을 이상하게 생각하는 사람들, 호기심으로 바라보는 사람들이 이 땅에는 가득하다. 나는 그것이 이상하게 보인다. 작가가 되기 전에, 모든 작가들은 다 습작생이었다. 이 점을 모두 잊고 있는 것이다. 이적의 작품을 읽고 내가 느낀 것은, 그가 적어도 이야기를 만드는 능력은 훈련이 돼 있는데, 그만들어진 이야기가 너무 익숙한 게 아닌가 하는 점이었다. 이적의 작품은 루이스 스티븐슨의 『지킬 박사와 하이드 씨』나 에드거 앨런 포의 『검은 고양이』와 같은 작품에서 흔히 유형화된, 기괴하고 음산한 '고딕풍'의 그로테스크를 잘 보여준다. 그런데 그 발상법과 표현, 그리고 문체란 사실 너무나 익숙한 것이다. 나는 이적이 계속 글을 쓰고자 한다면 그런 유형화에서 벗어난 소설을 써주기 바란다.

2장

여행자의 책읽기

자기 내부로의 여행

타인을 사랑하는 것은 어렵다. 그러나 '자기'를 사랑하는 것은 더욱 어렵다. 타인을 온전히 이해하는 것은 어렵다. 그러나 '자기'를 용서하는 것은 차라리 형극의 길에 가깝다. 김형경의 『사람 풍경』을 읽으면서, 오랫동안 이런 생각에 빠져들었다. 이 책은 표면적으로는 여행산문집에 가깝지만, 그 여행은 자기의 내부를 향해 있다. 책 속에서 세상을 떠도는 '나'는, 실제로는 미궁과도 같은 스스로의 내면을 떠돌고 있는 것이다. 어느 편이냐 하면, 적어도 30대 이후의 나는 '정신분석학'이나 '분석심리학'의 세계로부터 의식적으로 멀어졌다. 그것은 그 논리의 부당함 때문이 아니라, 차라리 예민함 때문이었다. 이 책을 통해서 김형경이 보여주고 있는 범심리학적 관심의 출발점은 '자기치료' 욕망에서 온다. 실제로 저자는 이러한 학습과 상담치료를 병행함으로써, 자기 내부의 고통스러운 균열을 봉합하고 성숙한 개체로서의 삶을 모색하고 있는 것으로 보인다. 나 역시 그와 비슷한 과정을 걸어왔다. 정신분석과 치료의 핵심은 개인의 특별한 상처(트라우마)를, 특히 그의 유년기 체험과 관련시켜 분석하는 데 있다는 것이 이 범심리학적 태도의 근원을 이룬다. 이 부분까지는 나 역시 동의했지만, 내 판단에 그러한 논리를 '가능한 진실'이 아니라 '투명한 진리'로 받아들일 경우, 유년기 이후 개인의 개성화 과정의 주체성을 무력화시키는 단점이, 이 범심리학적 논리에 담겨 있다는 점을 나는 진심으로 우려했다. 분석한다고 해서 세상이 바뀌는 것은 아니다. 분석은 필요조건일 뿐이다. 역시 중요한 것은 일상 속에서의 유쾌한 실천과 결단이다. 인간은 과거에서 왔지만, 미래를 향해 나아간다는 것. 그러니까 김형경의 과거나 내면으로의 여행은 필연적으로 미래와 세계를 향한 결단의 출발점인 셈이다. 이 책은 독서의 '무거운 재미'라는 것을 독자들에게 증거하고 있다.

하멜과 삼국 인식

수염을 깎고, 산발했던 머리카락을 칼로 벤 후, 배낭을 등에 지고 제주행 비행기에 올랐다. 달력의 마지막 장을 찢어내고, 그것을 새것으로 바꾼다 한들 길 위의 인생이 하루아침에 새로워지는 것은 아닐 터이나. 제주공항에 도착해 차편으로 서귀포의 중문 쪽으로 한 시간여를 달려가면, 거기에 기묘한 형세의 산방산이 있다. 나는 이 산에 오르지 않았다. 대신 이 산의 지척에 있는 산해바다와 용머리바위 인근을 서성거렸다. 그곳은 1653년 8월 16일, 동인도회사의 상선 스페르베르호를 타고 타이완을 떠나 나가사키로 향하던 하멜 일행이 자연의 재난을 만나 상륙했던 바로 그 장소다.

유럽인들이 '퀠파르트 섬'이라고 불렀던 제주도에 상륙한 이후, 하멜을 포함한 선원 36명은 무려 13년 20일 동안을 '반억류상태'로 조선에 머무르게 된다. "너희는 여기서 살아야 한다. 외국인을 국외로 내보내는 것은 이 나라 관습이 아니다." 당시 조선의 국왕이었던 효종은 '나가사키'로 보내달라는 하멜 일행의 청을 그렇게 거절했다. 치욕스러운 청나라에서의 볼모생활을 몸소 겪어야 했던 효종은

이 네덜란드 상인들로부터 유럽의 발전된 군사기술 및 정보를 습득함으로써, 자신이 추구했던 조선의 자주적 국방정책을 보완하려 했던 것 같다. 그러나 하멜 일당이란 기껏해야 동인도 회사에 소속된 장사꾼들이 아니었던가.

하멜의 표류기가 출간되기 전까지 조선이란 '은둔의 나라'에 불과했으며, 더구나 파란 눈의 서양인들에게는 단지 '청'의 속국으로 비쳤을 뿐이다. 간명한 보고서 형식으로 쓰여진 하멜의 조선에서의 생활기록을 보면, 이들이 이러한 인식에 근거하여 조선관원의 눈을 피해 당시 조선에 도착한 청나라 사신을 향해 귀향을 호소하고, 또 조선 당국에서는 그런 그들을 청의 사신으로부터 격리시키기 위해 일종의 연금상태에 처하게 만들었던 민감한 상황이 잘 드러난다.

'조선'과 '청' 사이의 이러한 미묘한 관계 말고도 하멜의 일지에는, 조선의 정세에 예민하게 대응했던 '왜'의 치밀한 정보수집 능력도 살펴볼 수 있어 흥미롭다. 하멜 일행이 조선을 탈출, 나가사키에 도착해 심문받았던 조서의 내용을 검토해보면, 이 시기에 '왜'는 조선의 정치·경제·사회·문화에 대한 방대한 정보를 이미 축적해놓고 있는 상태였으며, 이러한 정보의 토대 위에서 조선을 대륙진출을 위한 전진기지로 생각하고 있었던 것처럼도 생각된다.

요컨대 무려 60여 개에 달하는 심문 사항 가운데 나가사키의 조사관이 심혈을 기울여 하멜을 취조하고 있는 부분은 조선의 군사력과 무기체계, 성채의 구조, 교통과 통신 및 지리에 대한 것이다. 이러한 '왜'의 태도는 조선에 난파된 하멜 일행에 대한 조선관원들의 인간적인 환대와는 그 성격을 달리하는 것이다. 일찍이 네덜란드의 발전된 문명을 '난학'으로 체계화하고, 이를 통해 일본적 근대를 돌격대 식으로 추진해갔던, 당대 일본의 시대적 기후를 하멜의 일지를 통해 간접적으로 확인할 수 있다는 것도 이 책을 읽는 교훈 가운데 하나다.

산해바다에는 당시 하멜이 타고 왔던 스페르베르호가 재현되어 있고, 해안 쪽으로는 '하멜기념비'가 세워져 있었다. 하멜이 바라보았을 그 제주 바다를 관광객들이 무심히 바라보고 있었다.

'나'는 없다, '당신'이 있을 뿐이다

사랑은 설명되지 않는다. 그것은 다만 행위로서 존재한다. 사랑이라는 말은 명사이지만 사랑의 실체는 움직임, 즉 동사다. 그것은 마음을 움직이고, 기꺼이 몸을 움직이는데, 그 움직임은 기어이 어떤 한계를 넘어서고자 한다. 사랑은 죽음과 마찬가지로 인간이 삶 속에서 겪는 한계체험의 일종이다. 그것은 부드럽기보다는 과격하고, 금지선 안에서의 '안정'보다는 그것을 넘어서는 '희열'에 기꺼이 복종한다.

문학이라는 예술이 탄생한 이래, 사랑은 '돈'이라는 소재와 함께 가장 유력한 대주제의 하나였다. 우리가 '신파'라고 일컬었던 어떤 연극의 제목이 그것을 상기시킨다. 모든 인간들은 역사 속에서, 사랑에 속고 돈에 울었다. 다분한 낭만적 체취를 거느리고 있는 로맨스 혹은 사랑이란 실제로는 뼈아픈 고통에 봉사해왔다. 왜 인간들은 그 고통에 공감했으며, 고통 속의 희열에 그토록 집착했던 것일까. 알쏭달쏭한 일이다.

사랑에 대해 쓰인 소설들은 많지만, 내게는 다음의 두 작품이 가장 인상적인 것으로 기억되고 있다. 일본의 소설가 가와바타 야스

나리의 『설국』과 프랑스의 소설가 파스칼 키냐르의 『은밀한 생』이 그것이다. 앞의 소설은 시마무라라는 한 무위도식자가 '눈의 나라'에서, 두 여자의 사랑 앞에서 속절없이 흔들리는 섬세한 '마음의 무늬'가 잘 드러나 있는 작품이고, 뒤의 작품은 사랑이란 외부세계로부터의 '극단적인 도피'라는 시각이 뚜렷하게 드러난 작품이다. 말 그대로 '은밀한 생' 아닌가.

우선 『설국』. 소설의 주인공인 시마무라는 두 여자 사이에서 동요한다. 한 꼭짓점이 그를 지나치게 사랑하고 있는 게이샤 고마코라면, 다른 꼭짓점은 죽은 폐병쟁이를 사랑하면서도 시마무라에게 기묘한 추파를 던지는 요코이다. 고마코가 시마무라에게 달려들면 들수록, 시마무라는 고마코의 등 뒤에 앉아 있는 요코의 얼굴을 쳐다본다. 그는 이 두 사랑 사이에서 흔들리는 것 같으나, 실상은 안전하게 그 사랑을 회피하고 있으며, 그 회피를 가능케 하는 것은 놀랄 만큼 냉정한 심리적 거리다. 요컨대 그것은 미묘한 삼각관계인데, 이 기묘한 '사랑의 결핍'이 소설의 배경인 폭설과 겹쳐지면서, 설명하기 힘든 슬픔을 자아내고 있다. 『은밀한 생』은 극적인 줄거리라고 할 만한 것이 전혀 존재하지 않는 작품임에도 불구하고, 사랑의 본질을 알고자 하는 독자라면 '성경'처럼 거듭 읽을 필요가 있을 만큼, 아름다운 사색과 아포리즘으로 가득 차 있다.

가령 다음과 같은 문장을 읽어보라. "다음 여덟 가지가 사랑의 결과이다. 사랑은 심장을 빨리 뛰게 하고, 고통을 진정시키고, 죽음을 떼어놓고, 사랑과 관련되지 않는 관계들을 해체하고, 낮을 증가시키고, 밤을 단축시키며, 영혼을 대담하게 만들고, 태양을 빛나게 한다. 이러한 것들은 정열적인 사랑의 효과이다." 아무래도 사랑은 동사이 자 형용사인 것 같다. 그것은 나른한 심적 상태를 격정적으로 고양 시키고, 끝내 폭발시킨다.

사랑을 조명하고 있는 거의 모든 문학작품들은, 성취가 아니라 그것의 상실과 실패에서 사랑의 본질을 찾아내고 있는 듯하다. 사 랑과 관련된 모든 탁월한 문학작품들은, 진정한 사랑에 도달하는 길은 차라리 그것에 실패하는 데 있다는 아이로니컬한 상황을 우리 에게 자주 제시한다. 사랑은 이곳에 없는 것이므로 더욱 간절해지 며, 좌절됨으로써 더욱 아름다운 것처럼 느껴지도록, 그 소설들은 우리의 마음을 뒤흔든다.

우리는 버릇처럼 누군가를 사랑한다고 말하지만, 아무래도 진실 은 우리가 사랑에 '던져졌다'고 말하는 편에 가깝다. 무력한 의지가 사랑을 이끌어가는 동력이다. 사랑 안에서 우리가 기적적으로 이타 적일 수 있는 것은, 명랑한 낮의 이성이 성숙한 밤의 포옹 앞에서 무 력해지기 때문이다. 그때, 사랑하는 '나'는 없다. '당신'이 있을 뿐이다.

문학과 만나는 세 가지 방식

문학은 문학이라고 규정되는 것의 경계를 넘어선다. 평론가 김윤식은 이를 문학(소설)은 잡스러운 것이라고 재미있게 표현한 바 있다. 학력불문, 전공불문, 연령불문의 평등세계가 문학의 자유로움의 전제조건이다. 거기에 인간해방까지. 그것은 문학을 창작하는 일에서나, 문학작품을 읽는 독자의 입장에서나 공통으로 해당되는 말이다. 참으로 아름다운 문학은 창작이나 비평의 자격을 묻지 않는다. 때문에 좋은 문학은 그것을 읽는 독자들의 상이한 계층, 계급, 연령, 성별, 이데올로기, 세계관 등을 넘어서며 감동이라는 마술적인 정서적 효과를 독자들에게 선물로 제시한다.

이 감동의 원인을 정교하면서도 부드럽게 설명하는 존재를 우리는 흔히 문학비평가라고 부른다. 그러나 문학을 만나는 방식은 이것 외에도 무척이나 다양하다. 저널리스트의 시각을 통해 작품과 작가를 볼 수도 있으며, 사회과학자의 관점에서 바라볼 수도 있다. 그런가 하면, 출판비평가의 시선에 비친 문학의 풍경도 상상할 수 있다. 이처럼 문학과 만나는 방식은 무척이나 다채로우며, 그 만남의 다양성은 문학의 풍요로움에 적극적으로 기여한다.

『우리가 만난 작가들』. 이 책은 〈조선일보〉 문화부 기자인 김광일 씨가 우리 시대의 대표적인 16명의 작가를 만난 체험을 기술한 일종의 '취재문학'이라 할 수 있다. 이 책이 흥미로운 것은 신문기자가 바라본 문학과 문학인에 대한 관점이 잘 드러나 있기 때문이다. 김광일 기자는 말한다. "지금과 같은 상황에서 문학담당 신문기자가 써야 하는 글은 작가와 독자가 좀 더 적극적으로 그리고 정확하게 만날 수 있도록 그 통로에 관한 정보를 제공해야 한다고 생각합니다. 그리고 언제 어떤 경우를 막론하고 기자의 글은 작가의 글보다 그리고 평론가의 글보다 쉬워야 한다고 생각합니다." 실제로 이 책은 쉽고 재미있다. 이 책에서 김 기자의 작가에 대한 태도는 일종의 '훔쳐보기'에 해당한다. 기원으로서의 작가의 삶을 훔쳐보려는 욕망은 근본적으로는 인간적이지만, 기자에게 그것은 하나의 직업 윤리이기도 한 것이니까. 신혼인 소설가 박성원의 집에서 신혼부부 특유의 '젖내'를 느꼈다고 고백하는 것이나, 소설가 배수아의 거침없는 답변에서 정직함의 '임계점'과 대면하여 당황했다는 식의 고백에서 그것은 특히 잘 나타난다.

강준만의 『한국문학의 위선과 기만』. 언론학자에게 문학은 커뮤니케이션의 독특한 구조와 맞대면하는 일이기도 하다. 문학 역시 일차적으로는 커뮤니케이션의 형식이다. 작가, 시장, 독자의 존재는 정보의 발신자, 매개자, 수신자의 관계와 형태론적으로 유사하다. 강준만 교수는 문학이라는 독특한 커뮤니케이션 체계를 이른바 '문학사회학'의 맥락에서 검토한다. 가장 개인적이며 내면적인 실천에 의해 가능해지는 문학은, 바로 그러한 주장을 통해서 역설적으로 사회적인 의미를 획득한다. 문학은 가장 '순수한 글쓰기'라는 주장을 통해서, 특정한 이데올로기와 미의식을 적극적으로 표출한다. 문학은 현실과의 극단적인 거리를 유지한다고 주장하면서, 실제로는 현실에 무한히 접근해간다. 강 교수의 문학 읽기는 이 모순과 괴리, 역설의 '틈'을 매우 흥미로운 방식으로 독자들에게 보여준다.

『디지털 시대의 책 만들기』. 출판비평가로 활동하고 있는 한기호 씨의 책이다. 출판비평가란 무엇인가? 책의 존재론과 인식론을 고민하면서, 거기에 문화산업으로서의 책의 현실을 탐구하는 자일 것이다. 실례를 무릅쓰고, 이런 표현이 가능하다면, 한기호 씨는 '출판비평계의 강준만'처럼 느껴진다. 그는 현실적으로는 출판비평계의 오피니언 리더opinion leader이면서도, 그 주장과 논조에 있어서는 강렬한 카운터 오피니언counter opinion의 면모를 보여준다. 책과 출판에 대한 그의 비평은 '성역'도 '금기'도 없다. 때문에 그가 한국의 소설문학에 대해 내리는 과감한 비판은 매우 경청할 만한 것들이다. 은희경의 『마이너리그』를 '통속소설'로 규정하거나, 김진명과 같은 작가를 '문학성'과는 별도로 시장에서 꼭 필요한 작가로 인정하는 주장 등이 그 단호함에도 불구하고 충분한 설득력을 갖는 것은, 출판현장에서 축적된 경험과 직관들이 섬세한 논리와 결합되고 있기 때문이다.

이상의 세 권의 책들은 저널리스트, 사회과학자, 출판비평가의 눈에 비친 문학의 현주소라고 볼 수 있다. 이 세 권의 책에 비친 문학의 풍경과 이른바 '비평가'의 눈에 비친 문학의 풍경은, 때로는 섬세하게 충돌하고 때로는 과격하게 일치한다. 작품을 읽는 눈이 개인에 따라 심각할 정도로 다양하듯이, 문학을 바라보는 시각 역시 다채롭게 분화될 수 있다는 것을 위의 책들은 보여준다. 문학의 역사는 문학에 대한 차별화된 정의의 역사라고 하는 말이 있듯이, 문학을 만나는 방식은 그 만남의 차별성에 의해서 어떤 진정성을 확보할 수 있는 것이다. 다르다는 것을 인정함으로써, 우리는 하나 됨의 가능성을 꿈꾼다. 사랑도 그렇거니와 책읽기도 마찬가지다.

강남 백화점은 무너졌지만, '황금광 시대'의 헛꿈은…

      소설 역시 하나의 담론 체계이기 때문에, 작가가 어떤 의제를 독자에게 제시할 것인가 하는 문제 설정은 중요하다. 그런 점에서 황석영이 '강남 형성사'에 대해 쓰고 싶었고, 또 그것을 실제로 써냈다는 것은 현실에 대한 작가의 촉수가 매우 민감하게 발달해 있다는 것을 보여준다.

  오늘의 강남은 단순한 지리적 공간이나 행정구역이 아니다. 그것은 압축 성장의 근대화가 만들어낸 뒤틀린 욕망의 표상 공간이자, 여타 지역의 거주민으로 하여금 강남적 삶의 방식을 끝없이 모방하고 선망하게 만드는 한국판 궁정 질서다. 그러니 세칭 '강남 공화국'이라는 표현은 현실에 대한 심각한 오인을 낳는다. 강남이라는 표상 공간을 형성하고 지탱시키며, 한국인들로 하여금 강남에 대한 경쟁적이며 모방적인 삶의 투쟁으로 이끄는 힘과 의례와 역학은 사실상 민주주의와 무관하다.

  서구의 근대를 추동해냈던 부르주아들이 궁정의 삶을 경멸하면서도 그것을 분열증적으로 모방해왔듯이, 황석영의 『강남몽』에 등장하는 등장인물은 제각각의 욕망의 차별성에도 불구하고 강남적 삶의 질서 속에 용해된다. 그러나 모방에서도 승자와 패자는 남는 법이며, 선택과 배제의 질서 역시 끈질기게 관철되는 법이다. 어떤 자들에게 강남의 형성과 성장 과정은 '황금광 시대'로 비치겠지만, 또 어떤 자들에게는 '악마의 맷돌'로 경험될 것이다.

『강남몽』은 상대적으로 '황금광 시대'의 열정으로 충만해 있는 인물군상에 포커스를 집중하고 있다. 1장의 주인공인 박선녀는 "인맥과 금맥은 물처럼 바뀌는 것"이라는 세속적 성공 신화를 룸살롱과 나이트클럽과 같은 밤 문화의 교차로에서 체득하며, 부와 권력을 잔뜩 쥐고 있는 남성들 사이를 오가면서 복부인으로 승승장구한다. 2장의 주인공인 김진은 일제 말기 관동군 밀정으로 출발하여 해방 후에는 미군의 정보 요원으로, 이후에는 건설 업체 회장으로 변신을 거듭하는데, '권력의 교차로'에서 인맥과 비자금으로 정보의 흐름을 장악함으로써 기업가로서의 성공 신화를 창출하는 인물이다.

3장의 주인공인 심남수는 어떠한가. 박기섭과의 우연한 만남 끝에 기획 부동산업에 뛰어드는 인물인데 "길 가는 데 땅이 있고 땅은 돈이 된다"는 박기섭의 신념을 확대 재생산하는 인물이다. 공무원 및 관료들과의 유착과 로비를 통해서 강남 개발 계획 정보를 사전에 입수하고 헐값에 원주민의 토지를 매입, 이를 '떼기' 등의 방식으로 호가를 높인 후에 되파는 방식으로 부동산 투기 및 거액의 매매 이익을 취득한다. 이러한 사업 수완 때문에 청와대의 정치 비자금을 형성하는 매개자 노릇도 하게 된다.

4장의 주인공인 홍양태나 강은촌과 같은 조폭들 역시 강남에 건설되는 호텔을 근간으로 한 유흥업소의 각종 이권을 독점하기 위한 기업형 조폭의 욕망을 실현해나가는 인물들이다. 이들은 윤무혁과 같은 중앙정보부 요원을 매개로 정치 폭력의 수행을 통해 일시적으로 밤의 대통령으로 성공 신화를 이루는 듯하지만, 결국엔 비정한 정치의 희생양이 되는 인물들로 묘사되고 있다.

이 소설에서 거의 유일하게 황금광 시대의 어두운 이면을 환기시키는 인물로 등장하는 것이 5장에서의 임정아와 그 주변 인물이다. 이들은 1970년대의 평범한 민중들이 그렇듯 이촌향도의 대열을 따라 희망을 품고 상경하지만, '광주 대단지 사건'과 같은 도시 빈민의 헐벗은 삶의 질서 속에서 거듭 절망적인 상황에 봉착하게 되는 인물로 묘사되고 있다. 가여울 정도의 순정한 인간애와 삶에 대한 애착을 보여주지만, 희망의 실현은 멀고 아득하다.

『강남몽』의 시작과 끝은 실제 있었던 삼풍백화점 붕괴 사건을 수미상관의 구조로 제시하고 있지만, 이 소설에서 제시되는 시간적 배경은 일제 말기에서 시작되어 1995년까지의 한국현대사의 거의 전 시간대를 포괄하고 있다. 사정이 이렇다 보니, 현대사의 주요한 사건들이 마치 파노라마처럼 쉴 새 없이 스쳐간다. 일제 말기와 해방, 10월 항쟁과 제주 4·3항쟁, 김구 암살, 4·19혁명과 5·16쿠데타, 광주 대단지 사건, 박정희 암살과 신군부의 대두 등의 사건이 그렇다.

그러나 이러한 역사적 사건은 이 소설 속에서, 인과적 연계를 갖고 나타나지 않고 다만 등장인물의 가열한 욕망의 부침을 보조적으로 묘사하기 위한 기제로서 활용된다. 작가가 가장 공들여 묘사하는 인물은 아무래도 김진, 김창수, 이희철과 같은 일제 당시 일본군이나 경찰에서 친일 인사로 활동하다가, 해방 이후 변신을 거듭해 기업가나 권력의 실세로 등장하여 권력과 자본의 합종연횡을 연출하고 있는 인물이다(주인공도 아니면서 이례적으로 장황하게 박정희를 강직한 인물로 묘사하고 있는 것은 자못 기묘해 보인다). 중반부를 넘어갈수록 윤무혁과 같은 중앙정보원 및 국가정보원 인사가 자주 등장하여, 권력과 자본의 치밀한 관리 및 이권거래의 실상을 보여주고 있다.

『강남몽』은 한번 손에 잡으면 끝까지 읽게 만드는 이야기의 매력이 있다. 물론 이는 황석영의 이야기꾼으로서의 역량 탓이기도 하지만, 이 소설에 등장하는 이권을 둘러싼 인간의 욕망에 대한 묘사나 성공과 몰락에 대한 드라마틱한 압축적 구성이 일종의 영웅 신화의 구조, 더 정확히 말하면 소영웅들의 인생 극장 식으로 병치되고 있기 때문이다. 한갓 헛꿈에 불과할지라도 가히 '황금광 시대'를 연상시키는 등장인물의, 강남을 매개로 한 성공에 대한 가열한 열망과 절망은 시종일관 치밀한 책략을 통해 가동되고 있는데, 그것이 대중 독서의 차원에서 무협지와 같은 강렬한 흡인력을 끌어내는 것은 분명하다. 권모술수의 현실주의라고나 할까.

그러나 이 소설을 읽고 나서 독자들이 오늘의 강남을 형성시킨 한국적 압축 성장에 대한 입체적이면서도 비판적인 이해에 도달하기는 어렵다는 것이 내 생각이다. 반대로 대중적 차원에서는 결국 한국에서의 부와 권력, 그리고 폭력의 신성동맹이란 그저 힘 있는 세력들 간의 이해관계의 간통이나 유착에 불과한 것이고, 힘없는 대다수 서민들이란 소설의 끝에서 발가벗겨져 구조되는 임정아처럼 그저 언젠간 나아지겠지 하는 선량하지만 결국 막연한 희망으로 살아갈 뿐 아닌가라는, 별다른 의식의 충격 없는 일상적 냉소주의의 확인이나 감정의 휘발에 머물 가능성이 크다.

등장인물의 인생의 부침이 대개 '우연'에 의해 출발한다는 것 역시 좋은 소설적 설정은 아니다. 소설의 묘사를 따르면 "쭉쭉빵빵 꽃"핀 몸매밖에는 없었던 여상 출신 박선녀는 우연히 모델로 발탁되고 또 새끼마담이 되고, 또 김진을 만나고, 또 심남수를 만나 부동산 투기에 눈뜬다. 김진은 어떠한가. 유년시절 우연한 계기로 김창수를 만나 밀정이 되고 특무기관에 차출되더니, 해방이 되어서는 서울 거리에서 다시 우연히 이희철을 만나 미군 특무기관원이 된후 승승장구한다. 심남수는 또 어떤가. 군대 제대 후 취직 시험을 준비하다가 우연히 군대 시절의 동료를 만나 만취해 통행 금지를 어겨 유치장에 갇히는데, 거기서 부동산 업자 박기섭과 "운명적으로" 만나 인생역전이 시작된다. 기자를 꿈꾸던 청년의 변신치고는 너무 돌연하다.

작가 역시 이러한 소설 구조상의 문제를 알고 있는 때문인지 '몽자류 소설' 등의 전통소설 양식을 거론하며 "서서히 몰락해가는 상류 가족의 일상을 보여주면서 현실 세계가 어떻게 변해야 하는가를 드러낸다"는 시각을 피력하고 있다. 그러나 『강남몽』에 등장하는 가령 김진 류의 권력 해바라기형 인물은 현실 속에서 결코 몰락하지 않았다. 반대로 1997년 이후의 '거대한 전환'을 겪으면서 오히려 집단적으로 몰락하고 있는 사람들은 임정아와 같은 '하류가족'이라는 명백한 사실이 지적될 필요가 있다. 강남 형성기에 단단히 한몫을 챙겼던 김진 류의 세력들이야말로 삼풍백화점이나 성수대교 붕괴 이후에 오히려 승승장구하고 있는 게 아닐까.

강남 형성기를 일종의 성공 신화로, 황금광 시대로, 불패 신화로 생각하고 있는 편에서야 그것을 '강남몽'으로 인식할 수 있을지 모르겠지만, 대다수의 독자에게 그것은 이제는 도착의 형태로 굳어진 '헛꿈'이다. 소설『강남몽』은 이런 '헛꿈'에 고통 받고 있는 대다수의 사람들보다는, 도착된 형태이기는 하지만 진실로 그것을 물신의 꿈 혹은 유토피아의 실현으로 생각했던 뒤틀린 인간들의 사회생태학을 보여주는 데는 성공한 것으로 보인다. 옛 표현을 떠올리면, 부르주아적 리얼리즘의 고착화라고나 할까.

그러나 이 소설에는 진실로 '강남'의 너머에서, 오늘의 한국인이 꾸어야 될 '진짜 꿈'의 비전과 설계도가 생략되어 있다. 소설이 아니더라도 대중들로 하여금 '헛꿈'을 꾸게 만드는 현실의 세목은 부지기수로 널려 있어서 굳이 말하지 않아도 이미 선망과 공포의 복합 감정으로 대중들의 내면은 구조화되어 있다.

작가를 포함하여 어떤 독자는 소설의 마지막에서 벌거벗겨져 생환되는 임정아의 모습에서 희망이나 감동을 기대할 수도 있겠지만, 오히려 나는 그녀에게서 무방비의 상태로 세계의 거대한 폭력에 가감 없이 노출된 이 시대의 선량한 호모 사케르가 자꾸 연상되어 착잡했다.

　다리가 무너지고 백화점이 무너졌지만, 그 사건 이후 자본의 욕망은 오히려 더 팽팽해졌다. 그래서 나는 『강남몽』을 '지지할 수 없는 문제작'이라 명명하고자 한다.

무기력한 차라투스트라

"이것도 소설일 수 있는가?" 박상륭의 작품을 읽는 독자들은 이런 의문을 한두 번쯤 품었을 것이다. "소설이란 대저 무엇을 의미하는 것일까?" 박상륭의 작품을 읽을 때마다, 나는 이런 고뇌에 자주 빠져든다. 독자들이 박상륭의 작품을 이해하든 그렇지 않든, 적어도 분명한 것은 그의 글쓰기가, 대체로 상투화된 고정관념으로서의 관념과 형이상학을, 소설의 뿌리를 뒤흔들고 있다는 점에 있다.

『신을 죽인 자의 행로는 쓸쓸했도다』에서, 그 쓸쓸함의 정서적 상태에 빠진 인물은 니체적 의미에서의 차라투스트라다. 박상륭은 이 소설 속에 늙은 패관을 등장시켜 장중한 호흡의, 요설에 가까운 변증을 전개시키면서 차라투스트라를 일종의 정신적 공황상태에 빠지게 만든 후에, 결국에는 그를 비극적인 죽음에 이르게 만들고 있다. 죽은 것은 신이 아니라, 신의 죽음을 선언했던 차라투스트라 자신일 뿐이라는, 이 냉정한 상황설정과 함께 작가가 들려주었던 전언들이 이 소설의 핵심적인 주제일 것이다.

그런데 그 늙은 패관의 장광설을 기반으로 해서 이 소설을 독해하는 것은 작가의 일방적인 주장을 기계적으로 수용하는 것에 불과하다. 만일 우리가 이런 방식으로 이 소설을 읽어나간다면, 남는 결과는 작가적 관점의 전면적인 수용과 이해의 차원에 머물 수밖에 없다. 정작 독자가 문제 삼아야 할 것은 차라투스트라에 대한 박상륭의 전복적 독해는 그것 나름대로 인정하면서도, 왜 이 소설 속의 차라투스트라는 그토록 무력할 수밖에 없었는가 하는 점에 있다.

이 소설의 2부에 등장하는 차라투스트라는, 연극의 비유를 들자면, 등장은 해 있으나 기실은 별다른 연극적 의미를 생산해내지 못하는 무대 위의 처량한 '소도구'와도 같은 존재로 전락해 있다. 그는 늙은 패관의 도전적인 주장에 아무런 반론도 제기하지 못하고 있다. 소설의 진술문에 따르면 그렇게 된 이유는, 차라투스트라가 말하고자 하는 바를 과거에 이미 다 했기에 그렇다는 것이다. 그 결과란 무엇인가? "그러므로 경청할 뿐이라고, 차라투스트라는 귀만 남겨놓고 있는 중이다."

이 작품이 읽기의 유연성이라는 차원에서도 그렇고, 사상의 박진감 있는 전개라는 차원에서 더욱 효과적인 성과를 얻었으려면, 이 무기력한 차라투스트라와 늙은 패관과의 관계가, 일방적인 '독백'이 아닌 열정적인 '대화'나 '논쟁'의 형태로 이루어졌어야 한다. 모놀로그로 전락한 담화는 아무리 정밀한 논증이 진행된다고 해도 '신은 죽었다'라는 시적 선언이 그러했던 것과 마찬가지 의미에서, 물구나 무선 또 하나의 '선언'으로 축소될 수밖에 없다.

위안의 서사, 문학적 대중주의

어느 심포지엄 자리에서 문학평론가 임헌영은 공지영 소설이 한국 장편소설의 미래라고 말했다. 신문기사를 통해서 들은 이야기인지라, 그 발언의 정확한 맥락을 알 수는 없지만 나는 다소 다른 생각을 갖고 있다. 나는 공지영의 문학이 한국문학의 미래일지는 알 수 없지만, 적어도 한국문학의 중요한 현재성을 보여주고 있다고 생각한다. 문학적 대중주의의 실현이라는 차원에서 보자면, 역시 공지영은 한국문학의 중요한 현재성을 보여준다.

한국문학의 중요한 현재성

공지영의 소설이 대중들에게 폭넓은 호소력을 발휘하고 있다. 그 원인은 체계적으로 분석될 필요가 있지만, 특히 공지영 소설이 보여주는 '위안의 서사'가 중요한 역할을 하고 있는 게 아닐까 생각하게 된다. 공지영의 『우리들의 행복한 시간』은 한 사형수와 방황하던 중산층 여성의 우연한 만남과 사랑, 그리고 사형수의 죽음을 통한 이별이라는 스토리라인을 갖고 있다.

한 철없는 중산층 여성이 절대빈곤으로 유발된 범죄의 순환고리에서 빠져나오지 못하고 결국은 살인범으로 전락, 이제 사형수의 운명으로 전락한 수용자를 만나게 된다. 물론 그런 수용자를 만나고 있는 이 여성 역시 인생에 대한 비관 때문에 수시로 자살을 연출했던 사람이라는 점에서는 정서적 한계상황에 봉착한 문제적 인물인 것이 사실이다. 한 사람은 경제적 빈곤이 인생을 파국으로 이끌었고, 그를 바라보는 한 여성은 내면의 파탄이 파국 일보 직전까지의 상황으로 그를 내몬 셈이다.

이런 상처받은 두 인물이 죽음을 눈앞에 둔 한계상황에서 서로의 지나온 삶을 온전히 껴안으면서, 급기야는 마술적 감정이라 해야 마땅할 사랑에 빠지게 되고, 당연한 결과지만 그 사랑이 실현되지 못하고 결국 수용자가 사형당하게 되자, 여자는 절규하게 되는 것이 이 소설의 간단한 스토리다.

공지영이 이 소설에서 그리고 있는 두 남녀의 만남은 마치 바보 온달과 평강공주의 극적인 만남을 극화한 이야기처럼, 현실에서는 지극히 실현되기 어려운 판타지의 실현 가능성과 그것의 실패를 보여주는 것처럼 보인다. 리얼리티라는 측면에서 보자면, 이 여자의 갑작스러운 사랑에의 몰입은 '연민'의 극대화에서 발생하는 갑작스런 선택이다. 그런데 바로 그것이 대중 독자의 눈물샘을 자극하고, 공지영 소설에 대한 대중적 환호를 이끌어내는 주요한 요소가 되고 있다. 위안의 수사학인 것이다.

공지영의 소설을 비판하는 많은 평자들은 그의 소설에서 반복적으로 발성되는 감상주의의 흔적들을 발견한다. 공지영의 초기 작품에 속하는『무소의 뿔처럼 혼자서 가라』역시 세간에서 화제가 되었던 페미니즘에 대한 격렬한 인식론의 밑에서 오히려 도도하게 울려퍼졌던 것은 청춘의 감상주의였다고 말하기도 한다. 특히 공지영이『봉순이 언니』와 같은 작품을 통해 하층계급 여성들의 생에 대한 태도를 공감적으로 서술할 때조차, 그것은 '연민'이라는 대중적 감상에 호소하는 것으로 느껴지고, 또 이것이 봉순이 언니를 둘러싼 현실의 모순에 대한 날카로운 의식을 역설적으로 무디게 한다는 지적은 그것대로 타당한 비판이라고 생각한다.

대책없는 선량한 태도

작가의 독일 체류 시절이 많은 부분 함축되어 있는『별들의 들판』역시, 소설 속에는 현실에 상처받은 다채로운 인물, 특히 역사로부터 청춘을 박탈당한 다양한 인물들이 등장하지만, 그러한 인물에 대한 작가의 태도는 일관되게 연민을 동반한 공감의 제스처로 나타나고 있다. 공지영은 그의 소설을 통해, 페미니즘으로부터 마르크스주의, 또 사회적 빈곤과 이에 따른 삶의 전락을 배경으로 배치하고 있지만, 중요한 것은 그러한 구조적 원인이 아니고 그러한 구조 속에서 상처받은 자들의 내면에 대해 서술자나 주동인물이 혼연일치의 감성으로 동화되고 있는 장면을 자주 연출한다는 데 있다.

그런데 흥미로운 것은 이러한 위안의 수사학, 공감적 연민의 증폭, 갈등적 상황을 파생시키는 구조적 해결책이 아닌 마음의 교류와 같은 양태에 대한 고백적 서사가 공지영 소설에 대한 대중적 읽기를 확산시키고 있다는 점이다. 공지영 소설의 인물들은 최근작에 올수록 감성적으로 개방되어 있고, 사람에 대한 마음가짐 역시 일종의 '착한 사람 신드롬'에 빠져 있는 것으로 보이며, 무엇보다도 세속적인 고통에서 벗어나는 길은 구조적 모순의 척결이 아닌 가장 낮은 곳에서의 대상에 대한 공감에서 비롯된다는 식의 의식을 노출시키고 있다.

그것은 한편에서 연민의 대상이 되고 있는 인물을 정서적으로 대상화함으로써, 한 평범한 인간이 갖기 마련인 무거운 부채의식과 죄의식의 해소로 이어진다는 점에서, 소설이 날카로운 현실에 대한 각성을 가능케 할 불편한 장르라는 세인의 통념을 무력화한다.

실제로 내가 만날 수 있었던 많은 독자들, 특히 그 가운데는 공지영이 소설 속에서 묘파한 교도소의 재소자들도 다수 있었는데, 그들이 가장 만나고 싶어 하는 작가가 공지영이었다는 점은 흥미롭게 느껴졌고, 공지영의 소설이 특히 학생들과 오피스걸을 포함한 젊은 여성들에게서 열광적인 공감을 얻고 있는 부분은 시사적이라고 생각했다.

지금까지의 논의를 요약하면 공지영의 소설이 뿜어내는 매력은 내면적으로 또는 상황적으로 고립되어 상처에 지속적으로 노출되어 있는 인물들에게, 거의 대책 없다고 표현해야 마땅할 연민과 위안의 시선을 던져주는 선량한 태도에서 온다고 할 수 있다. 우리는 그것을 일컬어 위안의 서사라 할 수 있을 것이다. 이를 통해 공지영은 문학적 대중주의를 실현하고 있다.

이 극대화된 위안의 서사학, 감상주의 또는 문학적 센티멘털리즘을 통해 세상을 바라보는 공지영의 시각에 동의할 수 없는 전문가들은 한국 문단에서도 대다수를 점유하고 있을 것이라고 판단된다. 또 연민이 아닌 인간의 존엄으로 대상인물을 상승시키려는 의지가 부족한 채, 오히려 대상을 타자화함으로써 소설가의 부채의식이 휘발되는 것이 아닌가 하는 비평가들의 우려와 비판도 정당하다고 생각한다.

심원적인 인간 탐구로 견인하는 계기

문제는 공지영의 소설에 열광적인 동의를 표하고 있는 독자들의 태도를 마냥 비판할 수는 없다는 점에 있다. 나는 공지영의 소설에 대한 대중 독자들의 뜨거운 반응이, 역설적으로 오늘의 한국 소설이 보여주는 일상적인 현실에 대한 냉소와 비꼼, 또 인간이라는 종 자체에 대한 환멸에서 비롯된 반인간주의로 나아가는 것에 대한 반동적 독서의 일환이라고 생각하는 편이다.

그런 점에서 공지영의 위안의 수사학, 문학적 대중주의 노선은 한국 본격문학의 대중으로부터의 거의 완벽할 정도의 결여에서 파생된 것이면서도, 동시에 낮은 단계에서의 인간에 대한 긍정으로부터 시작해 좀 더 심원한 소설적 인간 탐구로 독자를 견인하는 계기로 기능할 수 있다는 점에서, 한국문학의 중요한 현재형을 보여준다고 생각한다. 공지영 소설은 깊은 대중주의의 출발점인 것이다.

사랑의 마술

사랑은 나를 불편하게 한다. 비추어볼 추억이 없는 것은 아니지만, 나는 매혹·혼란·겹침·파국·망각으로 이어지는, 그 일목요연한 사랑의 반복을 대체로 끔찍해한다. 사랑이 화학변화라면 그것에 실패한 자는 마음의 산성화를 피할 길이 없다. 게다가 사랑은 어처구니없는 것이다. 그것은 위태로운 폭풍이 몰아치는 광야에서 간신히 몸을 지탱하고 있는 허약한 천막의 남루를 상기시킨다. 이것이 마지막이기를! 사람들은 이런 거짓말을 자주 한다.

〈오아시스〉에서의 사랑도 나를 불편하게 한다. 교도소에서 출소한 홍종두(설경구 분)가 중증 뇌성마비 장애인 한공주(문소리 분)에게 꽃을 선물한다. 과연 알쏭달쏭한 사랑의 시작인가. 그랬던 그가 충동적으로 한공주를 겁간하려 하고, 이에 저항하던 한공주가 까무러칠 때 나는 불편해진다. 아마도 그 불편함은 종두가 드러낸 성욕의 충동성이 남성지배 사회의 무감각한 정서의 무의식적 반영일지도 모른다는 생각에서 온 것일 터이다. 그리고 나는 또 한번 불편해진다. 오빠 부부가 떠나고 홀로 남겨진 공주가 종두에게 전화를 거는 장면에서다. "왜 저에게 꽃을 주셨나요?" 말이 되지 못한 소리가 간신히 전화선을 타고 흐를 때, 나는 '겁간'이 아닌 '꽃'을 상기해 내는 공주의 편의적인 기억에 불편함을 느낀다.

욕망은 평등하다. 그러나 욕망을 드러내는 종두와 공주의 태도는 불평등하다. 영화의 초반부를 물들이고 있는 불편함은 여기서 온다. 그 불편함이 해소되기 시작하는 것은 이 두 인물로부터 어떤 동질성의 뿌리를 발견하게 되는 대목부터다. 그들은 일상 속에서 마치 섬처럼 소외를 앓고 있다. 종두가 사람들 '사이'에서 그것을 보여준다면, 공주는 사람들과 완전히 '격리'된 자신의 방에서 그것을 보여준다. 이들이 사랑한다는 것은 결국 상처받은 실존이 인간다운 위엄을 회복하게 되는 변화를 의미한다. 이를 통해 그들의 욕망은 평등하게 긍정되고 세계는 잠시 충만함을 회복한다.

그것은 '마술'과도 같은 사랑의 속성을 내게 환기시킨다. 사랑은 마술인가. 나의 이성은 그것을 거부하지만, 나의 감성은 그것에 굴복한다. 그것은 분열의 체험인가. 아니 혼란의 내면화. 그러니까 은은한 격정에 몸과 마음이 숯검정이 되는 일일 것이다. 그런데 그 은은하게 타오르는 사랑은, 영화 속에서 계속하여 환한 빛 무리를 날린다. 비둘기가 날개를 펴고(그 비현실의 느낌!), 겹겹의 나비가 날아오를 때(그 천진성의 도약!), 공주는 홍경래가 조상이라며 장군으로 불러달라는 종두에게 "그는 반역자야"라고 천진스럽게 말한다. 그들에게 사랑은 남루한 과거에 대한 '반역'이고, 그 반역을 통해 공주의 분절되고 꼬인 말들은 종두에게 비로소 '번역'된다.

급기야 종두와 공주의 사랑은 판타지로 비약한다. 소녀여 일어나라, 이런 주문을 외우지도 않았는데, 공주가 휠체어에서 일어선다. 일어선 공주가 생수병으로 종두의 '대갈통'(오, 이 표현에 자비를!)을 냅다 후려갈기는 장면에서, 관객들은 흔쾌히 자지러질 것 같다. 그리고 인상적인 몇 장면, 가령 고가도로 위에서의 미친 듯한 흔들림에 대해서는 이야기하지 않겠다. 그리고 딱 한 장면, 내 가슴을 생선가시로 찌르던 그 풍경과의 만남 역시 전적으로 당신들의 비밀로 남겨둔다.

'사막' 같은 세상에서 사랑이 '오아시스'라면, 나는 그것을 흔히 '신파'라고 규정하곤 했다. 그런데 그 신파 속에 지랄 같은 생의 비밀이 숨어 있다. 만일 그것이 신파라면, 종두와 공주의 사랑은 '숭고'에 가까운 어떤 것이다. 사랑이 사막을 횡단하게 만드는 것일까. 감독은 마치 그렇게 묻고 있는 것 같다. 그런데 생각해보니, '오아시스'란다. 잠깐 목을 축이고 쉴 수는 있겠지만, 그 앞에는 여전히 황량한 사막이 펼쳐져 있다. 건널 것인가, 머물 것인가.

서정 말살 시대의 시쓰기

역사를 배우는 일은 슬픔을 배우는 일이고, 한 편의 시를 쓰거나 읽는 일은 그것에 동참하여 나누는 일이다. 이해의 지평을 뛰어넘는 한계상황 앞에서, 애통해하는 인간들의 언어는 그들 앞에 강림한 고통의 언어형식, 즉 단말마의 비명으로 전락한다. 아우슈비츠 이후에도 서정시는 가능한가라는 한 독일철학자의 절규는 역사적 파국이 인간의 감성에 드리운 끔찍스러운 상흔의 고백일 '서정 말살의 징후'를 간명하게 요약한 것이라 할 수 있다. 인간 이성에 대한 전폭적인 신뢰 속에서 지구적으로 진전된 문명화는 그 진전의 속도와 범위가 확대되는 바로 그만큼, '문명 속의 야만'을 폭발적으로 확산시켰다. 그때 인간은 서로에게 이리였을 뿐만 아니라, 자연에 대해서도 날카로운 이빨과 발톱을 드리우는 난폭한 존재로 전락했다. 미국에 의한 이라크 침공이 진행되는 와중에 한 권의 사화집이 출간되었다. 『전쟁은 신을 생각하게 한다』는 제목의 이 책에는 5명의 이라크 시인을 포함하여, 122명의 한국문인들이 반전·평화와 관련된 문학작품을 발표하고 있다. 이 사화집에 수록된 작품 가운데, 시인 홍일선 씨의 「聖반미론」이라는 시를 읽고 나는 깊은 고통을 느꼈다. 그 시는 이렇게 시작되고 있다. "詩가 아니라도 좋다/ 사랑의 감미로운 노래가 아니라도 좋다/ 나 이제 미제국주의의 거대한 觀淫症 앞에서/ 먼 곳 이라크 바그다드/ 아무도 미워하지 않는 소녀의 죽음 앞에서/ 일체의 은유법을 폐기하려 한다".

시인이 은유법을 폐기하겠다는 것은, 서정이 말살된 현실에 대한 강렬한 항의의 표시일 것이다. 죄 없이 죽어가는 바그다드의 소녀 앞에서, 가히 스너프 필름을 방불케 하는 살육의 브라운관 앞에서, 한 편의 서정시에 뒤따르기 마련일 '은유의 수사학'조차 죄스러운 언어로 느끼는 것은 시인의 양심 때문이다. 그것은 죽어가는 소녀에 대한 일체화된 연민의 표현이면서, '미제국주의의 거대한 관음증'으로 표현된 폭력적인 현실에 대한 분노이다. 이 연민과 분노의 강렬성은 "이제까지의 詩 지우려 한다"는 시쓰기에 대한 부정을 거쳐, 시를 통한 서정적 진실과 아름다움에 대한 추구가 환멸스러운 현실에 대한 거짓 희망이었음을 선언하는 데까지 이른다("우리 이제 세계를 그만 속이자/ 시를 써서 이제 제발 그만 죄를 짓자").

목전의 충격적인 죽음 앞에서 아름다운 서정시는 미적 사기에 불과하다. 그것이 시쓰기에 대한 근본적인 반성의 충격, 즉 죄의식을 낳은 셈이다. 이때부터 이 시는 서정성의 의식적인 제거를 향해 달려간다. "나 이제 단도직입적으로 말하겠다"는 전제를 한 후에, "미제국주의의 무차별 살육"을 고발하고, "반미만이 당대 최고의 도덕이다"는 선언을 내린다. 이런 산문화된 선언들은 마치 정치적 팸플릿의 일부처럼 직설적이다. 그런데 이 직설의 끝에서, 시인이 발견하

는 것은 "詩의 슬픔 속으로 들어가야겠다"에서 알 수 있듯, 시로 의
인화된 인간들의 슬픔이다. 이때 '시'는 고통받는 인간의 은유처럼
보인다.

　한 편의 시가 슬픔을 노래하는 것은 인간에게 슬픔이 일용할 양
식이기 때문이 아니라, 그것을 넘어 생의 기쁨을 향유하기 위한 욕
망의 다른 표현이라 할 수 있다. 서정 말살 시대라는 이 난폭한 기
후 속에서 시인이 은유법을 폐기하겠다는 것은, 은유와 서정이 시
대착오적이기 때문이 아니라, 그것을 불가능케 하는 현실의 야만성
을 더욱 예리하게 직시하자는 요청의 다른 표현이 아니겠는가. 문명
화가 지구적으로 진행된 바로 그만큼, '기아와 살육'의 현실은 더욱
광범위하게 지구인들의 일상을 장악하고 있다. 아프리카 대륙에서,
이라크와 팔레스타인에서, 그리고 한반도의 북쪽 등에서, 우리는 고
통과 슬픔의 응집된 표정을 발견한다. 이런 표현이 가능하다면, 시
인은 그것을 치유하기 위한 슬픔의 국제주의자이고, 시쓰기는 평화
를 향한 심미적 국제연대라고 할 수 있다.

내향적 초월주의자

최인훈의 『길에 관한 명상』을 읽으면서, 나는 그를 '내향적 초월주의자'로 명명하는 것이 어떨까 하는 생각에 빠지곤 했다. '내향적'이라는 말과 '초월주의자'라는 어사는 표면적으로는 대립적 자질을 가진 표현이다. 에너지의 내부로의 응축에 가까운 내향적이라는 말과 그것의 수직적 확산에 가까운 초월주의가 서로 등과 배를 맞댈 수 있을까. 적어도 최인훈의 글쓰기 안에서는 그것이 가능하다고 나는 생각한다.

가령 『광장』에서의 이명준의 자살이 그러한 형식을 체현한 사건이라고 볼 수는 없는 것일까. 남도 아니고 북도 아닌, 바다에서의 이명준의 자살은 현실의 질서를 뛰어넘은 유토피아를 갈망했다는 점에서는 초월적 태도이지만, 그것이 현실의 전면적인 개조와 혁신이 아닌 자기 안의 완성을 꿈꾸는 방향으로 나아갔다는 점에서 내향적인 것이다. 그런 점에서 최인훈은 내향적 초월주의자라는 개성적인 면모를 우리에게 보여준다.

내향적 초월주의자는 부드러운 비관주의자이자 낙관주의자이다. 중요한 것은 현실을 겹의 시선으로 보면서도, 그것의 거친 이면을 부드럽게 껴안는 시선이다. 「현대인이 잃어버린 것」이라는 산문에서 그는 "제행이 무상한 이 삶에서 제일 슬기롭고 강한 것은 부드러운 움직임이다"라고 쓴다. 이 부드러운 움직임이 『길에 대한 명상』에 수록된 산문들의 기저음으로 울려 퍼지고 있다.

나는 최인훈 선생은 딱 한 번 뵌 적이 있다. 십여 년 전 『옛날 옛적에 훠어이 훠이』의 영역 연극이 공연되던 한 극장에서였다. 어두운 객석에서 무대 위에 재현된 연극을 부드럽게 관조하던 노작가를, 나는 그의 뒤편에서 신기한 듯 바라보았던 기억이 난다. 이 책에는 객석에서 연극을 바라보던 한 작가의 내면풍경이 잘 드러나 있다. 그런 점에서 흥미로운 책이다.

사람이 꽃보다 아름다운가

시인 정지원 씨의 시에 가수 안치환 씨가 곡을 붙이고 노래한 〈사람이 꽃보다 아름다워〉라는 노래를 들을 때마다, 내 가슴 한편은 답답해진다. 스스로도 버릇처럼 거리에서 흥얼거리곤 하는 이 노래 앞에서 왜 내 가슴이 답답해지는 걸까. 과연 사람이 꽃보다 아름다운가라는 회의가 자주 밀려오기 때문이다. 만일 사람이 꽃보다 아름답다면, 그것은 선한 의지의 발현일 '지극한 이타성'의 결과일 텐데, 꽃을 포함한 자연은 그 존재 자체가 이미 '이타성'을 체현하고 있으니, 유독 사람만이 꽃보다 아름답다고 하지는 못할 것이다.

차라리 인간은 괴물과 신의 중간에 있다는 어느 불운했던 철학자의 절규가 사태의 진실에 더욱 가까운 것처럼 보인다. 아마도 꽃처럼 아름다워지고 싶은 사람의 지극한 욕망이 신을, 그 욕망 충족의 불가능성에 대한 절망이 괴물을 상상하게 만들었을 것이다. 그런데 인간이 신의 경지에 이르는 일은 거의 불가능한 것이지만, 괴물의 차원으로 떨어지는 것은 매우 손쉬운 일처럼 보인다. 우리가 눈앞에서 보고 있는 이 '더러운 전쟁'은, 괴물의 수준으로 언제든지 전락할 준비가 되어 있는 인간 욕망의 어두운 심연을 뚜렷하게 보여주는 듯하다.

게다가 역사는 인간다움의 가장 핵심적인 표식인 이성의 발전에 따른 '문명화'가, 오히려 인간은 물론 생명계 전체를 눈 깜짝할 사이에 절멸시킬 수 있는 가장 유력한 재앙의 근거라는 사실을 쉬지 않고 우리들에게 상기시켜 왔다. 우리는 전쟁을 인간성의 정상영역에서 탈선한 예외적 사건으로 규정하려는 정신적 편향에 자주 빠지지만, 오히려 인간 역사에서는 평화의 시기가 예외적인 것이었다. 우리는 흔히 전쟁을 비인간적인 것으로 규탄하는 데 익숙하지만, 오히려 파괴적인 인간성이 현실의 표면으로 무자비하게 분출되는 '인간적인, 너무나 인간적인' 사건으로 보는 것이 사태의 진실에 더욱 가까워 보인다.

이런 관점에서, 20세기의 문학과 인문학이 인간에게 가한 경고 가운데 가장 섬뜩한 주장은 '욕망은 힘이 세다'는 것이었다(철학적 반인간주의!). 물론 이때의 욕망은 파멸을 향해 항진하는 파괴적인 에너지였다. 그럼에도 불구하고, 사람이 꽃보다 아름답다는 시적 전언은 아름답다.

하지만 그 아름다운 전언이 현실 속에서 일말의 진실성을 확보하기 위해서는, 좀 엉뚱한 결론처럼 보이지만, 우리들은 먼저 '시인의 마음'을 가져야 한다. 시인의 마음은 가장 낮고 어두운 곳에서, 자기 바깥의 슬픔에 기꺼이 동참하고, 아파하며, 기어이 큰 목소리로 꺼이꺼이 함께 우는 연민의 태도를 의미한다. 가령 참혹한 전장의 '인간방패'들이 그런 사람들이다. 그렇다고는 해도, 사람이 '꽃보다' 아름다운 존재일 수 있을까. '꽃처럼' 아름다운 사람이라면 몰라도 말이다.

아프게 만나야 한다

기차역이나 버스터미널에 가면 흔히 있는 '만남의 광장'은 나에게 기묘한 느낌을 갖게 한다. '만남의 광장'에서 나는 누군가를 만나본 적이 없다. 물론 지방에서 올라오는 벗들을 배웅하기 위해 가끔 그곳을 거쳐가긴 하지만, 말 그대로 그곳은 거쳐가는 곳일 뿐이다. 사실상 그곳은 '만남의 광장'보다는 '떠남의 광장'이라는 말이 더욱 어울릴 법한 공간이다. '만남의 광장'에서 서성거리는 사람들은 어디론가 '떠날' 사람이거나, 어디에선가 '떠나온' 사람들이다. 설사 '만남의 광장'에서 우리가 누군가를 기다리고 만난다고 할지라도, 그 공간은 그저 '스쳐가는 곳'일 뿐이다.

'만남'이란 무엇일까. 거리에서 어떤 이와 잠시 스친다고 해서 우리는 그것을 만남이라고 말하지 않는다. 모든 부딪침을 만남으로 규정한다면, 우리들은 너무나 많은 만남에 직면해 있어 사실상 그 의미를 파악할 수 없다. 익숙하게 명함을 교환하고, 바로 그 사람과 밤새도록 술을 퍼마신다고 해도, '내면의 교류'가 존재하지 않는다면, 그것을 진정한 만남이라고 할 수 없다. 그렇다면 '만남'이란 무엇인가. 우리들의 마음에 설명하기 힘든 서늘함을 불러일으키고, 터질 듯한 설렘과 함께 날카로운 통증에 휩싸이게 만드는, 그 눈부신 만남이란 무엇일까.

그 눈부신 만남이 많은 경우 '추억'과 관련되어 있다고 믿게 만드는 것을 우리는 소설 속에서 자주 읽어왔다. 소설 속에서 만남의 추억이 아름답게 묘사되거나 서술되는 것은, 그 만남을 통해 공유된 시간이, 불가피하게 때로는 필연적으로 봉착하게 되는 '헤어짐'의 고통을 상쇄하고도 남을 삶의 '순금 부분'을 보여주기 때문이다. 설명하기 힘든 유년시절의 미숙한 '사랑'의 감정을 테마로 한 거의 대부분의 성장소설들 속에서, 만남은 수채화 톤으로 경쾌하게 반짝인다.

어떤 이에게는 견디기 힘든 서늘함을 안겨주었건만, 만남의 또 다른 당사자에게는 그저 스쳐 지나갈 정도의 냉담함으로 받아들여지는 기이한 '만남'을 형상화한 소설도 있다. 『참을 수 없는 존재의 가벼움』으로 우리에게도 잘 알려져 있는 체코 출신 작가 밀란 쿤데라의 『향수』가 그것이다. 소련의 체코 침공 이후 프랑스와 덴마크로 각각 망명했던 이레나와 조제프는 무려 20여 년 만에 프라하행 비행기에서 만나게 된다. 체코를 떠났던 20년 전 그들은 '연인'이었다. 이레나는 그것을 기억하고 설렘에 빠지지만, 놀랍게도 조제프는 그 사실을 기억하지 못한다. 비행기에서 만난 그들이 프라하에서 맞춤한 섹스를 하고, 육체의 충전감에 들떠 있는 상황까지 가지만, 기어이 조제프는 이레나를 기억해내지 못한다. 충격에 빠진 이레나가 조제프에게 절규하듯 묻는다. "우리가 어디서 만났지? 나는 누구지?"

평범한 샐러리맨들에게 타인과의 만남은 지극히 습관적인 직업의 일부인 경우가 많아서, 동일한 명함을 두 번씩이나 교환했으면서도, 뒤늦게 서로가 과거에 만났었다는 것을 확인할 때가 종종 있다. 아마도 거래처의 담당자들이었을 그들에게 절실했던 것은 '자본의 거래'였을 뿐 '내면의 교류'는 아니었을 것이다. 만남이 익숙한 잠옷처럼 흔해졌다는 사실만으로 우리가 행복할 수 없는 것은, 거기에 '헤어짐의 고통'을 감당할 만한 인내가 빠져 있기 때문일 것이다. 아프게 만나야 한다.

그 추억은 나를 설득시키지 못한다

김영현의 『폭설』은 낭만적 동경으로 충만한 소설이다. 그래서 추억의 표정을 닮아 있다. 이 소설의 시·공간적 배경일 유신 말기의 삭막하기 그지없는 사회현실도, 이 동경과 추억의 표정을 지우지는 못한다. 게다가 소설 속에는 지치지 않고 폭설이 내리고 있다. 폭설 속에 파묻힌 젊은이들의 뼈아픈 성장의 표정에 주목해서 읽는다면, 독자에게 남겨진 정당한 의무는 공감과 연민일 것이다. 자의식 없는 실험소설들과 얼치기 성애소설이 난무하고 있는 소설계의 현실을 고려할 경우, 『폭설』은 고뇌하면서 감동할 수 있는 몇 안 되는 좋은 작품이라고 판단된다. 하지만 모든 것이 만족스러운 것은 아니다. 나는 이 소설을 읽어가면서 내가 느꼈던 불만족이 이 소설의 치명적인 약점은 아닌가 하는 생각을 하게 된다.

이 소설 속에서 가장 신비롭게 서술되고 있으면서, 동시에 주인공 형섭의 내면에 사상적 혼란을 초래하는 인물은 성유다라는 지하혁명 서클의 지도자일 것이다. 이 인물은 형섭의 지독한 첫사랑의 애인으로 제시되면서, 동시에 급진혁명 세력의 대표적인 이론가로 서술된다. 바꿔 말하면 '사랑과 혁명'을 둘러싼 형섭의 충만한 고뇌의 정당성은 성유다라는 인물의 입체적인 개성에 의해 보증될 수 있다는 말이다.

그런데 실제로 소설을 읽어나가면서 접촉하게 되는 성유다의 면모는 대단히 실망스럽다. 그가 혁명의 정당성을 설파하는 담론이 헛웃음을 자아내기에 충분할 정도로 상식적인 것은 그렇다 치자. 그러나 거미줄과도 같은 수사망을 피해 도주하고 있는 성유다가 단지 자신이 사랑하고 있는 한 여인 때문에, 요시찰 대상인 형섭과의 접촉을 시도하여 기어이 검거되는 소설적 설정은 이 소설의 치명적인 한계로 남는 부분이다.

낭만적 동경이니 추억이니 하는 말로 이 소설을 설명했던 것은 이런 까닭이다. 그런데 생각해보면, 소설 속에서 내내 내리는 '폭설' 이야말로 그 자체가 낭만성을 대변하는 상징인 것이다. 눈은 모든 대상을 지워 투명하게 빛나는 백색의 세계를 창조한다. 이 소설은 모든 갈등과 통증을 폭설 속에 파묻으면서, 그것을 시리고 아름다웠던 추억이라고 명명하는 듯하다. 하지만 그 추억은 나를 설득시키지 못한다.

'유언'으로서의 글쓰기

　　글쓰기는 과연 죽음조차도 두려워하지 않는 가. 소설가 채영주의 죽음을 보도한 신문기사를 읽으면서 이런 생각에 빠져들었다. 그 기사에 따르면, 그는 완벽한 고독 속에서 죽어갔다. 그는 자신의 죽음을 알리지 말 것을 가족들에게 요청했고, 때문에 그를 사랑했던 동료들조차도, 장례식이 끝난 후에야 그 사실을 알 수 있었다고 한다. 이 부분에서 비장하게 느껴지는 것은 그가 죽기 직전까지 소설을 쓰고 있었다는 사실이다. 한 문예지의 가을호에 게재될 그의 소설은 그리하여 '유고원고'가 되었다.

　　많은 문인들이 죽음에 이르기 직전까지 글쓰기에 집중하는 경우를 종종 보게 된다. 타계한 비평가 고 김병걸은 병상에서 다음과 같은 글을 남기기도 했다. "내 목숨이 끊어지더라도 그 순간까지, 기를 쓰고 글써야지. 피를 토하다 쓰러지는 그 찰나까지, 기를 쓰고 글써야지. 글은 내가 세상에 왔다 간 흔적의 핏자국." 그가 죽은 후 한 문예지에 발표된 이 글을 읽으면서, 나는 극심한 '전율감'에 빠졌었다. 비평가 고 김현 역시 죽음에 이르기까지 '글쓰기'의 유혹으로부터 자유로울 수 없었던 사람이었다. 고통스러운 투병생활 속에서도 그는 글쓰기를 멈추지 않았는데, 그의 사후 출간된 일기 모음집인 『행복한 책읽기』에는 죽음에 직면한 한 문인의 내면풍경이 잘 드러나 있다.

　문인들은 '쓴다'는 행위 속에 갇힌 수인囚人이다. 글이 쓰이질 않을 때, 그는 절망하며, 글을 쓰는 순간 그는 좌절한다. 글쓰기를 중단한 순간 그는 무의미한 존재가 되며, 글쓰기를 시작하는 순간 그는 자신의 무능을 끊임없이 질책한다. 쓴다는 일을 고통스럽다고 표현하는 문인들이 많은데, 이는 결코 엄살이 아니다. 작품은 먼지처럼 '축적'되는 것이 아니라, 매 순간 새롭게 '탄생'하는 것이다. '쓴다'는 일의 고통스러움은 그가 아무리 뛰어난 작가라고 할지라도, 매 순간 제로zero에서 다시 시작할 수밖에 없다는 냉혹한 미적 현실에서 비롯된다. 그것이 '쓴다'는 행위를 매혹과 비극의 수제비로 만든다.

　쓰지 않으면 될 것 아닌가? 그럴 수 없다는 데에 글쓰기의 딜레마가 존재한다. 몇몇 운 좋은 예외를 제외하면, '쓴다'는 행위는 작가들에게 먹을 것이 공기밖에 없을 정도의 가난을 선사한다. 그럼에도 불구하고, 그들은 '쓴다'는 행위의 '마력'으로부터 해방되지 못한다. 그들은 지속적으로 스스로를 고통 속에 밀어넣으면서, 역설적이게도 이로부터 행복을 추구한다. 냉정한 세속인의 시각에서 볼 때, 문인들은 도대체가 이해할 수 없는 부류의 사람들이다. 하도 이해가 안 되니까, 서구의 어느 심리학자는 문인들의 존재를 '광기'와 관련하여 연구해보기도 했다. 그의 주장에 따르면, 광인들의 심리상태와 문인들의 그것 사이에는 상당한 유사성이 존재한다는 것이다. 광기가 창조의 원천이래나 뭐래나.

소설가 채영주의 죽음은, 그의 소설로부터 많은 깨우침을 얻었던 나에게 슬픔과 충격으로 다가왔다. 저승에서 그가 행복했으면 좋겠다. 나는 이렇게 쓰면서, 또 회의할 것이다.

아름다운 만남, '반레'와 '방현석'의 랑데뷰

무더웠던 여름에 결별통고를 하듯, 10월의 첫 날엔 추적거리며 비가 내렸다. 어둠이 날개를 펴는 것과 거의 동시에 비는 그쳤고, 인사동에서 바라본 저녁하늘의 코발트블루는 마음을 얼마간 시리게 하는 점이 있었다.

인사동의 '수도 약국'에서 약 10여 미터쯤 안국동 방향으로 올라가면, '수도약방'이라는 비슷한 이름의 상점이 있다. 그 상점을 왼편으로 끼고 골목길을 따라 가자 '선천'이라는 한식집이 나타났다. 그 날 이 한식집에서는 다소 특별한 행사가 있었다. 민족문학작가회의 산하 '베트남을 이해하려는 젊은 작가들의 모임'(회장-방현석) 주최로 한국을 방문한 베트남 시인 '반레' 환영모임이 있었던 것.

그렇다면 '반레'란 누구인가. 그의 본명은 '레지투이'로, 그 시절의 베트남 젊은이들이 그랬듯 열일곱의 나이에 '베트남민족해방전선'의 일원으로 '항미전쟁'('베트남전쟁'을 베트남 사람들은 그렇게 부른다)에 뛰어들었고, 전쟁이 끝난 이후에는 전쟁의 상흔과 역사 속의 비극적 인간조건을 탐구하고 탁월하게 형상화하는 영화감독으로 활동하고 있다. 그는 시인이자 소설가로도 정력적인 활동을 펼치고 있는데, 그 자신은 어떤 명칭보다도 자신이 시인 '반레'로 불리기를 원한다.

'레지투이'라거나 '반레'라는, 일반 독자들에게는 다소 생소한 한 베트남 사람의 이름은 한국의 중견작가 방현석의 「존재의 형식」이 라는 단편소설에서 이미 개성적인 면모로 서술된 바 있거니와, 이 소설로 방현석은 〈중앙일보〉가 주관하는 제3회 '황순원문학상'을 수상했다. 이 소설 속에는, 왜 '레지투이'가 '시인 반레'로 불리기를 원하는지에 대해 다음과 같이 서술되어 있다.

"레지투이가 전선에서 만난 친구 중에서 시인을 꿈꾸던 이가 있 었다. 전쟁터에서도 그 친구는 틈만 나면 시집을 읽고, 시를 썼다. 그러나 그 친구는 수많은 동료들이 그랬듯이 전선에서 열아홉의 나 이로 죽었다. 시인이 되고 싶었지만 시인이 되지 못하고 죽었던 그 친구의 이름이 반레였다. 1975년, 전쟁이 끝날 때까지 레지투이는 전선에서 싸웠고 최후의 사이공 함락작전에 참여했다. 전쟁이 끝난 이듬해 그는 군복을 벗었고, 자신의 첫 시를 '반레'라는 이름으로 세상에 내놓았다."

이로써 '반레'라는 이름을 둘러싼 비밀의 일단이 해명된 것 말고 도 우리는 다음과 같은 새로운 사실을 발견하게 된다. 그것은 방현 석의 「존재의 형식」이 실존인물 '반레'와의 만남을 형상화한 일종의 '모델소설'이라는 것과, 소설 속의 또 다른 주인공인 한국인 '재우'와 '반레'의 만남이 보편적인 층위에서의 두 인간의 감격스러운 실존적 '교통'의 의미를 지닌다는 것, 그리고 한국과 베트남이라는 양국 역사에 짙게 드리운 '역사의 비극'에 대한 착잡한 고뇌와 성찰, 화해의 과정을 높은 수준에서 그려냈다는 사실이다.

그렇다면 '반레'의 건너편에서 때로는 무거운 고뇌로, 간간이 번져나가는 미소로 그를 바라보고 있는 소설 속의 '재우'의 실존모델인 소설가 '방현석'은 누구인가. 소설가로서의 그의 이력은 1988년 「내딛는 첫발은」이 『실천문학』에 발표됨으로써 시작된다. 이 소설을 발표했을 당시 그는, 시대와 역사를 고민했던 많은 젊은이들이 그랬듯 공장에 위장 취업했던 '학출'(대학생 출신) 노동운동가였다. 그는 인천지역에서 10년 넘게 공장과 노동조합에서 일했는데, 방현석이라는 이름을 단 뛰어난 단편이 발표될 때마다, 당시의 대학가에서는 그의 소설을 복사하여 격렬한 문학토론을 하는 풍경을 자주 볼 수 있었다.

그러나 방현석이라는 이름은 하나의 미스터리였다. 그것은 그의 소설이 뿜어내는 '비장한 아름다움'과 '공장 노동자'라는 상투화된 이미지가 뿜어내는 불일치 때문이었을 것이다. 지금에야 '아름다움'과 '운동성'의 긴밀한 결합이 자연스러운 것으로 느껴지기도 하지만, 당대의 날선 상황을 높은 수준에서, 그러니까 '비극적 황홀'의 경지에 가깝게 그릴 수 있는 작가적 능력은 당시로서는 자못 이채롭게 느껴졌던 것이 사실이다.

90년대 초반에 들어서야 방현석은 자신의 모습을 문단에 '노출' 시켰다. 그의 본명은 '방현석'이 아닌 '방재석'이었으며, 그가 중앙대 문예창작과 출신이라는 것과 1985년에는 중앙대 총학생회장으로 중대 학생운동의 핵심인물이었다는 사실 등이 그것이다.

그가 문단에 자신을 드러냈을 때의 시대적 기후란, 이상스럽게도 절망과 환멸이 지배적인 것이었다. "모든 이론은 회색이요 살아 있는 것은 오직 저 생명의 나무다"라는 괴테가 만들고 마르크스가 전유했던, 상상할 수 있는 가장 아름다운 인간과 세계에 대한 비전과 역사적 실험들이 1989년을 기점으로 앙상한 폐허로 드러났을 때, 그토록 치열했던 '현실'의 이야기들은, 한 유쾌한 조어법을 선보인 평론가에 의해 '에필로그'의 뉘앙스와도 같은 '후일담 소설'로 압정이 꽂혀버렸다.

일본의 마르크스주의자들이, 천황제 파시즘에 굴복해 전향과 패퇴를 거듭했던 시절의 환멸적 소설들을 일컫는 이 '후일담'이라는 조어를 한국 소설에 기계적으로 적용시키는 것은, 마치 일본의 전통 소설양식인 사소설私小說을 한국소설에 그대로 대응시키는 것처럼 어처구니없는 발상이지만, 당대의 많은 평론가들의 지적 무기력이 이러한 조어를 무반성적으로 수락하게 만들었다.

후일담이란 조어는 '현실'은 사라지고, 이제 현실에 대한 '잔상'만이 남아 있다는 비관주의를 기본으로 한 발상법이라 할 수 있는데, 그런 비관주의의 자장 아래서 사고한다면, 90년대의 현실이란 물위의 개구리밥처럼 '뿌리 없음'을 특징으로 한다. 그러나 방현석의 소설은 이 뿌리 없음의 허구성을 소설적으로 '반증'하는 방식으로 나아간 듯싶다. 인터뷰를 통해서, 그는 이러한 자신의 소설쓰기를 바둑에서의 '복기'라는 표현으로 설명한 바 있다.

첫 창작집인 『내일을 여는 집』에서 80년대의 노동운동의 현장을 조명했던 그는, 『십년간』에서는 그 시선을 유신체제로 돌리고, 그 이후 쓰여진 장편 『당신의 왼편』에서는 다시 그것을 80년대로 돌린다. '방현석의 노동운동사 산책'이라는 부제를 달고 있는 산문집 『아름다운 저항』에서는 1970년 청계천변에서의 전태일의 분신으로부터 1980년 도청에서 생명을 마감한 노동자 출신 시민군의 비극을 '복기'하고 있다. 이러한 복기를 통해서 방현석이 찾고자 했던 것은 무엇일까? 방현석은 『아름다운 저항』의 서문에서 이렇게 적고 있다.

"누구에게나 빛나는 시간이 있다. 한 사람이 살아가는 동안 가장 아름답고 빛나는 순간은 언제일까. 사람답게 살기 위해 눈물 흘리고 아파하며 싸운 흔적, 그 흔적 앞에서 우리는 가장 아름다운 인간의 시간과 인간의 풍경을 목격한다."

그의 '복기'는 시간적으로 거슬러 오르다가, 공간적으로도 확대되는 면모를 보여주는데, 베트남과의 만남이 그것이다. 그는 1994년부터 베트남과 서울을 왕복하기 시작한다. '베트남을 이해하려는 젊은 작가들의 모임'이 결성된 것이 1994년이거니와, 이때부터 그는 "가장 아름다운 인간의 시간과 인간의 풍경"에 대한 시야의 확대를 경험한다.

한국에게 베트남이란 무엇인가. 〈맹호는 간다〉를 유행가처럼 흥얼거렸던 사람들에게, 또 '회색'의 이념을 신앙처럼 숭배했던 '반공주의자'들에게, 〈지옥의 묵시록〉이나 〈람보〉와 같은 영화에서 현상되는 끈적끈적한 '밀림의 이미지'를 연상하는 사람들에게, 베트남의 진면목은 드러나지 않는다. 역사 속의 베트남은 민족의 자존과 존엄을 유지하기 위한 가혹한 '역사의 시간'을 관통해야만 했다. 그 역사의 시간들은 프랑스, 일본, 미국, 중국 등과의 쉼 없는 전쟁을 불가피하게 했거니와, 그 고난의 근·현대사에 한국이 개입되어 있다는 사실은 우리를 고통스럽게 만든다.

그 고통은 제국주의와 식민주의의 동일한 피해자이면서도, 특정한 역사국면에서 또다시 가해자와 피해자의 일원으로 서로 다른 '기억'을 나눠 가진 두 국가의 비극적인 연대기에서 온다. 「존재의 형식」에서 방현석은 '반레'와 '재우'의 감동스러운 만남을 통해, 서로의 가장 뿌리 깊은 상처까지도 응시하고, 결국은 그것을 포용하고 화해하게 만듦으로써, 현실 역사가 성취하지 못한 '기억의 복원'과 '과거에 대한 성찰'을 한편으로 진행하면서, 다른 한편에서는 우리가 내디뎌야 할 '더 나은 세계에 대한 희망'을 촉구하고 있다.

그 소설 속의 '반레'(레지투이)와 '재우'(방현석)가 서울의 밤하늘 아래서 만났으므로, 그 두 사람의 만남을 가까운 곳에서 바라보는 나의 심회 역시 가벼울 수 없었다. 물론 소설과 현실은 다른 것이다. 모든 소설에는 이른바 예술적 '변형'이 가해지기 때문에, 소설 속의 인물을 현실의 인물과 등치시키는 것은 때때로 심각한 오류에 빠질 수 있다.

이 소설에 그러한 예술적 '변형'의 양상으로 등장하는 것은 '재우'의 과거동료, '문태'와 '창은'이라는 존재이다. 베트남에서 재우는 반레와의 만남을 통해 결코 인간에 대한 희망을 포기하지 않는 아름다운 꿈을 발견하는데, 그 희망의 대응인물로 등장하는 것이 지금은 외국인 노동상담소에서 일하고 있는 창은이라는 친구다. 창은과 대칭적 삶을 살아가고 있는 것으로 제시되는 인물이 변호사 문태다. 이때 재우라는 인물은 신념을 버리지 않는 창은의 숭고한 삶의 태도와, 문태의 다소 속물화된 삶의 중간에 서 있다고 느낀다. 현재의 재우는 창은 쪽으로도, 또 문태 쪽으로도 쉽사리 자신의 삶의 방향을 결정할 수 없는 중간자적인 존재로 묘사되는데, 그런 재우에게 인간다움의 보편적 이상을 제시하는 것이 반레라는 인물이다. 소설의 마지막에서 반레, 재우, 문태가 만난 후 인간에 대한 폭넓은 긍정을 암시하는 '마음가짐'의 태도가 강조되면서, 재우는 각성의 계기를 맞는다. 이런 발언과 함께. "무언가를 꿈꾸려는 자는 그 꿈대로 살아가야 하지 않을까?"

'존재'라는 말도 어렵고, '형식'이라는 말도 난해하다. 그런데 이 소설의 제목은 '존재의 형식'이다. 반레와의 만남을 통해서 방현석이 각성하게 되었던 '존재의 형식'이란 어떤 것일까. 그것은 한 사람의 삶을 지탱케 하는 어떤 형식을 이르는 말일 것이다. 그것은 그가 관통했던 '역사적 기억'을 망각하지 않으면서도, 거기에 '꿈'을 내장시킨 오늘을 생생하게 살아내는 삶의 형식이다. 무언가를 꿈꾸는 데서 멈추는 것이 아니라, 자신의 일상 속에서 그 꿈의 체현자로 살아가야 한다는 이 메시지는 원론적으로 옳다. 그렇다면 더욱 중요한 것은 그 꿈의 내용물일 것인데, 아마도 그것은 방현석에게 '인간과 역사에 대한 신뢰'로 요약될 수 있을 것이다.

인간은 벌레와도 같고, 때로는 푸줏간의 고깃덩어리에 불과하며, 심지어는 괴물일지도 모른다는 것이 90년대 내내 우리 소설이 마치 새로운 발견인 양 제창해온 명제들이었다. 이 명제들은 인간에 대한 오랜 탐구에서 나온 '뒤늦은 발견'이지만, 이 뒤늦은 발견에 많은 작가들이 호들갑을 떪으로써, 결과적으로 인간은 더욱 괴기스러운 존재로 전락하고 말았다. 물론 소설 속에서 인간을 괴기스러운 존재로 전락시킨 것은 많은 부분 인간을 둘러싼 현실이었음을 우리는 잘 알고 있지만, 바로 그 현실에 '저항'함으로써 우리는 인간됨을 회복한다는 것이 방현석의 생각이다. "인간의 영혼이 입은 상처는 오로지 인간의 선의에 의해서만 치유될 수 있다." 그런 점에서 방현석의 소설은 인간학적 탐구이며, 반레와의 만남은 상처를 선의에 의해 치유하고자 하는 실존의 결단과도 같은 것이 아니었을까.

방현석은 「존재의 형식」으로 중앙일보사에서 제정한 제3회 '황순원문학상'을 수상했다. 박완서와 김원일이 이미 수상한 바 있는 이 상을 방현석이 수상했다는 점은 약간은 파격에 가까운 결정으로 느껴졌다. 원로 문인들에게 거의 '나눠먹기' 식으로 주어졌던 문학상의 상투적인 관례가 일시적으로 깨졌다는 것이 그렇고, 보수언론의 트로이카를 형성하고 있는 〈중앙일보〉가 시종일관 '진보적 문학세계'를 보여주었던 작가에게 문학상을 수여했다는 것이 그렇고, 결코 후일담으로 보아서는 안 될 소설을 신선한 '후일담 소설'로 평가하면서 심사평을 썼던 심사위원의 태도도 파격이라면 가벼운 파격이었다. 평론가의 한 사람으로서 나는 이 '파격'의 의미에 대해서

곰곰이 생각해볼 필요가 있다고 느끼지만, 작가 방현석의 문학상 수상에 대해서는 진심으로 축하하고 싶다.

방현석은 자신의 삶과 소설쓰기를 '씨름'에 비유해서 말하기를 즐겼다(그는 중학시절 씨름 선수였다). 표면적으로 씨름은 '싸움'의 일종처럼 보이지만, 실상 그것은 대지에 두 다리를 버티고 중심을 잡는 행위라는 것이다. 중심을 잃는 순간 상대와 상관없이 씨름선수는 땅에 쓰러진다. 그의 소설쓰기는 '격랑'이라고 표현해도 좋을 법한 역동적인 시대의 변화 앞에서도, 두 다리로 땅에 중심을 잡듯 인간에 대한 변함없는 신뢰와 사랑을 표현해왔다. 이 부분에서 나는 '샅바의 미학'이라는 표현을 썼던 김민수 전 서울대 교수의 말을 떠올린다. 씨름이란 무엇인가. 거의 알몸에 가까운 몸으로 서로의 샅바를 그러쥐고, 상대의 땀 냄새를 맡으면서 상호작용하는 운동이다. 그 살의 구체적인 역동성, 분비되는 땀의 물질성이 인간 삶의 구체성을 이루고, 그것이 문학이든 예술이든 궁극적으로는 몽롱한 추상이 아닌 살아 움직이는 현실을 재구하는 예술의 원천인 것이다. 그런 점에서 보면 방현석의 소설은 '샅바의 미학'으로 충만해 있다.

그날 인사동에는 「존재의 형식」에 등장하는 소설 속 두 인물이 세상 밖으로 걸어나왔다. 다소 검게 그을린 얼굴을 한 단신의 시인 '반레'와 거구의 소설가 '방현석'은 오랜 친구들의 눈빛에서 흔히 발견되는 '무언의 신뢰감'으로 가득 차 있었다. 숙소로 돌아가는 시인 반레에게 나는 그가 젊은 날 불렀던 혁명가의 한 곡조를 한번 불러줄 수 없는가고 물었다. "우리가 사랑한다면 돌아가리라/ 요람을 휘

돌아 물소리 나는 곳/ (……)/ 화려한 도시에서 어려움 겪고 시간 흘려보냈지/ 하지만 결국 가 닿을 그곳은 고향이라네." 반레의 노래를 들으면서 방현석은 은근한 미소를 띠었다. 그 노래와 미소를 듣고 바라보면서, 나는 이런 생각에 잠겨 있었다. 현실주의자에게는 바로 이곳이 '고향'이다.

생에 대한 연민과 이타성에의 집중

적어도 90년대 중반을 넘어서면서, 공선옥의 소설은 마치 하나의 '섬'처럼 존재해왔다. 이론의 추상성에 경도된 '주의자'들에게 그의 소설은 항상 '아쉬움' 혹은 '미달'의 형식으로 비쳐졌다. 민중성을 강조하는 평론가들은 그의 소설에 등장하는 여성인물들이 전혀 미래에 대한 '전망'을 담지하지 못했다고 비판했고, 일군의 페미니스트 비평가들은 그의 소설이 가부장제의 질서를 격파할 만한 '대안'을 전혀 제시하지 못하고 있다는 우려를 표명했다.

실제로 공선옥의 소설에 등장하는 하층 여성인물들은 삶의 하중에 압도된 나머지, 주체적인 자기실현의 출구가 봉쇄된 인물들로 그려지고 있다. 게다가, 이들 인물들은 '모성'에 대한 끈질긴 집착, 즉 억척어멈의 면모까지 보여주었는데, 이러한 사실은 '모성의 신화'를 격파하는 데 진력했던 90년대 여성문학의 일반적인 흐름에 오히려 역행하는 것처럼도 보였다. 요컨대 공선옥의 소설에 등장하는 여성인물들은 90년대의 여성문학에 흔히 등장하는 '로라'(『인형의 집』의 여주인공)적 면모를 전혀 보여주지 못했다. 여성의 욕망? "욕망이 밥 먹여주냐, 목구멍이 포도청이다"는 식의 인물들이 공선옥 소설의 주인공들이곤 했다.

『수수밭으로 오세요』의 필순은 어떠한가. 구로공단의 여공이었고, 한 남자를 만나 '한수'를 낳았지만 그들의 결혼생활은 불행했다. 가난한데다가 남편은 술고래였고, 게다가 이 사람은 거의 중증의 알코올중독자, 술 취하면 불한당에 깡패적 기질까지 갖춘 인물이었다. 그와 헤어진 후에 만나 재혼한 인물은 이 소설에서 대단히 미묘한 분위기를 연출하는 '이섭'이라는 의사인데, 그 사이에서 낳은 자식이 '산'이다. 그런데 이 인텔리 의사선생은 고귀한 삶에 대한 추상화된 이념(그는 이른바 '생태주의자'를 자처한다)과는 별도로, 일상적인 삶의 공간에서는 '정'이라고는 도무지 찾아볼 수 없는 '부드러운 냉혹함'을 보여주며, 끝내는 젊은 여자와 정분이 나 무책임하게 사랑의 도피를 감행하는 인물로 서술된다.

이 소설 속에서도 여성인물들의 불행은 변함없이 반복되고 있다. 그들은 삶을 향유하는 것이 아니라 견디고 있으며, 남성과의 '친밀성'을 기대하지만 그 기대는 번번이 거절된다. 게다가 그들은 무식하지만 순박하고 정이 많지만 상처받기 쉬운 인물들로 묘사된다. 물론 남성들은 정반대의 면모를 보여준다. 그들은 일상적인 삶의 대화를 '표준어'의 단정한 '문어체'로 구사한다. 그들은 생태주의적 신념을 피력하면서 '참다운(?) 가난'에 이르고자 열띤 토론을 벌이기도 한다. 그들은 많이 아는 것이 삶을 인간답게 하는 기본조건이라고 강조하기도 한다. 유부남인 바람둥이가 술집을 하는 작중인물 은자에게 『창작과 비평』을 읽으라는 식의 '엽기적'인 조언을 하는 것은 이런 까닭이다.

이 소설이 의미를 획득하는 부분은 필순의 자기의식의 점진적인 확대와 성찰의 증대로부터 온다. 그러나 그것은 비약이나 탈주의 형식으로 나타나는 '신파적 계몽주의'나 '패션화된 여성주의'와는 무관하다. 어떻게? 필순은 팍팍한 고난 속에서 일상적인 삶의 엄숙함을 깨닫는 한편, 친밀성이 거세된 의존적 가족제도의 무의미성을 깨닫는다. 참다운 안락과 자유는 거창한 이념의 내면화를 통한 방법적 해소에 있는 것이 아니라, 주어진 삶의 통증과 적극적으로 대면하면서도 그것을 희망과 내접시키는, 적극적 삶의 태도를 통해 가능해질 수 있다는 결론이 도출된다. "안락을 구하고자 자유를 반납하고 자유가 내게 오면 쓸쓸해진다는 그 엄연한 사실을 알게 된 지금, 필순은 좀 얼얼하긴 하지만 고요한 마음으로 밭으로 가는 산길로 올라간다." 그 산길의 끝에는 수수밭이 있으며, 필순은 그곳에서 옥수수씨를 심는다. 이 씨앗이, 깨달음이 응결된 희망의 상징인 것은 자연스럽다.

공선옥의 소설은 생에 대한 연민과 이타성의 집중된 형식, 즉 '어미마음'으로 상징되는 따뜻한 휴머니즘을 독자들에게 제시한다. 『수수밭으로 오세요』를 통해 작가는 목구멍이 포도청인 하층여성들이 어떻게 생에 대한 자신의 욕망을 깨닫게 되고, 이를 조화로운 삶의 원리로 수락하게 되는가를 은은하게 보여준다. 낯선 이념이 뒤로 물러서고, 사소하기 그지없어 보이는 고단한 일상이 전면에 등장하지만, 이 소설은 기이하게도 대단히 리드미컬하게 읽힌다. 그러므로, 공선옥은 더 이상 '섬'처럼 존재할 필요가 없을 것 같다. 섬처럼 고독한 것이 작가의 존재론적 운명이라면, 공선옥은 다만 그 운명에 정직했을 뿐이기 때문이다.

미학적 사기

언젠가 젊은 소설가 김종광의 『경찰서여, 안녕』이라는 작품집의 저자 후기를 읽다가 미소를 지은 적이 있다. 휴대전화의 액정 화면에 프로 소설가 김종광이라는 문구를 입력해놓고 있다는 익살스러운 그의 고백 때문이었다. 아마도 그는 소설가로서의 자기 정직성과 치열성의 다짐을 그런 식으로 표현했을 터이다.

프로 소설가 이야기를 하다 보니, 아마추어 합창단원으로 활동했던 고등학교 시절도 생각난다. 그때 나는 합창단의 베이스 단원이었는데, 지휘자 선생님께서는 연주회에 나가기 전에 단원들에게 꼭 이런 말씀을 하시곤 했다.

"진정으로 아름다운 예술은 아마추어들이 하는 것이다. 그러나 진정한 아마추어가 되려면 치열한 프로 정신을 견지해야 된다."

요지는 이런 것이었다. 합창을 포함한 음악도 프로들의 세계에서는 이해관계에 따라 활용되기도 왜곡되기도 한다는 것. 그때 음악은 향유의 대상이 아니라 치부나 명성의 수단으로 전락할 수도 있다는 것. 그러나 아마추어들은 이러한 위험으로부터 여하간 자유로울 수 있다는 것.

그럼 프로 정신을 견지해야 된다는 것은 무슨 말이었을까. 그는 심상한 표정으로 두 가지 이야기를 했던 것 같다. 첫째, 너희들의 연주를 듣는 관객들은 일정한 비용을 지불하고 연주회장에 들어온다는 것. 둘째, 만일 그들이 오천 원의 비용을 지불했다면, 최소한 너희들의 연주는 오천 원 이상의 가치가 있어야 한다는 것. 너희들은 연주하는 과정을 통해 예술적 전율과 감동을 체험하지만, 좋은 연주는 그것이 관객의 감동으로 전이되고 증폭될 때에 비로소 완성된다는 것. 그렇지 않을 때, 연주자의 의도와 무관하게 예술은 '미학적 사기'가 될 수도 있다는 등의 내용이었다.

지금에 와서 생각해보면, 이러한 주장의 내용물들은 오늘날 우리 문학이 처해 있는 상황과 관련시켜볼 때도 많은 시사점을 제공해줄 것 같다. 시간이 흘러 '문학애호가'이던 나는 제도화된 문학인, 즉 문학평론가로 활동하게 되었다. 문학평론가도 직업일 수 있느냐는 반문도 있을 수 있겠으나, 적어도 문학이라는 장에서의 담론의 생산·유통·소비에 직접적으로 개입하는 과정 속에서 원고료나 인세와 같은 부가가치를 획득하고, 문학적 인정과 명성을 확보해가는 과정이 동반된다는 점에서, 어쨌든 나는 위에서의 표현을 빌리자면 프로 문학인인 셈이다. 피치 못하게 직업을 밝힐 필요가 있을 때, 나는 서슴지 않고 문학평론가라고 말한다.

내가 프로니 아마추어니 하는 표현을 써가면서 문학에 대해서 이야기하는 것은 다음과 같은 까닭이다.

문학이 자율적인 체계를 지닌 예술이라는 통념에 대해서는 줄기차게 강조하는 평론가들이, 제도화된 영역에서의 문학평론가라는 것이 분명한 직업이며, 그에 걸맞는 치열한 '직업윤리'가 동반되어야 한다는 사실에 대해서는 편의적으로 눈을 감는 경우가 자주 발생하기 때문이다.

함량 미달의 작품들에 대해서도 이런저런 친소관계나 이해관계, 혹은 경영상의 이유 때문에 대단한 작품인 양 '뻥튀기' 하기를 마다하지 않으며, 일반 독자들이 읽어보아도 한갓 연애담이나 성 경험 고백서에 불과할 작품들을 초월적이니 비의적이니, 혹은 존재론적이고뇌니 하는 거창한 수사로 포장하는 미학적 사기가 횡행하고 있기 때문이다. 오죽하면 스타마케팅이니 밀어주기니 하는 말까지 등장했겠는가. 사실이 아닌 것을 사실인 것처럼 호도하고, 감동이 없는 작품을 무척이나 감동적이라고 과장하는 것은 문학적 여론조작이며 빈약한 직업윤리의 소산이자, 궁극적으로는 독자에 대한 미학적사기에 불과할 뿐이다.

한 권의 시집과 소설책이 오천 원어치의 실망과 팔천오백 원어치의 냉소가 되지 않기 위해서는, 문학평론가들이 이 집단적인 거간꾼의 자세에서 탈피해야 한다. 그래야 피로한 퇴근길에 지친 몸을 이끌고 서점의 문학 코너를 순례하는 독자들의 문학 사랑이 아름답게 충족될 수 있다. 그게 문학평론가로서의 최소한의 직업윤리가 아닌가.

'무장된 독자'들

독자란 무엇인가? 이런 문제에 대해 생각해 볼 계기가 있었다. 지난 11월 3일(2001년) 이천의 '부악문원'에서 '이 문열 돕기 운동본부'(대표 화덕헌) 주최로 진행된 '이문열 책 반환 행 사' 때문이었다. 이 행사는 이문열 소설의 독자들이 요 몇 달간 작가 가 보여준 문학과 행태에 실망한 나머지, 그들이 소장해왔던 작품 을 저자에게 되돌려주는 행사였다.

관객이란 무엇인가? 이런 문제에 대해 생각해볼 계기가 있었다. 지난 11월 9일 인천에서는 '영화 〈고양이를 부탁해〉 살리기 인천시 민 모임'(운영위원장 최원식 인하대 교수)이 결성되었다. 뛰어난 작품성 을 지닌 영화임에도 불구하고, 흥행에 참패해 서둘러 종영할 수밖 에 없었던 영화를 관객들이 나서서 되살리고자 하는 시도의 출발이 었다.

이 두 사례는 '숨어 있던' 독자와 관객이 현실의 '전면으로' 자신 의 존재를 드러낸 대단히 상징적인 사건이라고 판단된다. 그런데 다 시 한 번 생각해보면, 독자라든가 관객들이 현실로 전면적으로 부 상한다는 이 현상이 실제로는 뚜렷한 시대적 대세를 형성하고 있다는 사실을 주목할 필요가 있다. 가령 10대의 청소년들을 중심으로 광범위하게 확산되고 있는 이른바 '팬덤문화fandom'만 보더라도, 오늘날의 독자나 관객들은 과거처럼 숨어 있는 존재가 아니라, 능동적으로 현실의 전면에 나서 예술작품 생산자에 대한 호오好惡의 반응을 적극적으로 표출하는 존재이다. 비유컨대, 과거의 독자가 그들에게 주어지는 예술적 자극을 수동적으로 수용하는 '방어적 독자'였다면, 현대의 독자는 그 자극을 자신의 고유한 관점 속에서 능동적으로 소화하고 반응하는 '무장된 독자'로 불릴 수 있겠다.

다시 위의 두 사례로 돌아가보자. 이문열의 소설은 작가의 주장대로라면 현재까지 약 2,500여만 권이 판매되었다. 판매량만 보자면 문학시장의 블록버스터인 셈이다. 그렇다면 신예 정재은 감독의 영화 〈고양이를 부탁해〉의 관람인원은 몇 명일까? 11월 13일 기준 전국관객 36,121명이란다. 물량주의적 사고방식에 입각해서 보자면, 거대한 이문열의 문학에 비교할 수 있는 영화들은 최근 영화관에서 각광받는 몇몇 '조폭영화'들로 한정될 수 있을 것이다. 나는 왜 이런 숫자놀음을 하고 있는가? 예술작품의 탁월함에 대한 물량주의적 평가라는 것이 실상은 대단히 허구적이라는 것을 강조하기 위해서다. 이와 함께, 현실의 전면에 나서 자신들의 견해를 밝히고 있는 독자나 관객의 의사개진의 심각성을 작가들이 깨닫지 못한다면, 이것은 독단이나 아집에 머물 뿐이라는 점을 강조하기 위해서다.

이 부분에서 이문열 씨의 독자에 대한 관점을 살펴보는 것은 어떨까. 우선 책 반환 행사의 단초를 제공했던 이문열 씨의 발언이다.

"독자님, 얼른 반송해주세요. 책값은 현행법상 최고 이율을 붙여 반환하겠습니다. 아울러 부탁하는 바는 어디 가서 내 책을 읽었다고 하지 마십시오. 내가 직접 사람 골라가며 팔지 못하다 보니 고객을 잘못 고른 것 같습니다."

독자들이 모욕감을 느끼기에 충분한 발언이다. 그래도 작가인데, 책 반환 행사 이후에는 어느 정도 생각에 변화가 있지 않았을까? 그런 것 같지는 않다. 한 신문기사에는 책 반환 행사 며칠 후인 11월 7일, 이문열 씨가 한 케이블 TV 녹화방송에 출연하여 이런 발언을 했다고 적혀 있다.

"사람들이 구체적인 이해에 기반한 것이 아니라 (일부의 의견에) 감염되고, 몰드는 형태로 반환운동에 나서고 있는 것 같다."

문제가 되었던 홍위병 발언에 대해서는, "선견지명이 있어 올바른 표현을 쓴 것 같다"라는 주장도 개진된다. 관점의 변화는 전혀 없어 보인다.

항간에는 이문열 씨의 '상처'를 이야기하고, 그의 문학을 '우국문학'이라는 시대착오적인 개념을 통해 치켜세우는 문인들도 있는 듯한데, 이런 분들의 눈에는 이문열 씨의 오만하고 편협한 '독자 모독'이 정녕 보이지 않는 것일까? '책 반환 행사'를 통해 독자들은 그렇게 묻고 있다.

매너리즘? 매너리즘!

윤대녕의 소설이 보여주는 인식의 아름다움과 스타일의 새로움도 이제 상투형으로 전락하고 있는 것 같다. 전작인 『코카콜라 애인』으로부터 서서히 보이기 시작한 작위적인 서사의 진행이 『사슴벌레 여자』에서는 한층 강화된 듯한 인상이다.

그의 소설이 90년대의 독자들에게 거의 환호에 가까운 강렬한 '호소력'을 발휘한 것은 현대세계의 일상성, 즉 지옥스러운 '반복'의 세계로부터 낭만적인 탈주를 감행하는 소시민의 모험을 마술적으로 형상화해왔기 때문이다. '일상성'이란 반복을 특징으로 하면서, 거기에 권태와 고독, 냉담함과 같은 정서적 태도가 획일화된 세계를 의미한다. 그는 이 세계에 '여행'과 '사랑'이라는 낭만적인 모티프를 삽입시켰다.

뻐꾸기 시계소리에 출근하고, 총알택시를 타고 귀가하는 도시인들에게 사랑과 여행은 매혹적인 휴식이자 초대이다. 거기에는 강제된 질서로부터 일탈한다는 카타르시스와 생의 결핍을 채울 수 있다는 욕망이 동거한다. 그러나 여행은 끝나기 마련이며, 사랑 역시 그러하다. 일상성의 세계에서 타인과의 만남은 일시적이며, 때로 격발된 총알과도 흡사하게 재빠르게 식어버린다. 그때 우리들은 모두 지나가는 사람들이거나, 스쳐가는 사람들이다. 윤대녕의 좋은 소설들이 보여주는 신비로움의 이면에서, 우리가 쏩쓸한 느낌에 빠져들게 되는 것은 이런 현실의 확인에서 온다.

『사슴벌레 여자』 역시 이러한 공식에서 벗어나지 않는다. 거기에는 만남이 있고, 냉담한 섹스가 있으며, 공유되지 못하는 기억이 있다. '해리성 기억상실증'이라는 특이한 질병이 상기시키는 것은 이처럼 어긋나고 빗나가기만 하는 현대적 인간관계의 은유일 것이다. 거기에 기억을 이식시켜주는 M이라는 음산한 인물들도 등장한다. 이 가짜 기억, 타인의 기억을 무시로 실어 나르는 M은 현실 속에서는 미디어Media이다. 미디어 자본주의 사회에서 만남은 '접속'이다. 연인들은 연결되어 있다고 생각하지만, 실제로 그것은 임의적이며 일시적이다. 접속의 세계에서는 신파적인 필연성과 관계의 안타까움은 존재하지 않는다. 우리는 그저 스쳐 지나가는 존재들인 것이다.

『사슴벌레 여자』는 이러한 현대적 일상을 재현하고자 한다. 문제는 각각의 인물 설정이 전혀 현실감이 없다는 점에 있다. 그들은 살아 움직이는 것 같지만, 실상은 만화책 속의 인물처럼, 혹은 어느 B급 영화의 주인공들처럼 진부한 성격의 소유자일 뿐이다. 작중 인물들의 삶에 대한 절망감은 무척이나 심각한 상태이지만, 그것을 읽는 독자는 '거 되게 똥폼 잡네' 혹은 '결국 또 이런 식이군' 하고 반응할 것만 같다. 상투성이 길어내는 반응은 아마도 하품이 아닐까? 왜 이런 이야기를 하는가 하면, 윤대녕 소설의 매너리즘이 '위험수위'에 도달한 것 같기 때문이다. 나는 B급 영화는 보지만, B급 소설은 즐기지 않는다. 차라리 C급 소설을 읽고 말지.

고독한 야인野人의 분노

조선 후기 실학자들의 저작들을 읽다 보면 기묘한 느낌에 빠져들 때가 많다. 실사구시實事求是라는 구호에서 잘 알 수 있는 것처럼, 그들은 실질을 숭상하면서 지나친 관념론의 폐단을 적극적으로 비판하는 태도를 취했다. 그들은 당대 조선의 현실을 위기로 파악했는데, 이것은 당대의 유학자들이 임진왜란과 병자호란이라는 혹독한 국난을 거쳤음에도 불구하고, 여전히 중세적 사대주의의 일종인 '존주론尊周論'의 미망에서 벗어나지 못한 채로 권력투쟁에만 몰입하고 있는 것에 대한 비판의식의 발로였다.

그렇다고 해서, 이들 실학자들이 '존주론'의 미망으로부터 완전히 자유로웠는가 하면, 아쉽게도, 그런 것은 아니었다. 그들 역시 다른 유학자들이 내면에 품고 있었을 중화주의(중국 숭배의 사대주의)를 전면적으로 부정할 수 없었다. 실학자들에게도 청나라는 여전히 오랑캐라는 인식이 강렬하게 남아 있었지만, 그럼에도 불구하고 오랑캐인 청나라가 중화의 문화와 문명을 잘 보존하고 있을 뿐만 아니라, 서구의 과학기술을 적극적으로 수용하여 발전시키고 있기 때문에, 이 발전된 문화와 문명을 실용적으로 섭취하는 태도가 필요하다는 주장을 펼쳤던 것이다. 일종의 '개량주의적' 또는 '선택적 선진 문명 수용론'의 관점이라고 볼 수 있다.

이러한 시각이 가장 잘 나타나 있는 저작 가운데 하나가 조선후기의 실학자 박제가가 중국여행 후에 쓴 『북학의』라고 할 수 있는데, 이 책은 한편에서는 발전된 청나라의 과학기술을 소개하고, 다른 한편에서는 그 끝을 알 수 없는 조선사회의 몰락을 우려하는 시각이 잘 드러나 있다. 한편에서는 조선의 후진성을 탈피하기 위한 '개혁·개방론'의 성격을 취하면서, 다른 한편에서는 당대 조선사회의 부패한 관료주의 문화와 지식사회 개혁을 촉구하는 '자강론'의 성격을 띠고 있는 셈이다.

그런데 이 부분에서 내가 흥미로우면서도 동시에 곤혹스럽게 생각하는 것은 박제가가 이 책에서 주장하고 있는 많은 내용들이, 당대 조선사회의 폐해에 대해서는 대단히 정교한 비판을 가하고 있음에도 불구하고, 불과 백여 년 후면 몰락할 것이 분명한 청나라 문명을 지나치게 이상화하고 있다는 점에 있다. 이 저작에 기록되고 있는 청나라는, 이런 표현이 가능하다면, 문명의 낙원 또는 유토피아처럼 보인다. 청문명이 유토피아에 근접하는 양상으로 기술되는 것이 반복되면 될수록, 당대의 조선사회는 거의 멸시에 가까운 심정으로 격하되는 것이 이 책의 기본적인 서술관점이라고 할 수 있는데, 이것은 박제가를 포함한 실학자들의 실사구시의 태도라고 하는 것이 그 치열한 현실 비판의식과는 별도로, 적어도 '자주성'의 측면에서는 그들이 격렬하게 비판했던 성리학자들의 태도와 별반 다르지 않았다는 아쉬움을 갖게 만든다.

　물론 이러한 한계를 들어 박제가를 포함한 실학자들의 태도를 비판하는 것은 지난 수백 년의 역사를 책 속에서 편안하게 읽고 확인한 후에, 편의적으로 정리해버리는 오만으로 비칠 수 있다. 그러나 오늘날의 현실과 관련하여 이런 점은 반드시 지적될 필요가 있다. 당시의 실학자들에게 청나라의 문명은, 다른 전통유학자들이 명나라의 문명을 바라보던 시각과 마찬가지로, 요즘 식의 표현을 들면 일종의 의심의 여지없는 '글로벌 스탠더드global standard'로 비쳤다는 것이다. 박제가를 포함한 당시의 실학자들은 당대의 조선사회가 이 글로벌 스탠더드에 잘 적응하기만 한다면, 선진국으로 도약할 수 있을 것이라는 장밋빛 희망을 품고 있었던 듯하다. 그런데 이런 희망이 극단화되다 보니, 지금의 시각에서 보자면 엉뚱하기 짝이 없는 다음과 같은 주장도 가능해지는 것이다. 이름하여 '중국어 공용어론'이라 명명할 수 있는 박제가의 주장이 그것이다.

　박제가는 「중국어漢語」라는 제목의 글에서 다음과 같은 주장을 펼치고 있다. 중국어는 문자의 근본이며, 문명어이다. 그런데 조선에서는 중국어의 문자표기를 사용하면서도, 그 발음이 다르다. 즉 구어口語와 문어文語가 다르다는 것이다. 가령 '天'이라는 문자는 중국어로 '티엔'으로 읽히는데, 조선에서는 뜻은 '하늘'이고 발음은 '천'으로 한다. 박제가는 이 부분에서 무리한 주장을 펼치고 있다. 중국에 가보니 일반 민중들, 심지어 길가의 어린이들의 입에서 경전이나 역서를 줄줄이 읊어대는 모습을 발견하게 되었는데, 그것은 중국인들에게 이른바 '언문일치'가 가능하기 때문이라는 것이다. 박제가는 이 부분에서 기묘한 언문일치론을 펼치고 있는데, 즉 조선이 청나라와 같은 선진국의 대열에 들어서기 위해서는 언문으로 표상되는 조선어를 버리고, 중국어를 국어로 활용할 필요가 있다는 주장이 그것이다. 박제가의 육성을 들어보기로 하자.

"우리나라는 중국과 가깝게 접경하고 있고 글자의 소리가 중국의 그것과 대략 같다. 그러므로 온 나라 사람이 본래 사용하는 말을 버린다고 해도 불가할 이치가 없다. 이렇게 본래 사용하는 말을 버린 다음에야 동이의 오랑캐라는 모욕적인 신세를 면할 수가 있다. 그리고 수천 리 동국東國이 저절로 주周, 한漢, 당唐, 송宋의 풍기風氣가 있는 나라가 될 것이다." 수년 전에 소설가 복거일이 이와 비슷한 논조로 영어를 공용어화해야 한다는 주장을 펼쳐 한바탕 파문이 일어난 적이 있었는데, 박제가의 경우로 보건대, 이러한 주장의 기원은 적어도 수백 년을 거슬러 올라갈 수 있다는 것이 이 부분에서 증명된다. 또 제 나라 언어를 버리고, 선진국의 언어를 쓰자는 이 '공용어론'이란 것이 과거의 조선이나 현대의 한국에서만 있었던 것은 아니다. 명치유신 이후 '탈아입구脫亞入歐', '문명개화' 노선을 걸었던 일본에서도 한 개화지식인이 '영어공용어론'을 열정적으로 펼쳤던 적이 있었으니 말이다.

당대 조선사회의 위기를 청나라 문명의 적극적인 수용을 통해 돌파하고자 했던 박제가의 의욕이 필사적이었던 만큼, 이런 형식의 급진적 주장까지 제기되었던 것으로 판단된다. 그러나 역시 중요한 것은 선진문명의 수용과 함께 조선사회 내부의 모순을 교정하기 위한 일련의 정책적 대안을 수립하는 일일 것이다. 박제가가 이 부분에서 가장 혼신의 힘을 기울여 주장하고 있는 것은 인재양성론, 즉 정책적인 차원에서의 '과거개혁론'이었다. 그는 당시 조선의 과거제도가 힘 있는 문벌의 자제들을 정치권으로 수혈하기 위한 형식적인 장치에 불과하다는 과감한 비판을 던지고 있다. 참으로 능력 있고 소신 있는 지식인들은 과거제도의 폐해와 낙후성을 너무나 잘 알고 있기 때문에 과거에 응시조차 않으려 하고, 그러다 보니 문벌의 후광을 등에 업은 정치 모리배들이 설쳐댄다는 것이다. 이런 문제점을 해소하기 위해서는 인재등용의 루트를 다변화하는 것이 필요하다는 것이 박제가의 생각이었다. 가령 뜻하지 않은 방식으로 불시에 인재 등용 시험을 치르거나, 이런저런 정치적 이유로 버림받은 인재들을 옥석을 가리어 재등용시킨다든가, 이른바 재야에 숨어 있는 능력 있는 젊은이들을 신분의 귀천을 막론하고 선발하는 방식을 다채롭게 고려함으로써 인재 풀을 확장시켜야 한다는 것이 박제가의 생각이었다. 물론 위에서 언급된 박제가의 주장들은 당대의 조선 지배층들에게 전혀 받아들여지지 않았다. 지배층의 타락이 브레이크를 걸 수 없을 지경으로 심화되었기 때문이다. 오히려 이러한 제안을 설파하던 박제가는 일련의 정치적 사건에 연루되어 기나긴 유배생활을 감당해야만 했다.

박제가의 경우에서 우리가 확인할 수 있는 것은 한 사회의 타락과 몰락을 제어할 수 있는 정책적 대안은, 사회적 모순이 심각하게 돌출되고 있는 바로 그 순간에 이미 제기되고 있다는 것이고, 이 등잔 밑의 정책 대안을 지배층이 수용하지 않음으로써 민중의 고난은 감당할 수 없이 심화되곤 했다는 사실이다. 박제가가 고뇌 속에서 정책적 대안을 구상하고 있던 때나, 혼란스럽기 짝이 없는 작금의 현실이나 민중들의 고통은 여전하지만, 지배층들의 한심하기 짝이 없는 권력투쟁은 그 끝을 모르고 전개되고 있다. 언제까지 진실은 고독한 야인野人의 분노 앞에서만 파닥거려야 하는 것일까. 박제가의 『북학의』를 읽다 보면 그런 회한이 가슴을 친다.

아름답고 청아한 노스탤지어

현기영의 『지상에 숟가락 하나』를 다시 읽었다. 이 소설이 출간될 당시에는 잘 느끼지 못했는데, 다시 읽어 보니 소설을 전개하는 작가의 고백이 짙은 노스탤지어를 뿜어내고 있는 것처럼 생각되었다. 그 때문인지 작가는 이 소설에서 '개인적 추억'을 무의식의 가장 낮은 차원으로부터 끌어올리려 한다는 것을 알 수 있었다. 소설의 서술 방식 역시 그의 다른 소설들에서 나타나는 플롯의 능란한 배치를 통한 극적 효과를 고려하는 대신, '자유연상'에 가까운 회상에 의존함으로써, 소설을 읽는 독자의 공감적 몰입이 더욱 강렬해질 수 있었다.

그러면서도 작가는 과감하게 유년의 기억을 고백적으로, 미추美醜를 초월한 장엄한 바다의 율동에 가깝게 표현한다. 현기영의 소설을 꼼꼼하게 읽지 않은 독자는 흔히 간과하는 것인데, 그는 매우 예리한 스타일리스트의 면모를 지니고 있다. 이 예리한 스타일리스트가 역사적 비극인 4·3항쟁의 고통을 무의식 깊숙이 간직할 수밖에 없었다는 것은 물론 개인적 고통을 넘어서는 일이지만, 그러한 역사의 운명조차도 그는 이 소설에서 풍요로운 기억의 육체 안에 풍부하게 용해시키고 있다.

　이 소설에서 작가가 심혈을 기울여 고백하고 있는 유년은 분광기를 통과한 태양빛이 그렇듯 매우 넓은 스펙트럼을 보여준다. 가장 어두운 부분은 4·3항쟁과 한국전쟁이라는 엄혹한 역사적 상황 안에서, 죽고, 쫓기고, 두려움에 떨며 절규하는 제주인에 대한 고통스러운 장면들이다. 그 고통스러운 장면의 앞뒤에는 무능한 바람둥이 가장이자 헌병 중사로부터 육군 대위로 진급하지만, 결국 중년의 몰락기로 접어든 아버지에 대한 사춘기 소년 특유의 날카로운 반발감과 뾰족한 대결의식이 잘 드러나 있다.

　그러나 작가는 의식적으로 이러한 어두운 기억 대신, 팽팽한 유년의 망각될 수 없는 아름다움에 대하여 청아하게 고백한다. 그 아름다움은 어머니에 대한 기억에서 가장 화려한 부챗살을 펼치는데, 부재한 아버지를 대신한 장남이 흔히 갖게 마련인 성장기의 좌충우돌과 모성에 대한 끌림은 이 소설에서 백미를 이루는 부분이다. 소설 속의 어머니 역시 신산하기 짝이 없는 삶의 도정에서도 넉넉한 인생훈을 아들에게 들려주곤 한다. "눈물은 내려가고 숟가락은 올라간다"라는 말이나 "살다 보면 살아진다"라는 말은 언뜻 평이해 보이지만, 이 간명한 명제들이야말로 끔찍한 고통조차도 마술적으로 극복하게 만들었던 민중적 삶의 지혜가 아닐 수 없다.

　현기영의 『지상에 숟가락 하나』는 시종일관 삶의 아름다움에 대해 말한다. 하지만 그것을 투명한 아름다움이라고 말해서는 안 된다. 이런 표현이 가능하다면, 그것은 삶과 죽음이 서로 꼬리를 물고 있다는 것을 알게 된 중년의 성숙한 유머를 상기시킨다. 실제로 이 소설을 거듭 읽다 보면, 유머는 성숙한 자의 미덕이라는 것을 잘 알게 된다.

탈북 청소년이 읊는 '찢긴 마음의 고백록'

이탈한 소녀가 문득 바라본 하늘은 칠흑 같았다. "누가 쏟았는지/ 먹물 뿌려 놓은 밤하늘/ 나랑 쏙 빼닮은 쌍둥이인 것 같아/ 칠흑 밤하늘에도 감격한다." 북한 이탈 청소년들의 시와 산문을 엮은 『달이 떴다』에 수록된 최영미 양의 「응어리」라는 시의 일부다. 지금 소녀의 마음은 '먹물'이고 '칠흑'이다. 지금 이 소녀는 북한이라는 '체제' 때문이 아니라 '고향'을 상실한 것 때문에 아프다.

서정시란 마음의 생태학이다. 상처 입은 내면은 그래서 마음의 반생태적 찢김의 고백록이다. 「바람」이라는 시에서 또 다른 탈북 소녀 박은실 양이 "산들산들 가을바람"을 내면이 찢기는 감각의 통증으로 받아들이는 것은 이 때문이다. "내 주위를 맴돌며 귀가 아프도록/ 쏘아댄다 멍해진다/ 귀청이 갈기갈기 찢어지는 듯하다/ 바람이 너무나도 아프다." "우린 얼마나 더 견뎌야 행복해질까요?"

아픈 상처의 안쪽에는 '기억'이 있다. 그 기억의 더 안쪽에는 그들이 떠나온 원초적 고향인 마을과 나무들과 어머니와 아버지가 있다. 간혹 이 소녀들이 바라다본 '달'이 서정적으로 빛나는 것은 잃어버린 추억 때문이다. 한복금 양의 「내 기억 속의 사진 한 장」을 보라. "밝게 떠 있는 달을 보니/ 어머니가 어서 오라 반기시는 모습 같아/ 어머니를 그리며 부른 노래란다", 또는 "달을 볼 때마다 현상되는/ 내 기억 속의 사진 한 장…"이라는 식의 비가悲歌에 소녀들은 벌써 익숙하다.

기향숙 양은 「보고 싶은 나의 친구」에서 "사랑하는 나의 친구야 너는 지금 무엇을 하니"라고 말문을 연 후 이렇게 추억을 곱씹는다. "송아지 시절 푸른 하늘에 하얀 연을 띄우며/ 손목 잡고 뛰놀던 그 시절/ 헤어져선 살 수 없었던 친구/ 이제는 다시 볼 수 없게 된 나의 친구." 어린 나이에 상실감을 껴안아야 한다는 것은 비극이다. 그래도 이 소녀들이 "달이 떴다/ 아주 크고 밝은 달이/ 그립다"라고 고백하는 것은 빵처럼 부푼 삶의 포용력을 견지하고 있기 때문이다.

국경을 넘는 일이 사선死線을 넘는 것이 되어버린 북한 이탈 청소년들의 내면에 대해 우리가 아는 것은 별반 없다. 마음의 생태학이라면 불감증에 가깝다. 『달이 떴다』를 읽다 보면 분단이 초래한 상처의 치유는 슬픔의 감정교육에서 시작해야 한다는 것을 알게 된다. "왜 우리 북한 사람들의 운명이 이렇게 불행한 것일까요? 왜 이렇게 험한 길을 걸어야 할까요? 우리는 얼마나 더 견뎌내야 행복이 올까요?" 홍란 양은 「엄마의 편지」에서 이렇게 묻는다. 슬픔으로 뻐근하다.

왜들 그렇게 떠도는가

"나는 세상을 떠돌며 병들고 싶지 않았다." 이 응준의 창작집 『무정한 짐승의 연애』에 수록되어 있는 「그 침대」라는 작품에서 서술자가 한 말이다. 그런데 이 소설집을 읽어보면, 대개의 등장인물들이 마음이 병든 채로 세상을 떠돌고 있음을 발견하게 된다. 오로라를 찾아 하염없이 북구를 헤매는 인물이 있는가 하면, 결별을 결심한 연인과 함께, 그것이 비록 짧은 여행이기는 하지만, 호주를 방랑하는 인물도 등장한다.

표제에도 등장하고 있는 '연애' 역시 그런 성격에서 벗어나지 않는다. 대개가 남성주인공들인 작중인물들의, 짐승을 꿈꾸는 연애라고 하는 것 역시, 근본적으로는 이 여자에서 저 여자로 건너뛰는 헤맴의 양식을 닮아 있다. 그러니까, "세상을 떠돌며 병들고 싶지 않았다"는 서술자의 고백이란, 그 내포에 있어서는 "세상을 떠돌며 병들어버린 것이 나의 삶이 아닌가" 하는 회한으로 가득 찬 독백의 이면인 것이다.

왜들 그렇게 떠도는지 모르겠다, 소설 속의 인물들이. 이런 말을 나는 윤대녕 씨의 소설을 읽으면서 한 적이 있다. 물론 소설을 여행의 형식으로 이해한 루카치와 같은 이론가도 있지만, 그것은 미성숙에서 성숙으로 이행하는 정신의 편력을 의미하는 것이었지 등장인물들의 물리적·공간적 이동을 합리화하기 위한 진술은 아니었을 것이다. 그런데 생각해보면, 이응준의 소설에서 이 떠돎은 본성처럼 맞춤하다는 생각이 든다. 이응준 소설의 인물들은 이미 94년부터 꾸준히 떠돌고 있었던 것이다.

왜들 그렇게 떠도는가? 무의식의 층위에서 보자면, 그것은 '죄의식' 때문인 듯하고, 또 그것의 동인은 끔찍한 어머니, 애인, 여자들인 것으로 보인다. '무서운 어머니 콤플렉스'('어머니는 창녀다'라는 무의식)가 이응준의 소설을 규정하고 있는 것은 과거나 이제나 동일한 듯하다. "인간이라는 물음표를 괴로워했던" 작가여, 이제 '정주'하는 일의 엄숙함과 장엄함에 대해 고뇌해볼 것을 한 비평가는 권유한다. 죄의식이 인간을 짐승으로 만든 것은 사실이나, 그 짐승스러운 '연애'를 넘어선 '생활'! 거기에 무정한 짐승들의 본질과 또한 소설의 육체가 동거하고 있거니와.

3장

사색자의 책읽기

풍선에 대한 명상

"관념상의 과격성이라는 것은 그것 자체가 무엇을 산출한다는 것은 분명하지만, 실제로는 극히 흔해 빠진 것을 전혀 실현할 수 없습니다."

일본의 문학비평가 가라타니 고진이 한 말이다. 극히 흔해 빠진 일상적 삶도 바꾸지 못하면서, 상상력의 고무풍선을 한없이 날려버리는 지식인의 폐단을 지적한 말로 볼 수 있다. 아무리 인간이 꿈꾸기에 능한 동물이라지만, 그 꿈이란 것도 현실과의 '속도조절'을 생각하지 않으면 환상으로 전락한다. 물론 이 말이 꿈꾼다는 행위 자체를 무의미한 것으로 격하시키는 진술은 아니다.

꿈꾼다는 행위를 통해서, 인간은 그 꿈과 비교하여 낮은 곳에 있는 현실을 들어올린다. 꿈과 현실을 최대한 근접시키려는 노력을 위해서라도 꿈꾸기는 계속되어야 한다. 다만, 그 꿈의 실천은 가장 낮은 곳으로부터 출발하여야 한다.

문학의 출발점을 이루는 상상력이란 고무풍선과도 같은 것이어서, 한없이 지상으로부터 날아오르기를 욕망하는 특성을 가지고 있다. 하지만, 가장 높이 나는 갈매기가 가장 멀리 보는 것과 달리, 너무 높이 나는 고무풍선은 결국 터져버린다.

문학이란 끈 달린 고무풍선과도 같다. 비유컨대 작가란 땅 위에 서서, 자꾸자꾸 날아가려 하는 고무풍선의 끈을 잡고 있는 자인 셈이다. 고무풍선은 상상력이고, 땅은 현실이며, 그 끈을 잡고 있는 사람은 작가라는 간략한 등식이 성립되는 셈이다.

내가 이 도식적인 등식을 이야기하는 이유는 '문학권력' 논쟁의 와중에 하도 엉뚱한 반론을 많이 들었기 때문이다. 그것도 문학논쟁이냐는 이야기로부터, 그렇게 좀스럽게 놀지 말고 하늘을 보라는 초월론, 우리만 문제냐 너도 문제라는 양비론, 제도나 구조 안에서 인간은 무력하기 짝이 없다는 불능론, 왜 남의 동네 일에 끼어들고 난리냐는 텃세론 – 대략 이런 반론들이 줄기차게 제시되었다고 볼 수 있다.

일부 몰지각한 문인들은 꿈꾸는 일이 마치 문인들만의 고유한 특권인 것처럼 착각하고 있지만, 실상 그것은 모든 인간의 기본적 권리이자 근원적인 성향이다. 현실이 타락했다고 무차별적인 비판을 서슴지 않는 사람들이, 기이하게도, 등잔 밑이 어둡다는 속담의 주인공으로 등장하는 것은 흥미로운 아이러니다.

문학이 죽었다고 엄살떨면서 오히려 한심하기 짝이 없는 킬링타임용의 작품을 발표한다거나, 알 만한 출판사와 평론가들이 이솝우화에 등장하는 거짓말쟁이 소년으로 변신하는 것을 보는 독자들의 머리는 혼란스럽다.

문학에 대한 논쟁은 승패의 문제가 아니다. 의미가 있다면, 그것은 표면적 진실의 확인을 넘어, 이면의 진실까지를 환기시킨다는 점에 있다. 아이의 손에 들린 풍선을 보며, 나는 가끔 이런 생각을 하곤 한다.

〈!느낌표〉에 〈?물음표〉를 던지다

　　　　　　　〈!느낌표〉라는 프로그램이 화제다. 특히 출판인과 문인들은 '책책책, 책을 읽읍시다'라는 코너를 두고 저마다 한마디씩 자신의 견해를 밝힌다. 공중파 방송에서 프라임 시간대에, 책을 읽자고 캠페인을 벌이고 있으니 정말 놀라운 풍경이 아닐 수 없다. 이 프로를 정의하자면, 일종의 '에듀테인먼트education+entertainment', 즉 교육과 오락을 버무린 새로운 장르라고 볼 수 있다. 책을 읽자는 캠페인을 벌이되, 기존의 교양 관련 프로처럼 '지식인'연하지 않고, 인기개그맨 유재석 씨와 김용만 씨가 등장하여, 책과 관련한 만담을 펼치면서 책읽기를 유도한다. 책을 읽지 않았다고 하면 심하다 싶게 면박을 주고, 읽은 사람에게는 원하는 만큼 책을 가져갈 수 있는 즉석게임을 벌인다. 연예 또는 교양 프로의 통념을 깬 셈이다.

　서점가에 나가보면, 이 프로의 가공할 '파괴력'을 확인할 수 있다. 최루성의 또는 신파조의 시집과 소설집이 독점하던 베스트셀러 코너를 '느낌표' 버전의 책들이 독차지하고 있다. 신문의 출판 광고면에는 〈!느낌표〉에 방영된 바로 그 책!' 유의 광고카피가 등장하고,

이 방송에서 한 달여 동안 집중적으로 홍보되었던 책의 표지에는 어김없이 〈!느낌표〉에 선정된 책'이라는 반짝이는 돋을새김 문양이 박혀 있다. 판매량 또한 엄청나다. 집중 소개된 모든 책들이 단기간에 100만 부에 육박하는 판매량을 나타냈고, 그저 스치듯이 소개된 책들 또한 매출액이 단기간에 늘어났다. 독서에 대한 관심이 높아졌고, 침체에 빠졌던 출판산업이 돌연 활력을 얻기 시작했다는 긍정적인 진단도 내려지고 있다. 단군 이래, 최대의 출판 르네상스가 시작되고 있다는 희망 가득한 진단이 출판전문가들에 의해 내려지기도 한다.

여기서 〈!느낌표〉를 보면서 느꼈던 나의 우려를 피력해보기로 한다. 그 전에 건축과 문학을 병행하고 있는 시인 함성호 씨가 〈서울시립대신문〉에 발표한 「러브하우스'와 '느낌표」라는 흥미로운 글을 먼저 소개하기로 한다. 건축평론가이자 시인인 함성호 씨는 십 년이 넘게 건축과 문학의 저변 확대를 위해 노력했다고 한다. '건축=노가다'라는 오래된 통념과 건축을 오로지 투기의 대상으로 생각하는 '부동산 자본주의'와 싸우면서, 나름대로 건축에 대한 대중적 관심을 확대하고자 애썼지만 그 결과는 허망했다는 것이다. 그런데 그토록 어렵던 일을 신동엽의 '러브하우스'가 단 몇 주 만에 해냈다는 것이다. 그 결과는 무엇이었는가? 엉뚱하게도, 그나마 있던 건축에 대한 관심이 실내 디자인에 대한 관심으로 전환되었다는 것이다.

그는 세 권의 시집과 두 권의 산문집을 출간한 시인이기도 하다. 그런데 그 책들은 대개가 초판을 끝으로 더 이상 판매가 되지 않았다. 그래서 시의 대중성에 대해 고민도 해보고, 책을 읽지 않는 대중들의 풍토에 대해서도 고민해보았다. 시와 대중 사이의 거리를 좁히기 위해 〈시와 대중전〉이라는 낭송회도 해보았다. 그러나 결과는 완전한 실패였다. 그런데 〈!느낌표〉는 자신이 지난 십 년간의 노력으로도 할 수 없었던 일을 단번에 해냈다. 그는 "낡은 집을 무료로 고쳐주는 '러브하우스'와 최근 책읽기 열풍을 일으킨 '느낌표'라는 프로그램은 거의 절망적인 것으로 느껴지기까지 한다"고 고백한다.

많은 출판전문가들이 이 프로의 긍정적인 측면에 대해서 논의했기 때문에, 나는 이 프로를 보면서 생각했던 몇 가지 문제점을 피력하는 데 집중하겠다. 그게 내가 생각하는 '균형감각'이다.

첫째, 이 프로그램의 첫 회에서는 C출판사에서 출간된 『괭이부리말 아이들』을 집중 조명했다. 출간 몇 달이 지나도록 별 반응이 없었던 이 책은 방송 직후 판매량이 그야말로 폭발적으로 증가했다. 대형출판사에서 출판한 특정한 책을 굳이 첫 회분으로 내보냈던 이유에 대해서 내 주변의 많은 사람들이 의아해했다. 작가 선정 역시 마찬가지다. 김중미 씨는 그렇다 치고, 공지영, 신경림, 박완서 씨 등은 이른바 'C출판사 계열'의 문인들이며, 특히 공지영 씨는 조만간 C출판사에서 장편소설을 출간하기로 예정되어 있는 작가라는 점에서 신중하게 생각해볼 문제가 아닐 수 없다.

둘째, 선정된 책들이 이미 많은 판매부수를 기록한 책이었고, 작가들 역시 대중적인 인지도가 높은 사람들이었다. 가령 공지영 씨 같은 경우는 지난해에도 『공지영의 수도원 기행』으로 10만 부 이상의 판매고를 기록했던 작가다. 그런데 〈!느낌표〉에서는 1998년에 출간된 이래, 상대적으로 많은 판매량을 기록했던 『봉순이 언니』에 또다시 대박을 안겨다주었다. 박완서 씨의 소설 역시 마찬가지다. 1995년에 출간된 이래, 출판불황 속에서도 이미 25만 부 이상 팔려나간 책이다. 대단한 스테디셀러였음에 틀림없는 책을 굳이 방송이 나서서 또다시 집중조명하는 이유가 무엇인지 궁금하다. 홍보와 판매에 있어서도 '승자독식 구조'가 관철되고 있는 것은 아닌지.

셋째, 소개된 책들, 그 가운데서도 동화와 소설들이 보여주는 '위안의 메시지'들이 대중에게 끼칠 모종의 영향력도 고려될 필요가 있다. 이 세 편의 작품들은 공히 '성장소설'의 구조를 취하고 있다. 이들 소설 속의 인물들은 경제적 빈곤이나 전쟁과 같은 '구조적 모순'에서 비롯된 고통을, '개인적인 의지'를 통해 희망으로 바꿔나가는 인물들이다. 그런데 내 생각엔 이러한 메시지가 문제다. 아무리 고통스러워도 희망을 잃지 말자. 어디서 많이 듣던 소리 아닌가? 각각의 책들은 모두 좋은 작품들인데, 비슷한 정서의 소설들이 연이어 소개되다 보니 '삶이 아무리 어렵더라도 조금만 참고 견딥시다' 식의 '신파적 계몽주의'로 전락하고 있다.

넷째, 방송이 생각하는 '교양'의 수준이다. 흥미롭게 읽을 수 있는 몇 권의 소설과 산문집이 우리 시대 교양의 '척도'일 수는 없다. 적어도 대중적인 교양을 향상시키기 위해서는, 이런 책들과 함께 삶에 대한 '철학'과 현실에 대한 '비판의식'을 고양시킬 수 있는 책들이 함께 조명되어야 한다. 교양이 하향 평준화되어서야 쓰겠는가.

다섯째, '과거의' 책들에 대한 열광이 '현재의' 양서들을 오히려 죽일 수도 있다는 점이다. 이 프로그램으로 인해 죽었던 '과거의' 책들이 소수나마 되살아난 것은 흥미로운 일이겠으나, 부지기수의 '오늘의' 책들은 과거보다 더 빠른 속도로 죽어가고 있다는 것을 알아야 한다. 〈!느낌표〉에도 도서 선정을 위한 자문위원들이 있을 터인데, 이들은 이런 문제점에 대해 심각하게 고민할 필요가 있다.

여섯째, 〈!느낌표〉의 책읽기 캠페인이 출판계와 독서계에 일시적인 자극을 준 것이 사실이라 하더라도, 이것은 출판위기에 대한 구조적이며 근본적인 대안이 될 수 없다. 오히려 〈!느낌표〉는 몇몇 출판사에 '대박의 꿈'을 실현시키면서, 절대 다수의 출판사에는 상대적인 박탈감을 심화시키고 있다는 비판에서 자유롭지 못하다. 작가들의 부익부 빈익빈 현상 또한 갈수록 심각해지고 있다.

일곱째, 〈!느낌표〉에서 소개되고 있는 책들은 사실―적어도 현재까지는―전혀 새로운 느낌을 주지 못한다. 베스트셀러의 재탕 시리즈에 불과한 것들이어서, 책 선정에 있어서는 프로그램을 〈?물음표〉로 바꾸는 것이 나을 것 같다. 신경림 씨의 『시인을 찾아서』 정도가 신선한 선택이었다고 보이는데, 그것은 그나마 힘겨운 출판운동을 해온 '우리교육'과 같은 출판사를 행운의 주인공으로 만들어주었기 때문이다.

달린다는 행위

일찍이 아쿠타카와상을 수상한 무서운 신예였지만,『돌에서 헤엄치는 물고기』와 같은 소설을 둘러싼 일련의 법적 분쟁 때문에 혹독한 시련을 거쳐야 했던 유미리는 매우 특이한 작가다. 그 특이성은 그의 이중정체성, 완전한 한국인도 아니고 그렇다고 완전한 일본인도 아닌 상황과 얼마간 연결되는 문제다. 나는 누구인가? 아쿠타카와상 수상작인『가족시네마』로부터 시작된 이러한 물음이 최근 들어 유독 강렬하게 유미리를 장악하고 있는 듯하다.『8월의 저편』에는 이런 정체성의 탐문이 전면화되고 있다. 정체성 탐문이란 요컨대 뿌리찾기다. 이 소설 속에서 쉬지 않고 밀양 강가를 달리고 있는 우철은 유미리의 외할아버지인 양임득의 소설적 변형이다.

우철은 왜 달리는가. 그야 육상선수니까 그렇겠지만, 물론 소설은 더 많은 것을 우리에게 생각하게 만든다. 첫째, 그것은 우철의 삶에 육박해 들어오는 운명에 대한 저항을 환기시킨다. 달린다는 행위를 통해 발목 잡는 운명을 거부했던 것. 둘째, 하지만 운명 거부의 몸짓조차도 사실은 프로그램화된 운명의 일부였다는 것. 달리기의 끝에서 만난 것은 죽음이었으니까. 셋째, 그 달린다는 행위를 통해 궁극적으로는 운명에 대한 싸늘한 냉소를 보냈던 것. 왜? 운명은 지랄 같으니까.

이 작품은 유미리의 정신적 성숙이 돋보이는 작품이면서, 그의 작품세계를 전과 후로 가를 성공작으로 판단된다. 세계에 대한 성숙한 시선과 함께, 특히 모성적 사유가 소설 속의 인물들을 통해 풍부한 환기력을 얻고 있다. 읽기의 재미 또한 만만치 않다. 언어구사력 또한 높은 수준에 있는데, 이것은 소설 속의 사투리 등속을 거의 창작했다고 볼 수 있을 번역자 김난주의 공으로 돌려야 한다. 성공한 번역이 창작에 가깝다면, 이 작품이 그러하다. 이 소설을 더욱 흥미롭게 읽고자 한다면 『세상의 균열과 혼의 공백』이라는, 유미리의 산문집도 함께 보는 것이 좋다. 이 소설의 기본 얼개는 거기 다 써 있었다.

냉담하게 탈구된 일상, 베이커리 남자

윤효의 소설집 『베이커리 남자』를 읽으면서 생각한 것은 현대적 정서의 한 표지로서의 '냉담함'에 대한 것이었다. 냉담함은 90년대 이후의 우리 소설에서 지배적으로 드러나는 표지이다. 세계에 대해 냉담함의 태도를 견지한다는 것은 두 가지 의미를 가진다고 볼 수 있다. 긍정적인 차원에서 그것은 '견고한 자아'에 대한 신뢰감을 보여준다. 약간 재미없는 표현을 쓰자면, 주체와 타자 사이의 '거리'를 냉혹하게 인식하고 자신의 삶을 주체적으로 실현하겠다는 욕망의 발로일 수 있겠다. 보들레르가 현대성의 체현자인 댄디에게서 이 냉담함의 표지를 발견한 것은 이런 까닭이다. 그러나 다른 관점에서, 냉담함은 타자와 세계에 대한 관심의 전면적인 퇴각, 이로부터 결과하는 자기 삶의 황폐화와도 맞물린다. 그때 자아는 견고해지는 것이 아니라, 절대적인 '무'를 향해 수렴된다.

생각해보면 현대적 일상은 '냉담함'의 자기증식을 일상적인 삶의 원리로 체현하고 있는 세계다. 우리들의 주거공간인 아파트 자체가 무한히 군집해 있으되, 교류할 수 없는 단절의 공간을 도상화하고 있다. 그 공간을 나와 만나게 되는 거대도시의 군중들은 물론이

거니와, 물리적인 접촉과 충돌이 일상화되어 있는 지하철 속에서의 대중의 존재방식 역시 냉담함으로 귀착된다. 그때 우리는 지나가는 사람이며, 어떤 교류의 가능성도 차단된 고독한 단독자로서의 자기 정의를 받아들이게 된다.

청소년들의 일상적인 유흥공간이라고 할 수 있는 '게임방'이야말로 냉담함의 전형적 실현공간이라고 할 수 있다. 각자의 모니터 속에서 진행되는 스펙터클한 모험들은, 그 모험이 벌어지는 바로 옆자리의 담배 피우는 청년에게 아무런 영향도 미치지 못한다. 그들은 인접해 있으되 영원히 낯선 타인이며, 그래야 자기만의 스펙터클이 가능해진다는 사실을 알 수 있다.

흥미로운 것은 90년대 소설에 이르러 이 냉담함의 실현공간이 외부는 물론 내부로까지 확산되고 있다는 것이다. 흔히 '친밀성'의 영역이라 간주되었던 '가족'은 사회성의 영역에서 가중되는 냉담함의 파고를 막아낼 수 있는 방파제를 상실했다. 윤효의 창작집의 표제작인 「베이커리 남자」 역시 이러한 관점에서 읽을 수 있는 작품이다.

주인공이라 할 수 있는 작중의 사내는 아내의 죽음과 직장에서의 정리해고의 여파로 우연히 직업으로 선택한 베이커리를 운영하면서 원룸아파트에서 살아간다. 소설을 읽다 보면, 그는 열망이 사라진 존재, 때문에 더없이 삶에 냉담한 존재로 느껴진다.

그런데 이 냉담한 존재의 일상 속으로 어느 날 한 여자가 침범해 들어온다. 빵을 사러 온 여자인데, 작가는 그녀의 미소를 이렇게 표현하고 있다.

"그 미소는 주위의 공기를 환기시키는 묘한 힘을 갖고 있었다." 한 여자의 출현으로 돌연 그를 둘러싼 사물조차 생생한 활력을 회복하게 되는 셈이다. 문제는 그에게 타인에 대한 관심을 다시 충동한 이 여성의 가족생활의 불모성이라 할 수 있는데, 흥미로운 것은 그것이 다음과 같은 아이로니컬한 서술로 제시되고 있다는 점에 있다.

"여자의 집엔 그가 오래전에 잃어버린, 남자와 여자가 만나 교미하고 물방울 같은 아이들을 낳아 키우며 스스로를 소비해가는 세포분열의 활기가 충만해 있었다."

활기라고 표현되어 있지만, 사실상 그것은 활기가 아니라 공허에 가까운 진단이라는 것은 '교미'와 '세포분열'이라는 표현을 통해 확인할 수 있다. 그 표면적인 활기 아래 거세된 것은 뜨거운 교류와 소통의 가능성, 타인에 대한 지독한 열정, 즉 사랑이다.

대개의 삼류 소설에서는 이러한 상황이 제시되면, 아마도 그 여자와 베이커리 남자가 진정한 사랑의 관계를 회복한다는, 표면적으로는 불륜이지만, 적어도 그들에게는 절실하기 짝이 없는 결론을 이끌어낼 것이다. 그런데 소설가 윤효는 이 두 사람의 미묘한 마음의 갈등, 충동적인 동침의 기억조차도 기억할 만한 권태의 산물로 처리하고 있다. "그는 권태가 오랜만에 보는 친구처럼 반가웠다"는 진술이 그것.

물론 이 소설집에 수록된 모든 작품들이 뛰어난 것은 아니다. 그러나 「베이커리 남자」와 「성가족」은 기억될 만한 작품이다. 작가에게 고언이 필요하다면, '문체'에 대한 열망은 간직하되, 장식적인 수사의 유혹을 최대한 차단할 필요가 있다는 것. 자칫 인물들의 내적 갈등이 아름다운 수사로 분식될 수 있다는 점을 그가 기억해두었으면 좋겠다.

현기영 소설의 문법을 거스르다

변신의 욕망이란 작가에게 매우 근원적인 갈증이다. 모든 작가는 새 작품을 쓸 때마다 그것이 이전 작품과는 완전히 다른 형태로 탄생하기를 기도한다. 그러나 그런 작가의 희망과는 별도로, 가령 독자들은 현기영의 문학을 '4·3항쟁'과 관련해 논의하거나 문학에서의 리얼리즘 개념과 결부하는 것을 자연스럽게 생각한다.

현기영의 문학이 4·3항쟁과 관련한 소설 쓰기에서 기념비적 명작을 산출한 것은 분명하다. 또 그의 문학이 넓은 의미의 리얼리즘 문학을 심화하는 데 기여해온 것 역시 사실이다. 그런데 그의 소설을 꼼꼼히 읽다 보면, 이러한 문학사적 평가 때문에 현기영 문학의 다채로운 실험의식과 미학적 성격에 대한 분석이 생략되고, 주제의식 차원의 논의만 과잉된 것이 아닌가 하는 생각도 든다.

작가 역시 이를 의식해서인지 『지상에 숟가락 하나』를 기점으로 좀 더 풍부한 문학적 실험을 다채롭게 전개하고 싶다는 포부를 개진한 바 있다. 사실 문학적 수련기에 그가 가장 깊이 매력을 느낀 작가가 제임스 조이스였다는 점을 상기해본다면, 그의 문학에 깃들어 있는 현실주의적 상상력이란 결국 민주화라는 상황의 압력과 조건에 크게 기인한 것이다.

『누란』을 읽으면서 놀랐다는 사람을 여러 번 만났다. 나 역시 이 소설을 읽으면서 자못 놀라운 느낌이랄까, 의아한 감상에 빠져들곤 했다. 그 이유는 이 작품이 현기영 소설의 고전적인 기율 또는 문법을 완전히 거스르는 것으로 보였고, 더 나아가 서사성의 해체에 비견될 만한 파격으로 점철되어 있었기 때문이다.

범주를 규정하자면, 이것은 '담론 소설'에 가깝다. 내러티브의 능란한 인과적 배치로 규정할 수 있는 소설적 플롯이 헐거워진 대신, 이 소설은 주요 등장인물이 저마다 1990년대 이후의 시국과 정치적 변화에 대한 정론적 논의를 직설적으로 쏟아내고 있기 때문이다.

그 파격이 어느 정도인가 하면, 7장에서의 교수와 학생들 간의 대화가 마치 개화기의 문답형 소설처럼, 혹은 희곡의 대사처럼 서술이나 묘사 없이 장황하게 나열돼 있을 정도이다. 작중인물이 펼쳐내는 담론 역시 민주화에 대한 역사적 평가로부터 소비자본주의 및 신자유주의 비판, 그리고 각종 종말론과 파시즘의 대두에 이르는 다채로운 소재가 만화경처럼 펼쳐지고, 작중인물들의 요설과 직설이 제약 없이 만개한다.

이런 형식 실험이랄지 파격을 과연 어떻게 보아야 할까. 아마도 가장 개연성 있는 해석은 오늘의 민주주의 폐색 상황에 걸맞은 환멸적 세계상을 그에 대응하는 소설 형식의 해체와 파괴를 통해 알레고리적으로 풍자하려는 의도가 개입된 결과가 아닐까 한다. 사실 몰락하는 것은 우리가 직면한 세계뿐만 아니라 그 세계를 객관적으로 재현할 수 있다는 소설 양식에 대한 신념도 포함된다.

그렇다고 해서 그가 이야기성으로 퇴행한 것은 아니다. 반대로 그는 담론으로 직행함으로써 도착된 현실에 대한 과감한 풍자를 담고자 했다.

기묘한 언어도단

　　복거일의 『죽은 자를 위한 변호』를 읽고 난 후, 나는 세 가지 문제를 생각했다.

　　첫째, 자유주의란 무엇인가 하는 문제이다. 친일 문제를 조명하고 있는 이 책에서 복거일은 시종일관 '자유주의자'로서의 자신의 신념을 밝히고 있다. 그런데 복거일이 친일파를 옹호하면서 펼치고 있는 이 자유주의의 성격은, 대략 1995년을 전후하여 지금까지 일본에서 요동치고 있는 신우익적 자유주의와 본질적으로 일치하고 있는 것처럼 보인다. 복거일과 그들 모두는 역사를 '사실'이 아닌 허구적 '스토리'의 일종으로 이해하고 있다. 이런 이해를 앞세우면서, 그들이 공히 내세우고 있는 것은 대일본제국의 식민주의-파시즘의 긍정성이다. '식민지 개발근대화론'을 내세우는 이들에게 '역사의식'이란 버려야 할 '폐품'처럼 인식되고 있다.

　　둘째, 이처럼 볼륨이 큰 책에서, 그것도 일제의 식민주의와 친일파의 옹호에 힘쓰고 있는 저작에서 일제의 식민주의 통치의 긍정성을 강조하기 위해 동원하고 있는 논리의 허약함이다. 일제하의 조선인구가 그 전보다 거의 두 배 이상 늘었다는 인구지표 역시 객관성을 얻기 힘든 것은 물론이고(과연 조선시대에 체계적인 인구 센서스가 존재했을까?), 인구가 늘었으니 일제하가 '살 만한 지옥'이라고 강조하는 논리는 차라리 어처구니없는 것이다. 일제의 식민지배라는 정치적·역사적 연구주제를 인구수의 추이라는 간략한 지표상의 문제로 환원시켜 논의를 전개하는 것은, 복거일이 주장하듯 식민주의의 긍정성을 평가하는 데 있어 결코 설득력 있는 논거일 수가 없다.

셋째, 이 책에서 전개되고 있는 논리는 한때 일본에서 출간되어 화제를 모은 바 있는, 얼치기 논설가 김완섭의 『친일파를 위한 변명』에서의 논리와 대단히 유사하다. 사실상 언급할 가치도 없는 저작이라는 이야기다. 독자들께서 이 두껍고 가격도 비싼 책을 읽는 것은 시간 낭비다. 일국의 주요한 소설가의 역사의식과 지적 수준이 겨우 이 정도에 불과하다니, 자유주의자를 자처하는 자의 역사의식이 이렇게 안타까운 수준에 있다니, 싸늘한 미소만이 감돌 뿐이다. 복거일은 친일파를 마치 박해받는 '소수파'로 이해하고 있는 듯하다. 이런 주장들을 일컬어 우리는 '언어도단'이라고 부른다.

작가여, 교활해져라

『영광전당포 살인사건』. 일단 제목이 독자들의 흥미를 끈다. 이 소설 속에는 두 건의 살인사건이 발생한다. 소설 속에서 살인사건이 발생했을 때, 역시 흥미로운 부분은 치밀한 추리력을 갖춘 인물이 등장하여, 해결의 단서를 찾아가는 일일 것이다. 이 소설 속에도 그런 인물들이 있다. 일단 절름발이 형사가 전반부에 등장해 이런저런 냄새를 풍기고, 어울리지 않는 현학을 풀어놓기도 한다. 그 현학이 이 소설의 주요한 메시지를 암시하는 것은 물론이다. 그리고 주인공 '차연'이란 인물이 있고, 사건의 긴장감을 높이는 데 이바지하는 신비로운 배후인물 '원형'이 있으며, 독자들에게 자못 심각한 고민을 안겨줄 법한 유전자 합성인간 '김시민'이 등장한다.

살인사건에는 목적, 배후, 실행, 수사, 검거의 과정이 뒤따르기 마련인데, 그것은 마치 흥미로운 한 편의 게임을 연상시킨다. 긴장감이 높아지려면 게임의 룰이 복잡해야 한다. 그런데 이 소설의 살인목적은 의외로 단순하다. '혁명'을 위해서라는 기묘한 추상이 등장하는 것이다. 무엇을 위한 혁명인가? 이 부분이 명료하지 않다. 그렇다면 제거의 대상은 누구인가? 혁명세력을 탄압하던 고문기술자 전형근(영광전당포 주인)과 그 복제인간(908호 노인)이다. 전자를 도끼로 쳐 죽이는 것은 차연이고, 후자를 살해하는 것은 김시민이다. 그런데 이 둘은 모두 원형의 사주를 받고 있다. 차연이나 김시민의 내적 갈등은 그런대로 봐줄 만하다. 그러나 혁명세력의 전위인 원형은 어떤 인물인가. 적어도 이 부분은 몽롱하기 짝이 없다. 소설적 밀도를 심각하게 저해하는 요소가 아닐 수 없다.

작가는 추리, SF, 로망스, 후일담적 요소들을 지혜롭게 갈무리하는 소설적 역량을 선보이고 있다. 거기에 이른바 철학적 존재론이라는 심각한 폭약도 충분히 장전하고 있다. 그리고 일련의 모티프 차용, 이를테면 도스토옙스키의 『죄와 벌』이라든가 리들리 스콧의 〈블레이드 러너〉 등의 영화적 요소를 개입시킨다. 본격문학의 영역에 이러한 요소를 과감하게 도입하는 작가의 태도는 일단 높이 평가할 만하다. 그런데 그 결과는 신통치 않다. 재미는 있는 듯한데, 전율이나 감동이 없다. 하위문화에서 워낙 익숙하게 접해온 것들이라, 신선하기보다는 진부하고, 결론이 뻔히 보이는 영화를 보는 듯한 안타까움이 느껴진다. 작가는 더 교활해질 필요가 있다. 제 잘난 맛에 사는 독자들을 설득하기 위해서도 말이다.

추리문학이 안내하는 구원과 성찰의 길

유럽과 일본에서 '추리문학'은 오랜 전통과 대중성을 과시하지만, 한국에서는 여전히 주변화한 장르로 인식된다. 물론 한국 최초 추리작가 김내성의 추리문학 세계에 대한 재검토를 시작으로 학계에서도 한국의 추리문학에 대한 본격적인 문학사적 가치 평가를 진행하고자 한다. 그러나 역시 한국의 문단 풍토는 추리, 과학소설(SF), 판타지 따위 서사물을 '장르문학'으로 간주해 본격적인 비평적 논의의 틀에서 배제시키는 것을 당연시한다.

이런 탓에 작가나 독자의 현 상황은 '소수 집단' 비슷한 동호회적 열정이 충만한 듯도 싶고, 때로는 문단의 냉담함에 일종의 위화감 비슷한 태도를 보여주기도 한다. 월간 「판타스틱」이나 작가 김성종의 '추리문학관'을 중심으로 이러한 서사 장르에 대한 가능성을 꾸준히 발굴·지원하고자 애쓰고 있지만, 독서계의 상황이 호락호락한 것은 아니다.

이런 상황 속에서 『한 방울의 물을 마르지 않게 하는 법』이라는 소설을 쓴 강호진이라는 작가의 출현은 한국 추리문학에 기대감을 갖게 한다. 이 소설은 영락사라는 절에서 3일 동안 벌어지는 기이한 살인사건을 추적하되, 불가의 시왕사상이 민중적 운명론과 뒤섞이면서 나타나는 불교의 제도화와 권력화를 문제 삼는 한편, 참다운 자기 구원이란 무엇인가라는 근본적인 질문을 매우 박진감 넘치는 사건의 전개를 통해 유려하게 표현하고 있다.

소설을 읽다 보면, 서사구조가 댄 브라운의 『다빈치 코드』나 움베르토 에코의 『장미의 이름』에 나타나는 '성배 찾기' 모티프와 유사해 보이지만, 불교 및 불교미술에 대한 작가의 해박한 교양과 비판적 문제의식이 풍부하게 발현되고 있어, 종교와 구원의 문제에 대한 자못 근원적인 성찰로 안내하는 흥미로운 통로가 되고 있다.

소설 제목인 '한 방울의 물을 마르지 않게 하는 법'은 '생과 사의 순환'이라는 뜻을 가진, 판 나린 감독의 구도 영화 〈삼사라〉에서 아이디어를 얻은 듯하다. 그 영화에서는 한 방울의 물을 바다에 던질 때 마르지 않는다는 해답을 제시한다. 요컨대 참된 구원은 바다와 같이 유장한 일상과 역사에서 겪는 번뇌와 그것의 극복 과정 자체에 있으며 이야말로 진정한 해탈이라는 메시지다.

이 소설은 추리소설에 빈번하게 등장하는 살인사건과 그것에 대한 이지적 탐문이라는 전형적 플롯을 보여주지만, 사건 해결 과정에서 전개되는 불교와 유학, 그리고 세속 권력에 대한 비판적 사유 능력이 매우 치밀하게 교직되어 있다는 점에서, 한국 추리문학의 위상에 대해 다시 생각하게 만드는 문제작이다.

사유, 현실, 글쓰기

불면의 밤은 실존을 밝히는 등불이다. 이렇게 쓰고 보니 지금 나는 그 등불 앞의 생에 대해 가볍게 떨고 있다. 그 떨림을 가능케 하는 것은 쓴다는 행위다. 논리적으로는 어떤 사유가 있고, 그것이 글쓰기로 연결되는 것이겠으나, 나에게는 쓴다는 행위가 있은 연후에야 사유가 가능해지는 것처럼 느껴질 때가 있다. 나를 심각하게 만드는 것은 그 쓴다는 행위조차도 컴퓨터의 도움 없이는 이루어지지 않는다는 사실이다. 놀랍게도 이것은 허언虛言이 아니다. 컴퓨터의 전원스위치를 올리는 순간, 나의 사유는 작동되며 자판 위로 열 개의 손가락을 올려놓는 순간 희미하게 존재했던 어떤 이미지들이 육체를 얻게 된다. 계시처럼 어떤 말들이 찾아오기도 한다. 실제로 이러한 경험은 일상 속에서, 수풀 속에 숨어 있던 개구리가 예고도 없이 뛰쳐나오듯 그렇게 나를 찾아오기도 한다. 잠에서 막 깨어난 바로 그 순간, 내 입술은 때때로 설명할 수 없는 문장들을 뱉어낼 때가 있다. "음, 아주 먼 길을 걸어왔군." 나는 이 말의 뜻을 헤아리지 못한다. 왜냐하면 그것은 맥락에서 탈구된 발언이기 때문이다. 길을 걷다가 가끔 시의 몸을 갖추지 못한 전언이 나에게 찾아올 때가 있다. 그럴 때마다 노트에 성급하게 옮겨 적는다. 이럴 때 쓴다는 행위는 그것을 의식하고 있는 '나'의 행위가 아니다. 그것을 의식하고 있는 '나'는 단지 그것을 받아 적고 있는 존재에 불과하다.

*

고백할 내용이 없어도 고백을 시작하다 보면, 그것의 내용물이 생성되기 시작한다는 논리가 있다. 제도가 의식을 창출한다는. 물론 그것은 절반의 진실로 느껴진다. 고백이라는 행위는 특정한 메시지의 전달을 목표로 삼는다. 그런데 그 메시지는 투명하게 전달되지 않는다. 효과적으로 그것을 전달하기 위한 것이겠지만, 거기에는 일련의 수사학적 장치들이 들러붙고, 또 그 전달의 효과를 배가시키기 위한 제스처가 가미된다. 고백의 진실성을 강화시키기 위해 무의식적으로 활용되는 것은 놀랍게도 단속적인 '침묵'이다. 끊어졌다 이어지고, 이어졌다 다시 끊어지는 침묵이 존재하지 않을 때, 고백의 진실성은 청자에 의해 부단히 회의된다. 이것은 놀라운 일이다. 화자와 청자가 암묵적으로 공유하고 있는 고백의 진실성이란 메시지의 진실성이라고 할 수 있는데, 그것의 참다운 보증인으로 출두한 것은 아이로니컬하게도 침묵이라니.

*

문학은 교육의 대상이 될 수 있는가. 문학이 아카데미에 침투하여 학적인 체계화의 전철을 밟은 것은 근대에 들어서이다. 그 학적 성격의 보증을 위해 형식주의와 구조주의가 도입되면서, 문학교육은 마치 시체실습을 하는 해부학과 유사한 것이 되어버렸다. 작품이 마치 혈관과 관절들로 구성된 시체와도 같이 세심하게 분석될 때 문학에 대한 대중적 기대는 자주 배반당한다. 문학의 형식주의적 분석은 사체에 가해지는, 날카로운 메스에 의한 절단을 상기시킨다. 해부학 실습실에서 우리가 영혼의 존재를 확인할 수 없듯, 형식주의와 구조주의에 의해 분석된 작품에서 감동을 발견할 수 없는 것은 어쩌면 자연스러운 일이다.

*

　프로이트 이후에 욕망에 대해 작품을 쓴다는 것이 가능할까. 프로이트는 도스토옙스키의 소설을 읽으면서, 자신의 이론과 대단히 유사하다는 사실을 알고 깜짝 놀랐다고 한다. 프로이트의 자기응징 이론은 도스토옙스키의 삶과 문학에 대한 관찰에서 나왔다. 오이디푸스 콤플렉스 개념이 소포클레스에게서 나왔듯이. 그런 점에서 도스토옙스키와 소포클레스는 위대한 발견자들이었다. 그들이 프로이트와 달랐다면 욕망의 구조를 논리적으로 구조화하지 못했다는 점에 있을 것이다. 그런데 프로이트 이후에 욕망에 대해 소설을 쓴다는 것이 가능할까. 발견된 지식을 내면화한 작가가 그의 소설 속에 프로이디즘을 반영한다면, 그것은 참다운 욕망의 발견에 봉사할 수 있을까. 또 그 작품을 읽으면서 프로이디즘의 구조를 발견한 평론가가 마치 길고도 피로한 항해 끝에 희망봉을 발견했던 어느 모험가처럼 의기양양해한다면 이것은 어리석은 일이 아닐까. 영리한 작가들은 자신들의 작품 속에 지뢰처럼 해석의 단서들을 심어둔다. 미련한 평론가들은 그 단서들을 재구성하면서, 작가가 의도했던 바로 그 방식대로 작품의 의미를 추론하고 평가한다. 우스꽝스러운 담론의 축제가 아닐 수 없다.

＊

왜 대중들은 문학에서 멀어진 것일까. 우선 두 가지 이유가 떠오른다. 첫째는 '재현의 속도성'을 따라잡지 못하는 문학의 느린 속성 때문이다. 현대성의 세계에서 재현의 속도성을 가장 가파르게 보여주는 것은 일련의 미디어 시스템이다. 일간지들은 하루 단위로 현실 속에 존재하고 있는 재현 가능한 사건들을 무수하게 쏟아낸다. 티브이가 보여주는 속도성이 그것을 가장 날카롭게 대변한다. 사건이 존재하면 언제든지 그것은 뉴스속보가 되어 대중들에게 전달된다. 브라운관 앞에 앉은 대중들은 시각적으로 재현된 사건들을 손쉽게 감상할 수 있다. 둘째로 들 수 있는 것은 표상체계의 변화이다. 현실에 대한 인식을 가능케 하는 현대적 표상체계는 논리적·인과적 매개 없는 병치를 일상화하고 있다. 그것이 가장 뚜렷하게 나타나는 것은 일간지에서이다. 미국의 이라크 침공설이 보도되고 있는 같은 신문에는 우스꽝스러운 "말, 말, 말"이 함께 실려 있다. 국제면에는 처참한 기아에 시달리고 있는 전쟁 난민의 사진이 실려 있는데, 몇

페이지를 넘기면 컬러화보에 "맛 따라 멋 따라"라는 기획기사가 연재되고 있다. 논리적 선후관계도 사안의 우열관계도 존재하지 않는 이 평등한 정보들의 어깨동무는 대중들에게 현실을 미로와 같은 것으로 인식하게 만든다. 신문적 표상체계는 문학적 표상체계와 적대적일 수밖에 없다.

*

'양심에 따른 병역거부 논쟁'이 뜨겁다. 그런데 문학에서는 일찍부터 이러한 문제를 소설화해 왔다. 90년대 초반에 발표된 하창수의 『돌아서지 않는 사람들』이나 박상우의 「스러지지 않는 빛」과 같은 소설에 묘사된 병사들이야말로, 우리 문학에 최초로 등장한 양심에 따른 병역거부자들이다. 문학은 사회적 담론의 속도를 앞지르는 경우를 자주 보여준다. 그것은 예술적 상상력이 미래를 상상적으로 선취한 데서 오는 현상이다. 조지 오웰의 『1984년』에 묘사된 세계는 어찌 보면 현대판 로마제국이라 할 수 있을 현재의 미국 현실과 유사하다. 소설 속에 등장하는 빅 브라더는 미국의 패권을 위해서는 어떠한 전쟁 수행이라도 불가피하며, 테러를 예방하기 위해서라면 어떠한 인권 침해라도 정당하다는 신념을 의연하게(?) 견지하고 있는 미국 대통령 조지 부시를 연상케 한다.

*

이념은 투명하고 현실은 잡다하다. 특정한 이념을 기반으로 해

작품을 평가하다 보면, 동일한 작품이 전혀 다른 맥락의 평가를 받게 되는 경우가 자주 발생한다. 그 대표적인 경우가 공선옥이라고 할 수 있겠다. 이른바 민족·민중문학 이념이 평단의 지배적인 이념으로 작동되던 시절, 공선옥의 소설은 미래에 대한 전망을 전혀 보여주지 못하는 소설이라는 비판에 자주 직면해야 했다. 공선옥의 소설에 등장하는 하층 여성인물들의 삶 자체가 계급적인 인식과는 거리가 있었기 때문이다. 시간이 경과하면서 공선옥의 소설은 또 다른 관점에서 비판을 받게 된다. 새롭게 등장한 이념은 페미니즘이다. 일군의 페미니스트들은 공선옥의 소설에 등장하는 이 하층여성들이 '모성 이데올로기'에 함몰되어 있다는 비판을 자주 던졌다. 투명한 이념에 비해 현실은 언제나 비루하기 짝이 없기 때문에, 평자가 견지하고 있는 이념을 근간으로 한 비평은 이처럼 작품 내부에 표현되어 있는 구체적 현실의 부정을 강제하는 경우가 많다. 이런 사정 때문인지는 몰라도, 공선옥의 소설은 평론가들과 독자 모두에게 상대적으로 소외되었던 경우에 속한다. 그런데 독자들은 왜 공선옥의 소설을 상대적으로 소외시켰던 것일까. 많은 이유가 있겠지만 내게 이런 이유를 제시한 독자가 있었다. 그 독자의 말인즉 공선옥의 소설에 표현된 여성들의 삶이 자신과 자신의 어머니들이 살아온 삶과 너무나 유사하다는 것이다. 현실 속에서 회피하고 싶었던 기억들을 소설 속에서 다시 만나게 되니 너무 고통스러워서 더 이상의 독서를 지속할 수 없었다는 것이다. 문학작품에서 약간의 환상을 찾고 싶은 욕구는 현대 독자에게도 여전히 강렬한 성향인 듯하다. 그런데 생각해보면 투명한 이념이라는 것 역시 환상의 한 종류가 아닌가.

＊

대학시절 명동의 엘칸토 예술극장에 사무엘 베케트의 연극을 보러 간 적이 있었다. 「오 해피 데이」라는 희곡을 연출가 기국서가 연출했던 것으로 기억된다. 연극시간은 아마도 3시 30분이었던 것으로 기억되는데, 공연시간보다 일찍 도착해 객석에 가서 미리 기다리고 있을 요량이었다. 공연시간이 1시간 정도 남았건만, 낯선 거리에서 떠도는 것이 번거롭게 느껴졌기 때문이다. 시간이 일렀으므로 매표원은 없었다. 그런데 소극장 문을 열고 장내로 들어가니, 무대 위에서 배우들이 벌써 연기를 하고 있는 것이었다. 그들은 어두운 무대 위에 식탁을 차려놓고 식사를 하고 있었다. 그러면서 관객인 나를 전혀 의식하지도 않고 이런저런 잡담을 주고받는 것이었는데, 희곡을 읽지 않았던 나는 그것을 연극의 리허설로 착각했던 탓에 묵묵히 지켜보고 있었다. 그렇게 한 10분가량이 흘렀을까, 식사를 하고 있던 한 사람이 "학생, 연극 아직 시작 안 했어. 왜 벌써 왔어?" 하는 것이었다. 무안해진 나는 그길로 다시 극장 밖으로 나왔다가, 시간에 맞춰 다시 연극을 보러 들어갔다. 어두운 소극장의 객석에는 나를 포함해서 다섯 명의 관객만이 있었다. 다섯 명의 관객을 위해 무대 위의 배우들은 혼신의 연기를 하고 있었다. 오히려 연극 그 자체는 심심하게 느껴졌다. 연극이 끝나고 집으로 돌아오면서, 나는 실제 연극보다는 무대 위에서 밥을 먹고 있던 배우들의 현실이 오히려 부조리극에 가깝다는 생각을 했다. 어둡고 텅 빈 무대 위에 밥상을 차려놓고 식사를 하고 있는 배우들과 그것을 연극으로 착각하면서 심각하게 지켜보던 골똘한 표정의 대학생이 처해 있는 상황, 바로 그것이 현실에서 조우하게 된 부조리극이 아니었을까.

＊

일본의 대법원이 수년간을 끌어온 유미리의 소설『돌에서 헤엄치는 물고기』에 대한 소송에서 작가인 유미리가 아닌 고소인의 승소를 선언했다. 이 판결은 사소설이라는 일본적 리얼리즘 양식이 일본에서 더 이상 승인될 수 없는 문학적 형식으로 받아들여졌다는 것을 의미한다. 일본의 재판정은 예술보다는 개인의 프라이버시권에 손을 들어준 셈이다. 많은 경우 법과 문학은 애증관계에 속할 수밖에 없다는 것이 문학사의 오래된 판례들이 증거하는 뚜렷한 결론이다. 물론 유미리는 분노했다.

기억으로 관통된 소설

현대 중국문학은 한국의 일반 대중들에게 많이 알려져 있지 않다. 나 역시 현대 중국문학에는 사실 문외한이다. 그런 문외한에게도 『허삼관 매혈기』의 작가 위화는 제법 익숙한 편이다. 최근에 위화의 소설 『가랑비 속의 외침』이 번역·출간되었다. 이 소설은 한 편의 '성장소설'이면서, 그 성장의 배경이 복잡다단했던 중국의 현대사를 얼마간 머금고 있기에, 그러한 역사적 배경을 상상하면서 소설을 읽으면 의외로 깊은 울림을 보여주는 작품이다. 이 소설의 미덕은 설명하기 힘든 모순으로 가득 찬 다양한 인물군상들을 블랙 유머의 어조로 풍부하게 형상화하고 있다는 점에 있다. 인간이란 존재가 얼마나 모순으로 가득 찬 존재인지, 이 소설 속에 등장하는 인물들은 그들의 행동을 통해서 독자들에게 호소하고 있는 것이다.

총 4장 16절로 구성되어 있는 이 작품은 각각의 절을 독립적인 단편소설로 읽어도 무방할 만큼, 인물과 사건의 구도가 인상적이다. 그런데 이 '부분의 독자성'과는 무관하게, 한 편의 장편소설로 볼 때에는 기이하게도 그 구성이 방만해 보인다. 그런 사정 때문인지, 저자와 번역자는 이 소설이 '기억으로 관통된 소설'이라는 설명을 공히 제시하고 있다. 기억이라고 하는 것이 유기적이기보다는 파편적인 것이기 때문에, 그 기억한다는 행위의 리얼리티를 제대로 살리기 위해서, 의도적으로 이러한 형식을 취했다는 것이다. 그런데 내 생각에 그것은 변명이다. 아무리 인간의 기억이라는 것이 제멋대로라고 하더라도, 그것을 서사화할 때는 '구성의 묘'에 대해 절실히 고민해야 하는 것이 아닐까. 번역된 위화의 전작들을 고려해 보건대, 이 작품에 높은 점수를 주기 힘든 것은 이 때문이다.

시적 비전으로 충만한 서술

인간은 낯선 것과의 접촉을 회피하려는 뚜렷한 심리적 경향성을 보여준다. 그것을 우리는 '접촉공포'로 명명하기로 하자. 모든 인간은 끈질기게 '익숙한 것'으로 귀환하는 속성을 보여준다. 낯선 것에서 공포를 느끼고, 익숙한 것에서 친근감과 안정감을 느끼는 것은 실상 모든 유기체의 본능인지도 모른다. 그런데 '접촉공포'라고 우리가 명명했던 것이 신비에 가까울 정도로 완전하게 해소되는 경우를 우리는 종종 경험한다. 『군중과 권력』의 저자인 엘리아스 카네티는 '군중' 속에서 이러한 기적이 가능해진다는 주장을 펼치고 있다.

역사상 군중현상이 폭발적으로 나타난 사건은 20세기의 파시즘의 발호에서일 것이다. 35년에 걸친 저자의 지속적인 연구를 가능케 했던 동력은 이 책 속에서 '지도자'로 명명되고 있는 파시즘 권력이 어떻게 '군중'의 출현을 추동하고, 이를 역사적 가해 세력 내지는 희생양으로 동원하였는가 하는 의문에서 비롯된 것으로 보인다. 그러나 이러한 의문을 풀어나가는 저자는 20세기라는 역사적 단면을 해부하는 데서 멈추지 않고, 과감하게 인류의 유년시대에까지 그 시야를 확장하는 지적 모험을 보여주고 있다. 이러한 지적 모험의 필연적인 결과로 이 책은 특정한 학문적 분류가 불가능한 대단히 개성적인 사유의 집적물이 되었다.

저자가 이 책에서 군중에 대한 유력한 상징으로 제시하고 있는 것은 '불'이다. 불은 그 특유의 격렬한 생명력과 함께 놀라울 정도의 파괴력을 동시에 내포하고 있다. 그것은 또한 무한한 운동성과 함께 이질적인 질료들을 완벽하게 연소시키는 데서 오는 평등성도 보여준다. 불은 번식하고 증식하면서 한없이 자신의 에너지를 고양시키지만, 일정한 단계에 이르러 필연적으로 소멸한다. 이러한 불의 속성은 '군중'이 내포하고 있는 다채로운 면모를 환기시키는 것이 분명해 보이는데, 이것이 군중에 대한 저자 고유의 열쇠어들, 즉 '도주군중' '금지군중' '축제군중' '역전군중' '이중군중' 등으로 그 의미가 구체화된다.

저자는 이 부분에서 군중의 초기 형태로서의 원시적 '무리'에 대한 분석으로 시선을 이동하면서, 무리의 결성이 연약한 개인의 '자기보존' 욕망과 밀접한 관련을 맺고 있다는 점을 지적하고 있다. 그런데 자기보존이라는 것은 뒤집어 말하자면 생존을 위한 인간 및 자연의 지배와 살육을 요구한다. 이때 권력자란 '많이 먹는 자이면서 동시에 끝까지 살아남는 자'라는 엘리아스 카네티 식의 간명한 논리가 등장하게 되는데, 이 논리를 증명하기 위해 그는 방대한 문화인류학적 저작으로부터 편집증 환자 쉬레버의 회고록에 이르기까지 종횡무진 검토하는 활달한 상상력을 보여준다.

상상력이라는 표현을 썼지만, 이 책은 몇몇 지루한 사회과학서들이 보여주는 싸늘한 논리에 의존하고 있기보다는 오히려 시적 비전으로 충만한 느낌을 자아낸다. 분석을 진행하면서 저자가 빈번하게 활용하는 일련의 아포리즘적 문체와 은유적 표현들은 일시적으로는 독자의 명료한 이해를 방해하는 듯하지만, 결과적으로는 인간이라는 '털 없는 원숭이'의 정체에 대한 자못 장엄한 고뇌를 가능케 해주고 있다. 1980년대에 출판되었으나 이내 소리 없이 절판되었던 이 책을 21세기에 다시 읽는 경험은 독자로서는 오히려 행운일 것 같다는 생각이 드는 책이다.

한 내향적 인간의 절망

　　"나는 절필하지 않을 것이다." 이승우의 『나는 아주 오래 살 것이다』라는 소설집의 '작가의 말'에는 이렇게 적혀 있다. 누구도 이승우에게 절필하라고 요구한 적은 없는데, 그가 나서서 이런 발언을 하고 있다면, 그만큼 소설가로서의 정체성의 위기가 심각했다고 판단할 수 있을 것이다. 작품집 속에서 이 위기의식이 직접적으로 표출된 작품으로는 「도살장의 책」 「육화의 시간」 「책과 함께 자다」를 들 수 있다.

　　「도살장의 책」에서 지혜의 보관소인 도서관은 이제 "책들의 쓰레기장, 아니면 책들의 무덤"으로 전락해 있다. 「육화의 시간」에 등장하는 소설가는 이제 한 편의 소설이 내밀한 정신적 가치를 담보하고 있는 것이 아니라, 돈과 욕망의 흐름을 따라 '육화'되는 것, 다시 말해 소모되는 풍경을 담담하게 제시하고 있다. 「책과 함께 자다」에서는 아예 책을 읽는 독자 자체가 완전히 소멸하고 있다는 상황을 설정한 후에, 한 작중인물의 입을 빌려 "요즘 사람들은 책을 창기 다루듯 해요"라는 발언을 하게 함으로써, 오늘날의 비관적 문화현실을 표현하고 있다.

이러한 작가의 위기의식은 이승우뿐만이 아니라, 거의 모든 소설가들이 대부분 동의하는 것이기 때문에 나는 이러한 작품들에서 특별한 느낌을 얻지는 못하였다. 오히려 이 세 편의 소설을 제외한 나머지 작품에서 이승우의 개성을 발견할 수 있었던 셈인데, 그것을 '한 내향적 인간의 절망'이라는 표현으로 정리할 수 있겠다는 생각이 든다.

내 판단에 이러한 경향의 소설들은 이런 표현이 가능하다면 '카프카적 세계인식'의 자장 아래에서 쓰여진 것들이다. 카프카적 세계인식이라니? 세계를 불가해한 미로의 구조로 인식한 자의 내면적 방황의 기록들로 볼 수 있다는 것이다. 「길을 잃다」에서의 다음과 같은 작가의 진술을 참고해보는 것이 좋겠다. "마음은 회로 밖을 꿈꾸지만, 그러나 회로 바깥에 있는 것은 더 튼튼한 회로라는 것을 이미 알아버린 터였다. 나는 넝마처럼 닳고 해진 약도를 호주머니에서 꺼내 길 위에 버렸다." 카프카적 세계관에 따르면, 한 인간의 삶이란 미로 속에서의 방황에 불과하다. 세계의 진상을 투명하게 파악할 수 있는 시각이 결여되어 있기 때문이다. 그리하여 그가 '필연'이라고 생각하는 것은 실제로는 세계의 사소한 '우연'에 불과하다. 그 세계에서 한 개인의 주체적 의지는 무의미한 것은 아니지만, 현실적으로는 아무런 영향력을 발휘하지 못하는 것으로 판명되는데, 가령 「부재증명」과 같은 작품이 이러한 세계를 다루고 있다.

이 소설은 한 평범한 시민이 타인들의 증언을 통해, 엉뚱하게도 살인자의 누명을 뒤집어쓰게 되는 상황을 그리고 있는 작품이다.

이 소설 속에서 '나'의 존재증명은 자신에 의해서 이루어지는 것이 아니라, 타인들에 의해 이루어진다. 자신의 존재를 증명하기 위해서는 살인이 일어났던 장소에서의 부재를 증명해야 하는데, 그것이 가능하기 위해서는 타인들의 증언이 필요하다. "나를 빼놓고 구성된, 내가 인식하지 못하는 나"가 자신의 본질로 바꿔치기 되는 것이 현실이라는 것이 작가의 생각인 듯하다.

이 소설집을 읽고 나서, 나는 다음과 같은 세 가지 고언이 작가에게 필요하다고 생각했다. 첫째, 이 소설집의 작가는 진정한 '자기 세계'를 만들기 위해 심각한 고민을 할 필요가 있다는 것이다. 해설을 쓴 평론가 박철화는 이승우가 소설가 이청준의 영향을 받았다는 가정 아래, "'영향'이란 새로운 창조의 고통을 통해서만 획득되는 값진 열매"라는 주장도 펼치고 있는데, 과연 40대 중반의 중진작가가 선배작가들로부터의 '영향'에 안주하고 있는 것이 바람직한 것인가 하는 의문을 제출할 수 있겠다. 둘째, 이 소설집의 작가는 자신의 소설에 극적 '감동'이 결여되어 있다는 사실에 대해서도 고민할 필요가 있다고 본다. '관념소설'이라고 해서 거기에 감동이 빠져야 된다는 법은 없는데, 아니 진정으로 좋은 관념소설이야말로 정서적 감동과 분석적 시선이 공존해야 될 터인데, 적어도 이 작품집에 수록된 작품들에 한정시켜 판단을 내려보면 지나치게 건조한 느낌이 든다. 셋째, 작가는 여성에 대한 소설 속에서의 인식과 표현이 시대착오적인 남근주의로 표출되고 있는 양상에 대해서도 심각하게 고민할 필요가 있다. 형이상학과 초월성에 대한 뜨거운 탐구를 지속하고 있다는 평가를 받고 있는 작가가 '여성성'에 대해서는 별다른 자의식을 보여주지 못하고 있다는 사실이 내게는 매우 기이하게 느껴지기 때문이다.

장엄한 '씻김'

　　이청준의 신작장편 『신화를 삼킨 섬』의 프롤로그와 에필로그에는 '아기장수 설화'가 배치되어 있다. 민중들의 저항의지를 상징하는 설화 속의 아기장수는 아이로니컬하게도 수탈과 억압에 시달리는 민중 자신에 의해 살해되는데, 이 소설 속에서는 지배자에 의해 또 한번 살해당한다는 설정을 함으로써, 국가폭력의 잔혹성과 민중들의 비극적 삶의 조건이 더욱 강조되고 있다.

　　한국 현대사의 그 가혹하기 짝이 없는 사건의 연대기를 살펴본다면, 이러한 작가의 설화 배치가 결코 주관적인 비극적 세계관의 토로에 불과한 것이 아님을 우리는 확인할 수 있을 것 같다. 이 소설의 핵심적 사건의 일부로 제시되고 있는 '제주 4·3항쟁'이라든가, 이 소설이 끝난 시점에서 일어날 사건으로 암시되고 있는 '광주 민중항쟁'이라는 것을 포함하여, 국가권력의 폭력에 희생되었던 민중들의 비극이란 결국 죽어야 할 운명에 처했던 아기장수의 비극적 운명이 현실 속에서 재현된 형국으로 보이기도 하는 것이다.

　　그러나 역사적 행동자들의 삶의 궤적을 운명 일반으로 치환시킨다거나, 그 패배와 좌절의 비극적인 드라마에 대한 반응을 '한'이라고 하는 마술적인 정서로 응결시켜 역사 전체를 바라보는 시각은 지극히 위험한 것이다. 그 위험성이란 운명을 거부하는 것도, 반대로 그것을 적극적으로 끌어안는 것도 결국은 거대한 신화적 운명의 일부일 뿐이라는, 현실에 대한 타협주의와 순응주의를 강화시키는 방향으로 나갈 것이 불 보듯 뻔하기 때문이다. 한국 현대사의 비극을 조명하고 있는 많은 문학작품들이, 운명이 아닌 인간의 역사적 투쟁에 집중했던 것은 이런 까닭이다.

그런데 이청준은 이 소설 속에 우리가 흔히 샤머니즘이라 일컬었으나, 정확히는 무교라고 표현해야 마땅할 무당들의 한판 '씻김굿'을 전경에 내세우고 있다. 그리고 그 후경에 4·3항쟁을 둘러싼 비극의 원천이라 할 국가폭력의 문제를 적극적으로 환기시키면서, 이제 중요한 것은 산 자와 죽은 자의 흉부에 맺혀 있었을 '원한'의 풀림에 있다는 것을 지적하고 있다. 소설 속에 재현된 이 '씻김'의 과정은 장엄하고, 비장하며, 유장하고, 아름다운 톤으로 그려지고 있다. 그러나 분명한 것은 현실 역사는 한판 '해원굿'을 통해 씻기거나 청산되는 것은 아니라는 사실이다. 적어도 작가 이청준은 이 부분에서 '의도적인 무기력'을 보여주고 있거니와, 그것은 이 소설이 신군부가 정권을 장악한 1980년 초를 시간적 배경으로 설정한 데서 나온 필연적인 결과이다.

아름다운 싸움을 위하여

"나, 베르톨트 브레히트는 검은 숲의 출신이다." 이렇게 시작되는 「불쌍한 베. 베.」라는 시는 베르톨트 브레히트의 청년기의 비관주의를 잘 보여준다. 그런데 그 비관주의는 기실 정처 없는 것이다.

자연을 상실함으로써 가능해진 대도시의 유년을 그는 불안의 감각으로 추억한다. "우리의 사정은 좋아질 거야." 그의 시에서는 희망조차도 이렇게 막연하게 읊어진다.

대신에 절망의 바이브레이션은 깊고 풍성하다. "이 도시들로부터 남을 것은. 그곳을 가로질러 지나간 바람뿐이다." 그뿐인가? "우리는 알고 있다. 우리가 잠시 지나가버리는 존재라는 것을." 그래서 어쨌단 말인가. "그리고 우리의 뒤에도 이렇다 할 만한 것은 오지 않으리라는 것을."

쓰디쓴 환멸이 삶의 갈피에서 가엾은 폭죽처럼 한꺼번에 터질 때마다, 나는 브레히트의 시집을 읽곤 했다. 시인 김광규가 편역한 『살아남은 자의 슬픔』을 통해서였는데, 브레히트의 이 시집은 반역이 아닌, 번역의 창조적 전파력을 잘 보여주는 것으로 느껴졌다.

그렇게 브레히트의 시는 번역의 침식을 잘 견뎌내는 시어들의 이야기성 때문에 술술 읽히면서도, 오래 음미하게 하는 매력이 있다. 그 매력은 깊은 슬픔 속에서 스스로를 풍자하고 있는 시인의 모습이, 이를 읽는 독자 그 자신의 서늘하고 쓸쓸한 삶과 별다를 것 없다는 동일시에서 파생되는 것이다.

'서정시를 쓰기 힘든 시대'에서, 우리는 반대로 한 시대의 산문적 폭력성이 브레히트에서 멈추지 않고, 마뜩지는 않지만 역사의 변함없는 현재적 조건이 되었음을 확인한다. 마찬가지로, 의미 있는 변화를 위해 온몸으로 싸웠던 자는 '자연사'하지 못하고 오히려 비겁한 침묵의 관찰자가 '자연사'를 기다리며 살아남는 일의 구역질나는 생존에 대해 비애를 느끼게 된다.

브레히트를 읽으면서, 나는 상처와 환멸, 패배감과 덧없음의 지옥을 통과한 자만이 세상과 깊이 있는 싸움을 벌일 수 있다고 스스로 위로하곤 했다. 그렇게 모든 아름다운 싸움은 실제로는 이미 이긴다거나 진다거나 하는 표면의 일이 아니고, 마음의 안쪽에서 그 싸움 자체도 사실 무의미할 수 있음을 깊이 긍정한 자들의 치열함에서 온다는 것을 알았다.

부정의 형식으로 나타난 이 깊은 긍정이야말로 사실은 인간에 대한 넓은 사랑이 아닐 수 없다. 그래서 지는 싸움도 때론 필요한 것이다.

나는과연 페미니스트가 될 수 있을까?

　　『행복한 페미니즘』의 저자이자 미국의 급진적 흑인 페미니스트인 벨 훅스는, 페미니스트는 모든 사람을 위한 것이라고 말한다. 90년대에 대학을 다니던 기간 내내 나는 페미니스트였던 선배들과 동료들에게서 '여성해방'이 곧 '인간해방'이라는 이야기를 들었다. 그것은 마치 '노동해방'이 '인간해방'의 일부라는 말처럼 내게는 자연스러운 진실로 느껴졌다. 벨 훅스의 페미니즘에 대한 정의 역시 이런 관점과 동일선상에 있다. "간단히 말해, 페미니즘은 성차별주의와 성차별주의에 근거한 착취와 억압을 종식시키려는 운동이다." 요컨대 성차별주의가 문제라는 것이다.

　　성차별주의적 착취와 억압에서 벗어나려면 어떻게 하나? 일단 '계몽'의 과정이 필요하다. 이 생각을 실천하기 위해서는 두 가지 기본전제가 필요하다. 첫째, 남성지배 사회에 남성으로 태어난 '나'는 일단 기득권자라는 사실에 '동의'해야 한다. 둘째, 거기에 '부정'의 과정이 뒤따라야 한다. 일단 내게 주어진 유형무형의 남성으로서의 기득권을 기꺼이 포기하는 자세를 가져야 한다. 이 '동의와 부정'의 전제를 자연스럽게 받아들여야 성차별주의적 착취와 억압을 지양하기 위한 최소한의 '실천'이 성립될 수 있다고 나는 생각했다.

그런데 현실 속에서 이것을 실천하는 것은 매우 어려운 일이었다. 그것은 체화된 남성으로서의 나의 '무의식'은 끈질기고 견고한 반면, '의식'으로서의 '신념'은 풀 잎사귀처럼 자주 흔들렸기 때문이다. 페미니스트를 자처하는 극소수의 여성 동료들로부터 간간이 제기된 비판도 나를 흔들리게 했다. "아무리 노력해봐라. 너의 본질은 남성이니까." 이런 비판은 마초인 남성 동료들에게서도, 페미니스트인 여성 동료들에게서도 동시에 들려왔다. 남성 동료들의 비판을 들으면서, 나는 비록 순간적이기는 하지만 '남성 지배사회'라는 기득권에 투항하고 싶다는 유혹을 느꼈다. 여성 동료들의 비판을 들으면서 나는 남성이 페미니스트가 된다는 것이 어쩌면 불가능한 것인지도 모른다는 또 다른 순간적 절망에 빠졌다. 이 '유혹과 절망'은 나의 내면을 뒤흔들었다. 그러나 벨 훅스의 지적은 그런 내 혼란을 멈추게 했다. 앞에서 내가 언급한 양극단의 사람들은, 그들의 발언이 비록 차별적인 맥락에서 나온 것이기는 하지만, 성이라고 하는 것을 본질주의로 수렴시킨다는 점에서는, 다 같은 성차별주의자라는 지적 때문이다.

"남성을 투쟁의 동지로 인정하기 싫어하는 페미니스트 활동가들, 남자들이 페미니스트 정치학에서 무어라도 얻는 게 생긴다면 여자들은 무어라도 잃고 말 거라는 비이성적인 두려움을 가지고 있는 페미니스트들은 페미니즘을 의심하고 폄하하는 대중의 입지를 자기도 모르게 강화시켜 왔다. 그리고 남성을 혐오하는 그런 여성들은 때때로 페미니즘이 더 이상 발전을 못하거나 말거나 남자들과 함께는 운동하지 않겠다는 입장을 취한다."

이 밖에도 지은이는 『행복한 페미니즘』에서 페미니즘 운동 내부의 격렬한 논란거리를 거리낌 없이 조명하고 있다. 대중적인 운동과 멀어진 강단 페미니즘의 폐해, 페미니즘 운동 지형 안에서의 계급정치의 문제, 인종주의와 동성애 혐오를 포함한 분리주의 경향, 가부장적 매스미디어의 가공할 문제점 등등. 이 책을 읽고 나는 또다시 자문해보았다. 나는 과연 페미니스트가 될 수 있을까?

만화의 정치학

출판인과 문학인들에게 문화방송의 〈!느낌표〉가 화제다. 황금시간대에 편성된 이 프로그램에서 전국민적인 책 읽기 캠페인이 벌어지고 있기 때문이다. 그런데 그것이 엄숙하지 않고 도리어 경쾌한 방식으로 진행되기 때문에 시청자들로부터 좋은 호응을 얻고 있다. 출판계 역시 진행방식에 대한 찬반은 있을지언정, 기대 속에 술렁거리고 있음은 물론이다. 이 프로그램에서 집중적으로 소개된 책들은 지금 불티나듯 팔려나가고 있다. 영상 미디어의 가공할 영향력을 확인하게 되는 부분이다.

그런데 오락적 요소가 다분하다 보니, 예기치 않은 실수를 범하기도 하나 보다. 최근에 전문만화인을 포함한 많은 수의 시청자들이 〈!느낌표〉 측에 공식사과를 요청하는 사태가 일어났다. 출연 개그맨이 만화책을 즐겨 읽는다는 한 시청자에게 만화를 비하하는 듯한 발언을 한 것이 발단이었는데, 그것이 그만 순정한 만화독자들의 분노를 자아낸 것이다. 특히 혼신의 열정으로 만화의 창작에 힘쓰고 있는 만화가들에게 그러한 발언은 대단한 충격으로 느껴졌을 것이다. 해당 발언이 방송된 직후부터 〈!느낌표〉의 인터넷 홈페이지에는 방송사의 공식사과를 요청하는 네티즌들의 거센 항의가 연일 계속되고 있다.

도대체 만화를 뭘로 아는가! 네티즌들의 이런 항변은 정당해 보인다. 그렇다면 도대체 만화란 무엇일까? 프랑스의 만화이론가인 프랑시스 라카쌩은 만화를 제9의 예술이라 규정한다. 그는 만화를 "신문 또는 지면에 연재되는, 그림으로 이야기되는 것, 즉 형상화된 이야기"로 정의한다. 만화의 기원 역시 인간의 역사만큼 오래되었다는 것이 이 사람의 주장인데, 기원전 3000년경 이집트의 〈사자의 서〉에서 가장 오래된 만화의 흔적이 나타난다는 것이다. 물론 오늘날의 형태에 가까운 만화가 본격적으로 창작된 것은 19세기에 이르러 가능해진 것일 터이나, 분명한 것은 만화 역시 당당한 예술이라는 점에 있을 것이다.

많은 사람들이 아직도 만화의 중요성을 과소평가하고 있지만, 실상 만화만큼 유년시절의 창조적 상상력의 형성에 자극을 주는 '책'은 없다. 많은 사람들이 독서는 의식적인 훈련을 통해 성숙한다고 말하지만, 한 가지 예외가 있으니 바로 만화책 읽기다. 많은 수의 중견문인들이 초등학교 시절부터 세계문학전집을 읽었다는 고백을 하는 것을 가끔 볼 수 있는데, 회고컨대 나는 주로 만화책을 읽으며 유년시절을 보냈다. 나는 이상무의 『비둘기합창』과 길창덕의 『꺼벙이』를 읽으면서, 아련한 가족사의 슬픔과 생에 대한 유쾌한 태도를 내면화했다. 대학시절, 후배의 권유로 읽었던 오세영과 이희재의 출판만화는 아릿한 슬픔과 먹먹한 감동마저 불러일으켰다. 그러므로 만화는 내 문학의 뿌리인 셈이다.

다시 앞으로 돌아가자면, 나는 〈!느낌표〉에서의 만화 비하 발언에 대한 네티즌들의 항의가 정당하다고 생각한다. 해당 방송사에서는 성의 있는 자세로 시청자들에게 사과해야 할 것이다. 그런데, 내 생각에 정작 '만화를 뭘로 아는가!'라는 가혹한 비판을 받아야 할 대상은 따로 있는 것 같다. 그들은 몇몇 언론사의 만평가들이다. 이들은 자주 만평에서의 '풍자'와 '냉소'를 착각한다. 학벌주의를 노골적으로 부추기는가 하면, 끈끈한 동창회 정치를 선동하기도 한다. 자신의 국적조차도 혼동하는 이상한 애국심(?)을 강조하는 부분에서는 씁쓸한 웃음을 참기 힘들다. 명민한 지식인이자 예술가여야 마땅할 만평가가 시대착오적인 편견의 이데올로그로 등장한다면, 이는 매우 심각한 문제가 아닐 수 없다. 이쯤 되면, 우리는 '만화의 정치학'을 문제 삼을 수밖에 없다. 과연 당신들은 만화를 뭘로 아는가.

여성들, 작중인물인가 마이크인가?

이문열의 '홍위병' 논쟁이 한창일 즈음, 소설가 유시춘은 「이문열의 영광과 오욕」이라는 칼럼을 〈문화일보〉(2001. 7. 10)에 발표했다. 이 칼럼에서 유시춘은 이문열이 억압적인 현실을 개선하고자 하는 사회적 약자들의 집단적 운동에 대해 천래적인 거부반응을 갖고 있으며, 이러한 알레르기가 극한적으로 표출된 작품이 『선택』이라는 주장을 펼쳤다. 『선택』! 그것은 사회적 약자인 여성을 정면으로 조롱하고 모욕한 한 개의 논설문이라고 보아도 틀림없다. '정부인 장씨'라는 조선조의 여성인물을 정면으로 내세운 소설이지만, 기실 정부인 장씨는 이문열의 이데올로기적 마이크에 불과했다.

이후에 이문열은 『아가』라는 작품을 발표했다. 이 작품에는 정부인 장씨와는 극단의 계층에 속하는 여성인물인 '당편이'가 등장한다. 이 여성인물은 신체와 정신이 온전치 못한 인물로 묘사되는데, 문제는 이 인물을 통해서 이문열이 제시하는 이데올로기라는 것이 『선택』의 정부인 장씨를 통해 제시한 그것과 한 치의 차이도 없다는 사실에 있다.

그것을 한마디로 줄인다면 '남존여비'의 이데올로기다. 이 남존여비의 이데올로기는 여성을 오직 가문의 보존을 위한 '재생산'의 도구로서만 인정하면서, 한편으로는 성적 착취의 대상으로 왜곡되게 사유하는 이문열의 편협한 여성관을 노골적으로 드러낸다. 한 가지씩만 예를 들어보자.『선택』에서 가장 강렬한 메시지로 등장하는 것은 소위 '순절'이라는, 여성의 자살에 대한 의미부여인데, 이문열은 이를 다음과 같이 표현한다. "자신이 가장 큰 가치를 부여하는 것, 혹은 가장 옳다고 믿는 것을 위해 목숨을 던지는 일은 섬뜩하지만 또한 얼마나 아름다운가." 여기서 독자들이 주목할 포인트는 순절의 발생론적 동기라는 것이 '정조'의 수호라는 시대착오적인 덕목이라는 사실이다. 목숨보다 정조가 소중하다는 이 봉건적 멘탈리티가『선택』에서는 거침없이 발성된다.

『아가』에서는 여성에 대한 성적 추행과 조롱이, 오히려 '당편이'의 여성성을 존중한 데서 나온 결과라는 '엽기적인' 주장까지도 펼쳐진다. "우리가 성적인 측면에 집착한 것은 그녀의 불행을 즐기는 잔혹 취미가 아니라 불완전한 그녀의 성적性的 기호를 보완해주는 의미가 있었다고. 우리는 진심으로 그녀의 여성성을 승인했으며, 방법은 달랐지만 틀림없이 그녀를 한 여성으로 사랑한 것이라고."

이 간단한 두 가지 예에서 나타난 이문열의 여성관을 한마디로 정리하자면 '생식 신비주의'로 명명할 수 있을 것이다. 생식 신비주의란 무엇인가? 여성을 오로지 '생식'과 '재생산'의 관점에서만 사유하는 편협한 정신의 태도를 의미한다. 그것은 다른 한편에서 여성을 쾌락의 '도구'로 사유하는 태도와 근본적으로 일치한다. 이때 여성은 성녀가 아니면 창녀라는 인식의 이분법이 형성되는데, 이것은 전형적인 마초적 여성관이라 볼 수 있다.

문제는 이 편협한 여성관이 즉각적으로 그의 편협한 사회관으로 연결된다는 점에 있다. 그 사회에서는 일부 남성지배 집단을 정점으로 하는 수직적 지배-복종 관계가 일반화되거니와, 그것이 오늘날의 현실공간으로 되돌아올 때, 소수의 '메인스트림'과 다수의 '홍위병'이라는 마술적인 등식이 성립하게 되는 일이 무척이나 희극적인 필연이다.

밥과 일과 자유의 투쟁

"나는 지난 1990년대 10년간을 소설 써서 먹고살았다. 그러나 나는 생존을 위해 소설을 썼을 뿐 소설을 쓰기 위해 살았던 것은 아니다. 내게 소설은 삶보다 우선하지 않는다." 공선옥은 『멋진 한세상』의 '작가의 말'에 이렇게 적어놓고 있다. 공선옥은 자신의 삶 속에서 소설을 길어 올리는 우리 시대의 몇 안 되는 작가 중의 한 사람이다. 그의 소설은 그것이 설사 3인칭으로 쓰여졌다고 할지라도 사소설의 범주에 해당되는 특성을 자주 보여준다. 그만큼 작품과 작가의 삶이 서로를 강렬한 힘으로 끌어당기고 있는 것이다.

그러나 사는 일 자체가 곧바로 소설이 되는 것은 아니다. 그것은 소설에 구조화된 세계가 날것의 생활현실을 그대로 보증하지 않는 것과 마찬가지다. 이런 관점에서 볼 때 공선옥의 소설은 그가 살고 있는 세계와 반향의 관계를 맺고 있다. 그의 소설은 세계를 재현하는 척하면서 실제로는 그것에 반향하고 있는 내면을 드러낸다. 그의 소설은 내면을 표현하는 척하면서 실제로는 그것과 반향하고 있는 고통스러운 현실의 진상을 드러낸다.

『멋진 한세상』은 밥과 일과 자유를 향한 투쟁이 잘 드러나 있는 작품이다. 투쟁이라는 표현을 쓰고 있는데, 이것은 결코 장식적인 수사가 아니다. 이 소설집에 수록된 인물들은 최소한의 생존조차 불가능케 하는 생활의 하중과 절박하게 싸우고 있다. 그 싸움의 기록은 눈물겹기보다는 야성적이고, 따뜻하기보다는 존엄하다. 하지만 그것을 읽는 독자는 그러한 삶을 구조화하는 현실 전체에 대한 분노를 갖게 된다. 이 분노가 아름다운 것은 오늘날 누구도 가난에 대한 분노를 표출시키지 않고 있는 현실의 냉담함 때문이다. 공선옥의 소설 속에 묘사된 세계는 오늘날 미디어의 재현체계에서, 심지어는 문학의 재현체계에서조차 실종된 영역에 속한다. 우리는 '비동시성의 동시성'이라는 표현을 흔하게 사용하지만, 21세기의 한국적 현실 속에 절대빈곤의 삶의 양태들이 편재화되어 있다는 사실을 인식하는 것에는 인색하다.

공선옥의 소설은 담론의 영역에서 실종된 사회하층민의 삶을 집중적으로 조명하고 있다. 영구임대 아파트에서 가난과 싸우며 살아가는 어린 오누이(「그것은 인생」), 수몰지구에서 떠나야 하지만 이사 비용조차도 마련할 수 없는 노인들(「정처 없는 이 발길」), 세 딸을 홀로 키우며 배타적인 농촌의 인습과 싸우고 있는 홀로어멈(「홀로어멈」), 가난 때문에 다니던 대학을 중퇴하고 일자리를 찾아 헤매는 젊은 여성들(「멋진 한세상」)이 공선옥 소설의 주요 등장인물들이다. 소설 속에 등장하는 이들은 한 번도 스스로의 입으로 자신의 상황을 발화하지 못한 존재들이다. 세상을 향해 내던질 말의 내용은 있지만, 그 말하는 방식을 찾을 수 없는 존재들이 공선옥의 소설에는 흔히 등장한다. 공선옥의 소설쓰기가 오늘날의 현실에서 대단히 소중한 가치를 지니는 것은, 그가 제 목소리를 갖고 있지 못한 이 민중들 혹은 하위주체들의 '아가리'를 대신 열어주고 있기 때문이다.

그들은 풍요의 신화가 일상화되어 있는 현실에서 아무것도 가진 것 없는 존재들이다. 그런데 밥과 일과 자유를 상실했음에도 불구하고, 이들이 현실을 불가항력적인 것으로 승인하지 않는 데서 공선옥 소설의 야멸찬 아름다움이 피어난다. 그들은 밥과 일과 자유를 쟁취하기 위해 온몸으로 상황과 부딪친다. 비록 그 싸움이 가망 없는 싸움이라고 할지라도, 그들은 절망적으로 땅바닥에 주저앉기보다는 두 주먹을 쥐고 벌떡 일어선다. "말 안 들으면 말로 할 게 아니라 행동으로 보여줘야죠. 그것이 바로 제가 사는 방법입니다요." 「홀로어멈」에 등장하는 시골총각의 이 발언은 공선옥 소설에 나타난 인물들의 밥과 일과 자유를 위한 투쟁의 태도를 전형적으로 드러낸다. 그들은 구시대 평론 문장에 자주 등장했던 '건강한 민중들'이 아니라 '야성적 민중들'이다. 투쟁하는 어머니와 그 젖을 먹고 자라는 아이들이다. 그 투쟁은 모조리 밥과 일과 자유를 향해 있다.

여자의 발견과 구토

내러티브를 기반으로 하는 예술들, 가령 소설이나 영화와 같은 장르에서는 인물들의 행동상의 '반복강박' 또는 '반복징후'를 통해서, 그 인물이 처해 있는 내면적 고통과 그것이 환기시키는 상징적 의미를 드러내곤 한다. 가령 평소에는 멀쩡했던 사람이 기억하고 싶지 않은 과거의 악몽을 떠올릴 때마다 '딸꾹질'을 반복하게 만들거나, 기괴할 정도로 내성적이며 자폐적인 한 인물이 결코 해소할 수 없는 외부에 대한 분노와 공격성을 드러낼 때마다, 전조처럼 조각칼로 나무탁자를 후벼파게 하는 상황을 설정한다거나 하는 것이 그런 경우다. 이러한 반복강박 또는 반복징후 속에는 '언어'로는 결코 표현될 수 없는, 그러나 그것을 읽고 보는 사람들은 반드시 언어로 해독해내고 싶은 무한한 의미들이 숨겨져 있다.

『비평과 전망』(제7호, 2003년 하반기)에는 젊은 작가 한지혜 씨의 「자전거 타는 여자」라는 단편소설이 실려 있다. 이 소설 속에 등장하는 여성화자인 '나'는, 소설의 시작과 끝에서 딱 두 번 '구토'를 하는 것으로 설정되어 있는데, 그 '구토' 행위의 의미를 밝히면서 작품을 읽어나가면, 이 작품을 쓴 작가의 의도가 고스란히 드러난다.

'나'가 처해 있는 상황을 요약하면 이렇다. 지금 아버지는 '식물인 간'으로 수년째 고약한 냄새를 풍기며 안방에 누워 있다. '살아 있는 죽음'인 셈인데, 아버지의 병든 몸에서 풀풀 피어나는 유쾌하지 못한 냄새란, 요컨대 '죽음의 냄새'일 것이다. 죽음 앞에서의 '구토'가 이 소설의 첫 번째 상황이라 할 수 있는데, 소설의 도입부에서 옆방에 살던 노인네의 갑작스러운 죽음을 접한 '나'가 구토하는 것으로 설정된 것은, 이후 아버지의 죽음이 초래할 충격에 대한 전조의 의미를 띠고 있다고 볼 수 있다.

그 상황과 일정한 관련 아래 있으면서도, 다소 엉뚱한 행동들을 반복하여 또 한 번의 '구토'를 초래하게 하는 인물이 있으니, '나'의 어머니가 그러하다. 딸인 화자 '나'는, 식물인간으로 전락한 아버지의 가망 없는 투병생활 속에서도 오히려 명랑한(?) 행동들을 반복하는 어머니의 변화된 모습을 자세히 서술한다. 뇌출혈로 아버지가 쓰러지자, "느이 아부지 자지가 올라붙었어"라며 구슬프게 통곡했던 이 어머니는, 어느 날 갑자기 '지루박'과 '탱고'를 배우기 시작하는가 하면, 아픈 남편과 출근할 딸을 내팽개친 채로 이틀간의 가출을 감행하고, 드디어(?) 남편이 사망하자 살아생전에는 균형조차 잡을 수 없었던 자전거를 타고 유연하게 공원을 질주한다. '어머니도 여자'라는 사실을 의식적으로 망각했던 '나'는, 다소는 엉뚱한 감이 있는, 이 어머니의 기묘한 변화를 지켜보다가 갑작스럽게 '구토'를 하기 시작한다.

이 소설 속에서는 '발견'이 '구토'를 낳는다. 도입부에서의 '죽음의 발견'이란, 죽음이란 현상 자체가 지극히 마술적이고 불가해한 까닭에 별스럽게 다가오지 않지만, 무성無性으로 간주되었던 어머니로부터 '여자의 발견'을 제시하고 있는 결말에서의 '구토'는, 그것을 읽는 독자들의 마음을 서늘하게 만들기에 부족함이 없다. 그렇다면 구토를 반복하고 있는, 애인도 없는 젊은 딸 '나'의 내면적 혼란은 어떻게 볼 것인가. 이 부분에 대한 판단은 독자들의 몫으로 남겨두는 것이 좋을 듯하다.

정체성 부재의 한국미술

현대미술은 오직 미술관이라는 박제된 공간
에서만 간신히 생존하고 있는 것이 아니냐는 의문이 제기된 지도
오래되었다. 그것은 마치 오늘날 문학이 처해 있는 하강과 소외의
포즈와도 비슷하다. 예술이 악다구니와도 같은 삶의 질서를 가볍게
초월하여, 그 자신의 존재증명을 극단적으로 밀고 나갈 때, 오히려
그 자체가 고독한 소외의 증거가 되는 예를 우리는 흔히 발견할 수
있다. 대중과의 소통의 노력을 방기해버린 미술작품은, 그것을 바라
보는 관람자에게 때때로 해독 불가능한 암호와도 같은 난감함을 선
사한다. 그럴 때, 고도의 정신주의를 강조하고 있는 것임에 분명한
추상회화의 표면에서 대중들이 발견하는 것은 다만 딱딱하게 굳어
버린 물감 덩어리일 뿐이다.

미술에 대해서는 대체로 문외한인 나로서도 한국미술이 '정체성
의 위기'에 빠져 있다는 한 미술평론가의 견해에 동의할 수 있었다.
그런데 이 정체성의 문제란 것이 오직 미술에만 해당되는 문제인가
하면 그렇지 않다. 일제강점기를 거쳐오면서, 복잡한 방식으로 근대
적 제도와 의식을 구성해온 한반도의 난감한 역사를 고려해볼 때,

그것이 단지 미술이라는 특정한 장의 문제로만 축소되는 것은 아닐 것이다. 미술평론가 윤범모 씨의 『미술본색』을 읽어가면서, 내가 그의 도전적인 문제의식과 예리한 비평정신에 동의할 수 있었던 것은 그런 까닭이다.

이 미술비평집은 현단계 한국 미술계가 처해 있는 모순의 핵심과 그 기원을 간명하게 보여준다. 그는 이 책에서 한국미술의 작가의식과 역사의식의 부재, 무표정 미술과 패거리 의식, 모순으로 가득 찬 미술교육 제도와 수상 제도, 이론 무시의 경향과 상업주의에 대한 전방위적인 분석과 비판을 가하고 있다. 그런데 그가 제기하고 있는 분석과 비판을 읽어보면서 내가 생각한 것은, 물론 장르상의 약간의 차이는 있지만 문학계에도 동일하게 적용될 수 있다는 사실의 확인에서 오는 놀라움이었다.

가령 우리 사회에서 논란이 되고 있는 친일 문제만 해도 그렇다. 대표적인 친일 미술가라고 할 수 있는 김경승이 독립운동가인 김구와 윤봉길의 동상을 제작하고, 일제의 조선강점에 대한 울분으로 자결했던 민영환의 동상을 역시 친일 미술가인 윤효중이 제작했다는 아이러니야말로, 어찌 보면 정체성 부재의 한국미술의 어두운 역사의 한 단면을 뚜렷이 보여주는 것이다. 해방 이후 상처투성이의 현대사는 오히려 친일 미술의 득세를 가속화했는데 이들이 화단과 대학에서 지배적인 권력을 확보함으로써, 가령 서울대 김민수 교수의 경우처럼, 미술사에 대한 정당한 문제 제기를 했던 소장 학자를 제도적으로 거세시키는 경우를 우리는 도처에서 찾아볼 수 있다.

이것이 어디 미술계에만 한정되는 일일까. 대표적인 친일 문인이라고 할 수 있는 미당 서정주에게 국가훈장이 주어지는가 하면, 책임 있는 언론사가 그의 호를 빌린 대형문학상을 제정하는 일이 이 땅에서는 너무 자연스러운 일처럼 여겨지고 있다.

윤범모 씨가 이 책에서 고뇌하고 있는 한국미술의 정체성이라는 문제는, 넓게 보면 한국사의 정체성에 대한 물음과 밀접하게 연동되는 사안이다. 우리가 살고 있는 현실의 모순이라는 것 역시, 소급해 보면 친일 잔재를 냉정하게 청산하지 못한 무력한 과거사가 현재에 가하는 복수처럼도 느껴진다. 지금이야말로 이 고리를 과감하게 끊을 때이다.

패스티시론 유감

〈조선일보〉 김광일 논설위원이 쓴 「현대판 '소년십자군'」의 표절 여부를 둘러싼 논의가 화제다. 이 칼럼이 베르나르 베르베르의 『쥐의 똥구멍을 꿰맨 여공』의 일부를 무단 도용했다는 것이다. 이러한 사실이 한 네티즌에 의해 밝혀지고, 그것이 여론화되기 시작하자 김광일 논설위원은 〈조선일보〉 2000년 9월 3일 자에 해명의 글을 발표했다. 그런데 그 해명의 글이 사태를 더욱 복잡하게 만들고 있다. 자신의 칼럼이 명백하게 표절에 해당하는 것이라면 깨끗하게 사과하면 될 일이다. 그런데 김광일 씨는 사과를 하기 전에, 해당 칼럼이 자신의 독특한 수사학적 의도에 입각해 있었다는 주장을 펼치고 있다. 이른바 패스티시pastiche 기법에 입각해 쓴 칼럼이라는 것이다. 10매 정도의 칼럼 가운데, 거의 절반에 가까운 분량을 무단 도용해놓고 그것을 패스티시라고 말하다니. 이건 좀 심각하지 않은가.

너희가 패스티시를 아느냐? 마치 김광일 씨는 독자들에게 그렇게 묻고 있는 듯하다. 그는 패스티시를 '모방'이라고 단순하게 규정하고 있지만, 미학적인 차원에서 패스티시에 대한 정의는 더욱 엄밀하다. 웹스터 문학백과사전이나 미셸 켈리가 편집하고 옥스퍼드대학 출판부에서 발간된 미학 백과사전을 참고해보면 김광일 씨의 변명이 오히려 무지의 산물이라는 것이 잘 드러난다. 패스티시라는 용어는 불어인 파스티슈pastiche와 이태리어인 파스티치오pasticcio에서 나왔다. 원래 이 단어는 다양한 재료들을 혼합하여 만든 고기파이pasty나 파이pie를 의미했다. 글쓰기의 차원에서 말하자면 패스티시의 구성요건은 '인용의 복수성'을 의미하는 셈이다. 그런데 김광일 씨는 베르나르 베르베르 책의 일부만을 달랑 도용해놓고 그것을 패스티시 기법이라고 주장하고 있다. 논리적으로도 함량 미달의 주장인 셈이다.

이론가들 사이에서도 패스티시에 대한 논란이 많지만, 그들이 공통적으로 인정하고 있는 것은 패스티시란 '창조성'과는 완전히 무관한 기법이라는 점이다. 창조성이 없기 때문에 남의 수사학이나 스타일을 무차별적으로 차용하고 그것을 조립하게 된다는 것이다. 패스티시 기법을 활용한 사람이 '저자'의 지위에서 내려와야 하는 것은 이 때문이다. 우리가 이른바 '키치'라고 부르는 일련의 제품들, 가령 그리스의 비너스상 모양으로 만든 맥주잔과 유럽의 궁정에서나 쓰였을 법한 호화로운 의자를 양식적으로 차용한 의자의 제작자를 기억할 필요가 없는 것은 이 때문이다. 김광일 씨가 자신의 칼럼을 패스티시 기법의 산물로 규정하고 있다면, 그는 스스로를 상상력이 고갈된 칼럼니스트로 규정하고 있다는 것밖에는 안 된다.

그런데 당연하게도 김광일 씨의 칼럼은 표절에 불과하다. 인용의 원천을 밝히지도 않고, 한 칼럼의 거의 절반을 남의 글로 도용하는 행위를 표절로 부르지 않는다면, 우리는 국어사전에서 표절이라는 낱말을 삭제시키는 편이 낫다. 명백히 표절에 불과한 글을 수사학적 의도니 패스티시니 하는 현학으로 변명하는 태도는 표절을 패스티시로 오해한 무지보다도 더욱 심각하다. 무지는 배움을 통해 극복할 수 있으나, 반성 능력의 결핍은 지성의 파탄을 의미하기 때문이다.

칼의 윤리

"칼에는 다른 어떤 무기에도 없는 칼만의 윤리가 존재합니다." 스페인의 소설가인 아르투로 페레스 레베르테는 『검의 대가』라는 작품의 주인공인 돈 하이메의 입을 빌려 이렇게 말한다. 칼의 윤리를 설파하고 있는 검술사인 돈 하이메는 그것을 '신비'라고 표현하고 있다. 즉 검술이란 중세적 기사들의 신비철학이라는 것. 스페인판 『칼의 노래』라고 할 수 있는 이 소설 속의 주인공은 몰락이 불가피한 구체제의 귀족인데, 그 귀족됨의 세련된 기품이야말로 절대검법의 수련에서 온다고 믿고 있다. 검술의 성배가 존재한다는 것. 돈 하이메의 필생의 목적이란 이 절대검법의 발견에 있음이 이 소설의 중심주제를 형성하고 있다. 그러나 절대검법을 완성하려는 하이메의 행위는 소설 속에서 끝없는 아이러니를 뿜어낸다. 그것은 소설의 배경이 되고 있는 봉건제로부터 공화정으로 이행하는 19세기 스페인의 역사 속에서, 돈 하이메와 같은 기사계급은 몰락이 불가피한 구시대의 유물인 것과도 같다. 돈 하이메가 칼의 신비와 윤리를 설파하는 것과는 무관하게, 혁명세력들은 그 칼을 무력화시키는 '총'에 의존하고 있다. 제아무리 뛰어난 칼잡이라도 이

총의 날렵함 앞에서는 무력하다. 그것은 공화정에 의해 몰락할 운명에 처해 있는 봉건제의 최후를 우리에게 연상시킨다. 검법을 예도의 경지로 승화시키고 있는 돈 하이메의 철학이 한편으로 비장하고, 다른 한편으로 고독한 몸부림으로 느껴지는 것은 이런 까닭이다. 검법은 우아한 기사도의 표식이 아니라, 이제 천박한 '스포츠'로 전락한 것이다.

이 소설은 돈 하이메의 검법이 절대적으로 승화되는 순간, 그것이 무용해져버리는 신념의 아이러니를 조명하고 있다. 이 소설을 흥미진진하게 만드는 것은, '칼의 윤리'를 대체해버린 '총의 효율성', 즉 근대의 공화정 혁명을 은은한 배경으로 설정한 후에, 거기에 아델라 데 오테로와 같은 미모의 여검객과의 사랑을 배치하는 데서 온다. 돈 하이메는 그가 사랑했던 오테로를 죽임으로써, 아이로니컬하게도 절대검법을 완성한다. 박진감 넘치는, 비극적인 소설이 『검의 대가』다.

망각의 동굴

북경에 있는 '항일전쟁 기념관'의 마지막 전시실에는 일본 헌법 제9조가 전시되어 있다. 중국은 왜 하필 쓰라린 과거사를 기억하고자 하는 장소에 제 나라도 아닌 일본의 헌법 제9조를 전시하고 있는 것일까. 『일본의 전후 책임을 묻는다』의 저자인 다카하시 데츠야는 이 사실을 다음과 같이 해석하고 있다. "이것을 단지 중국의 '반일적' 역사정책의 한 가지 사례로 말해버릴 수는 없습니다. 왜냐하면 이 전시물에서 드러나는 것은 중국의 '국익'을 내건 정치적 의지도 있겠지만, 2천만의 사상자와 수천억 달러의 손해를 내면서 물리친 일본군의 침략을 두 번 다시 허용할 수 없다는 결의이기 때문입니다."

1946년에 제정된 일본 헌법 제9조에는 '영구적인 전쟁포기' '군대 보유 금지' '국가의 교전권 불허' 등의 내용이 담겨 있다. 이런 내용 때문에 현대 일본의 헌법은 흔히 '평화헌법'으로 불린다. 소위 '호헌파'로 명명되는 일본 내의 평화주의자와 진보주의자들이 이 헌법의 수호를 목숨처럼 소중히 여기는 데는 이런 이유가 있다. 물론 개헌파도 있다. 대략 1990년대 중반을 기점으로 격렬하게 목소리를 내기 시작한 이들은 일본의 헌법이 정상적인 '국민국가'의 헌법이 아니므로, 일본이 정상적으로 다시 태어나기 위해서는 '평화헌법'을 개정해야 한다고 주장한다.

이들은 스스로를 '자유주의자'로 참칭하고 있지만 냉정하게 말하면 '국가주의자'들이다. 이들은 평화헌법이 '일본 국민의 긍지'를 훼손하고 있다고 믿고 있다. 이 오도된 신앙이 아시아에 대한 일본의 '전쟁책임'을 부정하고 '전쟁범죄'를 은폐시키는 것을 당연시하게 만든다. '새로운 역사교과서'를 만든답시고 '난징대학살'과 '일본군 성노예' 항목을 삭제시키는가 하면, 아시아 침략이 서구 열강으로부터 아시아를 보호하기 위한 불가피한 선택이었다고 강변하고, 아시아 주변국들에 대해서는 일본의 붕괴를 호시탐탐 노리고 있는 '야만국'이라는 극언도 불사한다. 위험 수위에 도달해 있는 최근의 '북한 위협론'이나 이러한 인식에 근거하여 제시되는 '북한 선제공격론'과 같은 광적인 주장이 일본사회에서 여과 없이 표출될 수 있는 것은 이 때문이다.

저자인 다카하시 데츠야는 이들이 역사를 '망각의 동굴'에 가둬두려는 욕망에 빠져 있다고 비판한다. 바로 그 때문에, 이들은 정력적으로 실언과 망언을 반복하며, 심지어는 '아시아 침략의 역사'는 존재하지 않았다는, 과격한 '역사 부정론'으로까지 나아간다는 것이다. 게다가 이들은 전도된 '피해자 의식'으로 똘똘 뭉쳐 있다. 아시아 침략의 기억이 살균된 대신 나가사키·히로시마에서의 피폭의 기억은 선명하고, 야만적인 식민지배는 망각된 대신 자국의 평화헌법이 강요된 것이라는 점에 대해서는 민감하게 반응한다. 요컨대 그것은 '망각의 윤리'다.

저자는 '망각의 윤리'에 대항하여 '기억의 정치'를 펼칠 것을 제안하고 있다. 그런데 저자가 이 책에서 제기하고 있는 주장과 논리는 우리의 이완된 '역사의식'을 성찰해보게 하는 '거울'처럼 내게 느껴졌다. 한 소설가에 의해 일제강점기가 '살 만한 지옥'이었다는 상식 이하의 주장이 펼쳐지는가 하면, '친일청산 불가' 주장이 아무런 부끄러움도 없이 학계 일각에서 제기되고, 현대사의 숱한 비극들이 여전히 검은 베일 속에 가려져 있을 뿐만 아니라, 침략의 용병이 될 것이 뻔한 '파병 결정'이 운위되고 있는 오늘의 현실을 생각해보니, 대한민국 역시 얼마간 '망각의 동굴'에 갇혀 있지 않나 하는 자탄이 가슴을 친다.

4월은 갈아엎는 달

최근 신동엽의 시와 산문을 다시 읽을 기회가 있었다. 약전略傳 격에 속하는 신동엽에 대한 글을 쓰기 위해서였다. 그의 시와 산문을 다시 읽으면서, 내 마음은 유난히 강렬하고 섬세하게 요동쳤다. 특히 그가 1961년에 발표했던 기념비적인 시론인 「시인정신론」에서 당대의 문화인을 '맹목기능자'로 규탄하고 있는 부분은 유난히 울림이 컸다. 맹목기능자란 무엇인가. 브라질의 교육학자인 파울로 프레이리의 용어를 빌리면 '학식 있는 무식꾼' 정도로 일컫는 것이 적당할 것이다. '학식'이라는 단어와 '무식꾼'이라는 단어의 뉘앙스 사이의 거리는 아득하다. 그런데 학식 있는 사람이 또한 무식꾼이라니 이 무슨 말인가.

거기에는 '분업화'와 '전문화'의 비극이란 것이 심연처럼 가로놓여 있다. 근대적 지식의 증대란 비유컨대 '깊이에의 강요'로 특징된다. 전문성이란 무엇인가. 특정 분야에 있어서는 득의의 경지에 다다르는 것을 말할 터이다. 그런데 지식의 영역에 있어 자꾸 깊이 파내려가는 데에 치중하다 보니 '넓이', 요컨대 세계의 전체적인 맥락을 읽는 일에 있어서는 아둔함이 증대된다는 기묘한 상황이 자주 벌어진다. 신동엽은 이것이 문학예술의 영역에서 나타날 때, 무엇보다 사회·역사적 맥락으로부터 도피하는 '밥벌이로서의 문학'이라는 형태로 타락할 수 있음을 경고했다.

신동엽이 활동했던 동시대의 문인들은 다 합쳐보아야 300여 명에 불과했다. 신동엽은 자신이 존중했던 김수영과 같은 특이한 예외를 빼놓곤, 대다수의 문인들이 '맹목기능자'라고 생각했던 듯하다. 신동엽의 피 끓는 산문 속에서 이들은 대체로 명동의 카페에서 노닥거리거나, 대학 연구실에서 알아먹기 힘든 외국이론을 만지작거리는 것으로, 알량한 문학의 '업'을 쌓아가는 존재로 재현되고 있다. 신동엽은 특히 동시대의 시인들에게 강한 불만을 피력했는데, 한반도의 역사와 민중이 처해 있는 고통스러운 현실을 직시하지 않고, 민중의 편에서 그들의 분노를 대변하지 않는 그런 족속들은 '시인'이 아니라 '시업가'라는 경멸스러운 호칭을 받아야 마땅하다는 추상같은 비판을 던지고 있다.

이 글을 썼을 당시 신동엽은 30대 초반의 패기 넘치는 청년이었다. 아니 그는 죽을 때까지 청년이었다. 4월을 '갈아엎는 달'로 표현했던 이 예리한 청년시인은, 일상생활에서는 지극히 온화한 미소를 품은 수줍은 청년이었지만, 적어도 글쓰기의 영역에서는 추상같은 호령을 그치지 않았다. "문학이라고 불리는 단자單子가 직업명사화한 것은 이미 옛날의 일이며 그것은 다시 더 영업적인 아들에 의하여 분주히 분가分家되어 나가고 있다."

신동엽이 무려 40여 년 전에 동시대의 문학과 현실을 향하여 갈파한 비판들은, 불행하게도 오늘날의 상황 아래서도 여전한 현실성을 띠고 있다. 신동엽은 '껍데기'는 가라고 비장하게 외쳤다. 그러나 껍데기는 순순히 가지 않는다는 것이 역사가 우리에게 알려준 교훈이다. 껍데기는 가라고 외치면서 그는 동시에 역사의 대지를 '갈아엎어'야 한다고 말했다. 오늘의 현실 속에서도 여전히 4월은 '갈아엎는 달'이다.

바르트에게 글을 '쓴다'는 일은

『작은 사건들』의 표지에는 롤랑 바르트의 흑백사진이 인쇄되어 있다. 깊이가 느껴지는 이 사진을 부드럽게 감싸고 있는 귀족적 우아함의 정체는, 아마도 액체처럼 흐르는 '빛'의 균형적인 배분과 관계가 있는 듯하다. 얼굴의 명암이 인상적으로 분절되고, 담배를 쥔 왼손의 가늘고 창백한 형태가 유연하게 부각되고 있는 것은 이 때문이다. 뚱딴지같이 '빛'에 대해 이야기했지만, 사실 '액체처럼 흐르는 빛'에 대한 견해는 이 책에 수록된 「남서부의 빛」에서의 바르트의 표현을 차용한 것이다. 프랑스의 남서부에 대한 '심상지리학'을 담고 있는 이 글은 가을을 이렇게 표현하고 있다. "가을의 빛은 액체처럼 흐르며, 광채가 나고, 애절하다." 그의 언어들이 비범한 인식의 확대에 적극적으로 기여하고 있다고는 보기 힘들다. 차라리 언어의 물질성(육체성)으로 충만해 있다는 표현이 적당할 듯하다. 이 책에 수록된 5편의 글에서 바르트는 언어를 숭배의 차원으로까지 격상시키고 있다. 그에게 쓴다는 일은 인상과 기억에 내포된 감각을 극대화하는 쾌락과 향유의 욕망과 배를 맞대고 있다. 이 책을 읽다 보면, 쓴다는 행위는 산다는 일의 희생을 전제로 한 것처럼 느껴질 정도다. 특히 파리에서의 내밀한 '생활'의 기록인 「파리의 저녁 만남」과 같은 일기는 이런 판단을 더욱 확고하게 만든다. 이 글은 많은 부분은 그 자신의 '성생활의 고백'에 바쳐지고 있는데, 절규, 비탄, 환희, 망설임 등을 포함한 바르트의 육성이 과감하게 울려 퍼지고 있다. "내겐 진정한 피난처가 없는 것이다." "이런 모든 실패의 흔적들을 내 삶에서 모조리 몰아내고 싶은 것이다." "결과적으로 볼 때, 내겐 거리에서 만나는 게이들밖엔 더 이상 남아 있지 않다." 등등. 이 책을 흥미롭게 읽는 방식은, 롤랑 바르트의 '귀족적 관능성'에의 숭배 경향을 '쓴다는 행위의 지속성'과 연관시키고, 그것을 다시 '개인적 연대기'와 결부시켜 '인간 바르트'에 대한 정신분석을 감행하는 데 있지 않을까. 쓴다는 일이 뭐 대수냐는 사람도 있겠지만, 어떤 사람에게는 그것이 전부이기도 할 것이다. 바르트의 경우는 특히 그랬던 듯.

책의 미래? 독자들의 변화를 주목하자!

나는 출판에 문외한은 아니지만, 그렇다고 해서 전문가도 아니다. 문학평론가로서의 직업적 관심 때문에, 『출판저널』 『송인소식』 『텍스트』 등의 출판전문지를 찾아 읽지만, 출판현장의 흐름에 대해 정밀한 청사진을 그려낼 능력이 내게는 없다. 사실 그것은 출판평론가들의 몫이다. 출판에 대한 나의 관심은 '장님 코끼리 만지기' 수준이다. 그러나 장님에게도 '입장'이란 것이 있다. 물론 그 입장이 보편 타당한 것일 수는 없겠으나, 적어도 출판현장을 바라보는 독특한 시각 정도는 제시할 수 있을 것이다.

'다시 책이다!'—이런 말들을 많이 하는데, 나는 이 말이 허구라고 생각한다. 지금 우리 사회에서 벌어지고 있는 '책'을 둘러싼 담론은 철저하게 캠페인에 지배되고 있다. 물론 이것이 캠페인의 중요성을 폄훼하는 발언은 아니다. 신문과 방송에서 진행되고 있는 책에 대한 관심 환기는 매우 소중하다. 문제는 이것이 '지속성'을 가질 수 있는가 하는 점에 있다. 〈중앙일보〉의 조우석 북 섹션 팀장이 지적한 바 있듯, 북 섹션이 외부 환경의 변화로 갑자기 사라질 수 있다는 점에 주목할 필요가 있다. 방송 3사가 진행하는 책 관련 프로그램 역시 '시청률'의 압박을 얼마나 견뎌낼 수 있는가 하는 점에 주목할 필요가 있다.

책에 대한 관심이 환기되고 있다는 사실은 고마운 일이나, 구조나 제도의 개혁 없는 캠페인성의 기획이 가지는 한계 역시 분명하다. 이것은 서점의 베스트셀러 코너만 보아도 명확하게 드러난다. 그 획일적인 리스트들, 어린이로부터 중년의 독자들까지 차별 없이 동일한 책을 선택하게 만드는 영향력에 대한 감탄이 낙관적인 책의 미래로 연결되는 것은 어딘지 부당해 보인다. 그 획일성의 양적 증대는 일시적으로는 독서인구의 증가를 가져오는 것처럼 보이겠으나, 그것이 독자의 재생산으로 연결되리라는 보장은 어디에서도 찾기 힘들다.

독서인구의 확대와 출판산업의 안정을 기하기 위해서는 시스템의 변화가 선행되어야 한다. 가장 중요한 것은 교육제도다. 그러나 한국의 제도교육은 '책읽기'를 죄악시하고 있다. 이런 악조건 속에서 과거처럼 '세계문학전집'을 어린 나이에 독파하는 '독서광'은 생겨나기 어렵다. 독서도 일종의 훈련인데, 이에 익숙하지 않던 사람이 어느 날 갑자기 독서광으로 변신하는 기적은 일어나기 힘들다. 과거처럼 다수의 베스트셀러가 출현하지 않는다고 걱정하는 사람들이 많지만, 더욱 심각한 것은 500부도 팔리지 않는 인문·사회과학 서적의 현실이다. 많은 출판인들이 이 책임을 독자들의 수준에 떠넘기는 경우도 나타나지만, 실상 책임 추궁의 대상이 되어야 할 것은 공공도서관들이다. 상업성은 없으나 반드시 출간될 필요가 있는 양서들에 대한 지원체계를 확립할 필요가 있다.

인터넷을 포함한 영상문화의 대두를 독서문화의 적으로 규정하는 시각도 널리 퍼져 있는데 이 또한 매우 단세포적인 발상이다. 문학계의 경우도 90년대 초반에 이런 논쟁이 있어, 가령 소설을 쓰는 데 영상적 기법을 적극 활용하자는 견해가 제출되고, 실제로 이에 기반한 작품들이 다수 창작된 바 있었지만 결과는 완전한 실패로 돌아갔다. 본격문학의 퇴조를 영상문화의 대두를 포함한 환경의 변화에서 찾는 시각이 지배적인데, 이것은 대단히 무책임한 변명이라고 볼 수 있다. 독자들이 본격문학에서 멀어진 근본적인 원인은 영상문화의 대두 때문이 아니라, 그 실망스러운 상상력과 매너리즘 때문이었다.

우리 독서계에서 지배적인 우세종의 위치를 차지한 책들을 보면 우리 사회의 현실을 간접적으로 확인할 수 있다. 『부자 아빠 가난한 아빠』유의 경제·경영 실용서가 많이 읽힌 것은 IMF 체제의 대두에 따른 불안감의 반영이라고 볼 수 있다. 이와 함께, 신화 관련 서적에 대한 대중들의 관심도 폭발했는데, 이는 미래를 전망하기 힘든 현실 때문에 근원적인 문제로 회귀한 경우다. 그러나 신화에 대한 이 폭발적인 관심이 마냥 긍정적인 것은 아니다. 이것은 니어링 부부의 책들을 포함한 이른바 '탈속적 에세이'들에 대한 열광과도 맞물리는 문제인데, 고통스러운 현실로부터의 도피욕망이 이러한 책들에 대한 관심을 높였다고 추측할 수 있다. 아동서의 약진 현상 역시 주목할 부분이다. 그러나 이 역시 마냥 긍정적인 것만은 아니다. 젊은 부모들이 거의 경쟁적으로 자녀들에게 동화를 읽히는 것은 취학 전 아동들에 대한 '교육적 투자'의 성격도 갖고 있다. 『체게바라 평전』을 포함한 이른바 전기·평전 유의 책도 많이 읽혔는데, 이는 정체성을 상실해가는 현대적 개인의 위기의식에서 발현된 독서경향이라 볼 수 있다.

인터넷 시대로 요약되는 후기 자본주의 사회는 이중적인 속성을 갖고 있다. 한편에서는 군중체험으로 상징되는 급격한 획일화가, 다른 한편에서는 사적인 프라이버시를 중시하는 고립적 개인주의가 융성한다. 독서에 있어서도 이러한 이중성은 비슷하게 발현되는데, 가령 가벼운 수준의 대중서적을 읽는 사람이 특정한 분야에 대해서는 마니아적 독서경향을 보이는 경우를 우리는 종종 발견하게 된다. 이를 확인할 수 있는 것은 인터넷상에 퍼져 있는 무수한 '독서동호인회'의 존재인데, 이들은 그들의 공통적인 관심사를 반영할 수 있는 특정한 주제의 책들을 읽고 토론하기를 즐긴다. 이를 통해 그들은 자신들의 고유한 취향을 충족시키는 한편, 그와 동일한 취향을 갖고 있는 공동체로부터 일정한 연대와 신뢰의 감정을 획득하게 된다.

가령 이런 식이다. 어떤 동호인들은 '자살'과 관련한 책들이라면 책의 성격에 구애받지 않고 읽고 토론하기를 즐긴다. 알바레즈의 『자살의 연구』로부터 뒤르켐의 『자살론』, 모네스티에의 『자살』에 이르기까지, 그 책의 성격이나 논의 수준의 편폭과 무관하게 '자살'을 주제로 한 책이라면 독서의 대상이 된다. 어떤 동호인들은 '요리'와 관련된 책들을 집중적으로 읽는다. 그것이 요리의 문화사적 의미를 다룬 책이건, 아니면 요리를 만들고 즐기는 방법에 대한 실용서이든, 혹은 '요리'의 철학적 의미를 논한 전문서이든 중요하지 않다. 단지 '요리'를 다룬 책이기 때문에 그들은 적극적으로 해당 책을 구입하게 된다. 그런가 하면, 이른바 사회비평의 성격을 띤 책들만 읽는 동호인들도 존재할 수 있다. 아마도 이런 사람들의 책꽂이에는 진중권과 김규항, 박노자의 책들이 놓여 있을 것이다.

독서환경의 급격한 변화가 일어나지 않는 한 앞으로는 과거와 같이 밀리언셀러가 빈번하게 탄생하기가 점점 어려워질 것이다. 그것은 시간이 갈수록 독자들의 취향과 감수성, 이데올로기 등이 미분화된 결과, 그들을 하나로 묶을 공통의 정체성을 규정하기가 점점 어려워지기 때문이다. 비록 몇몇 소수의 책들이 밀리언셀러가 된다고 할지라도, 출판의 지배적인 경향은 '다품종 소량생산' 체제로 갈수밖에 없다. 어쩌면 그러한 현상은 이미 시작되었다고 볼 수 있다. 이것은 기술문명의 발달에 따른 결과이기보다는 현실의 변화에 따른 것이다. 과거에는 이른바 세대론의 관점에서 특정 세대의 취향과 감수성, 정치의식의 보편성을 일목요연하게 규정할 수 있었다. 그래서 출판계에서는 이른바 대규모의 '목표독자'들을 설정할 수 있었고, 이에 따라 특정한 책들을 기획할 수 있었다. 그러나 앞으로 등장할 '잠재독자'들은 이러한 분류체계를 교란시킬 것이다.

지금도 그런 현상은 나타나고 있지만, 갈수록 저자와 독자 사이의 경계는 해체되어갈 것이다. 현대의 독자들은 과거와 같이 수동적으로 책을 구입하지 않는다. 그들은 자신들의 취향과 감수성을 표현하는 행위의 일환으로 책을 구입하고, 동일한 독서취향을 갖고 있는 이들과 이른바 '취향의 공동체'를 이룰 것이다. 사정이 이렇게 변하면서 출판사의 유력한 홍보와 마케팅 수단으로 인식되고 있는 차별성 없는 신문광고와 기사, 출판 관련 방송은 점점 영향력을 상실하게 될 것이다. 영악한 독자들은 여전히 신문과 방송으로부터 '책'에 대한 정보를 얻을 수 있겠지만, 그것이 즉각적인 '책'의 구입으로 연결되지는 않을 것이다. 그들은 오히려 자신들의 동료들이 직접 작성한 책에 대한 주관적인 평가를 신뢰할 확률이 높다.

기술문명의 발전이 '책'의 소멸을 가져오리라는 묵시록이 여전히 횡행하고 있지만, 책에 대한 독자들의 관심은 21세기에도 여전히 유효할 것이다. 그것은 책이 단순한 정보의 전송체가 아니라, 친밀성의 체험인 동시에 취향의 공통감각을 확인시키는 '교류의 장'이기 때문이다. 문제는 어떻게 이 교류의 가능성을 '시장'은 물론 '삶의 공간'에서도 구현할 것인가를 고민하는 데 있다.

4장

비
평
가
의

책읽기

상황에 개입하는 비평

비평은 상황에 개입하는 일이다. 그러다 보니, 엉뚱한 비난을 감수해야 하는 경우도 종종 발생한다. 나 역시 이런 일을 겪은 적이 있다. 언젠가 한 문학상을 비판한 적이 있다. 내 판단에 해당 문학상의 수상작에 몇 가지 결격사유가 있었다고 생각했기 때문이다. 이런 주장을 담은 글을 한 시사월간지에 발표했다. 그리고 몇 달 후, 나는 해당 문학상을 시행하는 출판사로부터 '내용증명'이란 것을 받게 된다. "귀하는"으로 시작되는 그 내용증명에는 나의 비판행위가 해당 문학상의 명예를 심각하게 훼손했으며, 따라서 사과를 하지 않을 시 법률적 책임을 질 것이라는 내용이 담겨 있었다. 그때 나는 이렇게 생각했다. 이견이 있으면 반론을 펼치면 될 일을 왜 이런 방식으로 해결하려 하는 걸까.

이른바 '협박전화'를 받은 적도 있다. 한 여성시인을 시를 통해서 모욕하는 해프닝이 문단에서 일어난 때가 있었다. 그 시를 쓴 사람은 한 남성시인이었다. 나는 이러한 방식의 행태가 전혀 문학적인 사태일 수 없고, 해당 여성시인에 대한 인격권의 침해라는 요지의 글을 한 일간지에 발표한 적이 있다. 이 글이 발표되고 얼마 안 있어

나는 그 남성시인에게서 몇 통의 전화를 받게 되었다. 역시 처음에는 해당 글이 자신의 명예를 훼손했으므로 법률적 책임을 묻겠다는 내용이었다. 그러시라고 말한 후 전화를 끊었다. 얼마 후 다시 한 통의 전화가 왔다. 앞의 남성시인이었는데, 이번에는 죽이네 살리네 하는 육두문자를 다채롭게 활용한 폭언이 이어졌다. 정말 어이가 없었지만, 앞으로는 이런 전화를 하지 말아 주셨으면 한다고 말한 후 전화를 끊었다.

또 한번은 한 대학의 교수이자 문학평론가인 어떤 분이 나를 고소하겠다고 전화를 걸어왔다. 2년 전인가 한국 대학원 사회의 문제점을 거론했던 한 인터뷰에서 내가 한 말이 자신이 재직 중인 학과와 자신을 포함한 동료 교수의 명예를 심각하게 훼손했다는 것이다. 일단 그 이유를 알고자 해당 교수를 '언론인권센터' 관계자의 동석 하에 만났는데, 그 교수의 폭언이 가관이었다. 나를 비난하면서 하는 비유라는 것이 "당신의 엄마는 창녀" 유의 상식 이하의 폭언으로 이어졌기 때문이다. 도대체 누가 누구를 고소해야 하는지 알쏭달쏭하기만 했다. 얼마 전에는 한 잡지에서 원고청탁을 받았다. 원고를 준비하고 있는데 청탁이 취소되었다는 연락이 왔다. 참으로 싱거운 잡지라고 생각했는데, 이유를 알고 보니 내 원고가 해당 잡지에 실리게 되었다는 것을 알게 된 한 편집위원이 "이명원 씨의 글이 실리면 편집위원직을 그만두겠다"는 식의 격렬한 항의를 해 그렇게 되었다는 것이다. 아이구야, 맙소사였다.

인간에 대한 사랑이 없다면 글쓰기는 불가능해진다. 물론 그 인간은 추상적인 존재가 아니라, 피와 땀이 흐르는 구체적인 인간이다. 그런데 인간은 모순덩어리다. 그래서 상황에 개입하는 비평은 때때로 모순과 부딪칠 수밖에 없다. 그것을 회피한다면 글을 쓸 이유가 없다.

'직업으로서의 비평'을 위한 한 비평가의 각서

문학비평은 어디로 갈 것인가. 우리는 현재에 비해 좀 더 나은 비평을 추구해야 하고, 많은 경우 그것은 한국 근대비평의 존중할 만한 역사적 실천을 복원하는 일이 될 것이다. 가장 먼저 복원될 필요가 있는 것은 사회적 '의제설정' 과정에 문학비평이 적극적으로 참여하는 태도이다. 과거의 비평사를 검토해보면 확연해지는 것이지만, 문학비평은 한국의 근·현대를 거치는 동안 실제로는 '문학'이라는 경계를 뛰어넘어 '현실'을 분석·성찰·지양하기 위한 담론적 실천의 중심에 서 있었다. 한국에서 문학비평가들이 철학자들이 해야 될 인식론적 성찰을 대신했다거나, 사회학자와 역사학자들이 실천해야 될 지적 작업에 주제넘게 개입해왔던 것은 '전문성'을 문제 삼는 자리에서는 다른 평가가 나오겠지만, 적어도 한 사회를 근본적으로 검토할 수 있는 뜨거운 의제를 쉼 없이 제기해왔다는 측면에서는 십분 존중될 필요가 있다. 그러나 이것이 문학비평의 '특권'을 강조하는 발언으로 오해돼서는 안 될 것이다. 지금 나는 '문학' 비평이 아닌 문학 '비평'에 포커스를 맞추고 있기 때문이다. 요컨대 한 사회에서 유통되는 담론 일반을 검색·분류·배치·평가하는 과정과 함께, 그것의 근원적인 작동원리를 규명하고 이를 통해 다시 현실의 변화에 실천적으로 기여하는 담론을 창안 invention하는 것을 나는 '비평'으로 간주하고 있는 셈이다. 이러한 태도를 견지하게 된다면, 비평의 대상이 '문학'이냐 '영화'냐 아니면 '사회'냐 하는 질문은 오히려 사소해 보인다. 중요한 것은 우리가 그 촘촘한 경계들을 가로질러 '다른 무엇'을 보고자 한다는 것이며, 이때 그것은 '현실의 구조' 전체일 수밖에 없다는 것. 결국 '비평=삶'이라는 도식이 가능해진다.

그럼에도 불구하고, 여전히 한 사회에서 '문학'으로 규정되는 독특한 '담론의 제도적 경계선'은 존재할 것이다. 그러므로 오늘날 문학비평의 핵심적인 담론의 준거점으로 규정되는 '텍스트'에 대한 탐구 역시 동시적으로 진행될 필요가 있다. 하지만 통상적으로 그 텍스트가 '한국문학' 또는 '민족문학'이라는 일국적인 대상으로 한정시키는 편향은 전향적으로 재검토되어야 한다. 이는 오늘날 우리의 인식론적 표상체계가 일국적인 특수성을 넘어 지구적인 차원으로 확대되는 상황에 대한 적극적인 대응으로서의 의미도 지니게 된다 (인터넷과 티브이를 포함한 일련의 대중적 커뮤니케이션 시스템은 이미 지구적인 차원의 의사소통을 당연시하고 있다).

한국문학의 질적인 수준은 인정하기는 힘들겠지만 상대적으로 하락하는 추세에 있다. 이것은 지구적인 차원에서도 마찬가지인데, 이러한 현실 속에서 대안으로 고려할 수 있는 것은 비평의 대상을 '한국문학'에서 '세계문학', 그러니까 지구적인 차원으로 확대시키는 일이다. 지구적인 차원이라고 했지만, 언어적 구성물로서의 문학의 특수성을 고려할 수밖에 없다면, 우리는 일련의 '번역문학'까지를 논의의 대상으로 확정할 수 있을 것이다. 번역문학은 기원의 측면에서 보자면 외국문학이라 할 수 있으나, 한국의 문학장에서 차별 없이 유통·소비되고 있다는 점에서 비평의 적극적인 검토대상이 될 필요가 있다. 위의 문제의식에 비하자면 비교적 사소한 것으로 보일 수도 있으나, 대학 바깥에서 '비평가의 생존(/활)'을 가능케 하는 물적 시스템을 구축하는 방안도 적극적으로 강구될 필요가 있다. 대학이라는 제도의 보수성은 비평이 집중해야 마땅할 '전복성'을 약화시킨다. 오늘날 대부분의 비평가들은 대학이라는 시스템에 직·간접적으로 포섭되어 있다. 혁명적이면서도 전복적인 비평이 출현하지 못하는 것은 탈제도적 비평을 불가능케 하는 비평가들의 열악한 생존조건의 영향이 크다. 코뮌주의에 입각한 비평가들의 생활—담론공동체의 문제에 대해서도 이제 구체적인 고민이 시작되어야 한다. '직업으로서의 비평'의 물적 토대는 담론의 구성과 실천에도 대단히 심각한 영향을 끼치기 때문이다.

그 명랑함에 묻는다

김애란의 『두근두근 내 인생』은 조로증早老症에 걸린 한 소년의 생애 마지막 1년간의 삶이 주된 시간적 배경이 되고 있다. 그런데 이 특이한 질병을 짊어진 17세 소년의 어조는 담담해서, 그의 실제 나이가 아니라, 생체 나이로 진술되고 있는 80세의 노년이라고 해도 과언이 아닌 담담한 삶의 마무리를 완성하고 있다.

급성 노화와 죽음이라는 명백한 운명이 두드러진 소설이기 때문에, 주인공의 임박한 비극에 감정 이입을 하는 독자 입장에서는 작품의 완성도를 문제 삼는 일이란 부수적인 일로 비칠 수 있다. 게다가 이 소년은 죽음 앞에서조차 의연하게 책읽기와 글쓰기를 치열하게 지속하는 인물로 서술되고 있어 장엄한 느낌까지 든다. 이 장편에서 병세의 악화와 임박한 죽음 앞에서 주인공의 의지가 작동할 수 있는 거의 유일한 출구로 제시되고 있는 것이 글쓰기인데, 이를 통해 우리는 김애란이 소설 쓰기에 부여하고 있는 뜨거운 열정 또한 미루어 짐작할 수 있다.

작중인물 한아름의 소설 쓰기에 대한 고민은 김애란이 '쓴다'는 행위에 부여하는 예술가적 자의식의 투영으로 보아도 무방하다. 그렇다면 이 소설은 외적 줄거리와 무관하게 일종의 김애란 식 '메타픽션'이 되는 셈인데, 이것은 지난 연대에 호평을 받은 바 있는 신경숙의 『외딴 방』의 서사 기법을 떠올리게 하는 부분이다. 가령 1부 6장에서 김애란은 한아름의 입을 빌어 소설 쓰기의 어려움을 이렇게 피력한다.

이야기를 짓는 일은 생각보다 힘들었다. 사람과 장소와 시간을 고루 살피며 문장까지 신경 써야 하는 게 만만치 않아서였다. (…) 이야기는 자주 멈췄다. 그럴 때면 홀로 북극에 버려진 펭귄이 된 기분이 들었다. 참으로 막막하고 무시무시한 순간이었다. 그때마다 나는 부모님을 붙잡았다. 그러고는 두 사람의 젊었을 적 이야기를 묻고 또 묻고, 한 번 더 해 달라 졸라댔다. (89쪽)

두 사람의 이야기는 아귀가 잘 안 맞았다. 기억하는 것도 조금씩 어긋났고, 해석하는 것도 달랐다. 어머니는 한대수가 자길 쫓아다녔다고 하고, 아버지는 최미라가 먼저 꼬리를 쳤다고 했다. 어머니가 아버지 앞에서 처음 노래를 부른 순간도, 두 사람이 입을 맞춘 순간도 두 사람 다 자신에게 유리한 쪽으로 기억하고 있었다. 내 입장을 말할 것 같으면 사실 어머니의 편도 아버지의 편도 아니었다. 나는 이야기의 편이었다. 그래야 나중에 진짜 필요한 순간에 어머니의 편을 들 수 있을 것 같아서였다. (93쪽)

이 작품 속에는 이런 방식의 글쓰기에 대한 진술이 자주 등장하고, 주인공인 한아름이 죽음에 다가갈수록 더욱 치열한 양상을 띠게 된다. 나중에 사기로 밝혀지기는 하지만, 작품 속에서 한아름이 거의 유일하게 사춘기적 이성애를 자각하게 하는 '이서하'와의 관계에서도 가장 중심이 되는 것은 전자 편지를 주고받는 행위이다. 편지 쓰는 일에서도 한아름의 글쓰기에 대한 고민은 여과 없이 드러난다.

종종 인터넷 커뮤니티에서 발견하고, 보는 즉시 '어우' 손사래 쳤던 글들을 내가 쓰고 있었다. 그것도 문체가 제 각각인 게 어느 것은 도도한 초등학생이 쓴 산문 같고, 또 어떤 것은 인문대 복학생이 쓴 잡문 같았다. (199쪽)

대학을 가본 적 없는 한아름이 자신의 문체를 위와 같이 분석하는 것은 어색하다. 잡문이라니.

사실 이 소설은 처음부터 이렇게 어색해 보일 수도 있는 '낱말 카드'를 풍부하게 제시하면서 출발한다. 한아름의 몸과 마음이 쇠락해갈수록 말을 통한 상상과 문장들의 유연한 활공은 더욱 강렬해지는데, 대단원의 결말을 이루는 것은 그 자신의 기원을 추적해가는 것을 골간으로 한 한아름의 자작소설 「두근두근 그 여름」에서이다. 각각의 낱말들을 통해 상상해낸 삶의 질감들이 자신과 나이가 똑같은 17세 당시의 부모들의 낭만적인 만남과 조우하면서, 이 소설은 자못 완결된 장편의 형식미를 획득한 것처럼 비춰질 수 있다.

*

　그렇다면 김애란의 『두근두근 내 인생』은 과연 성공한 장편소설일까. 그렇게 보는 사람도 있겠지만, 나로서는 몇몇 측면에서 이 소설이 장편으로는 허약한 토대 위에 지어진 집처럼 느껴진다.

　읽기의 차원에서는 술술 잘 읽히는 미덕이 있지만, 인물 형상에 있어서 미숙한 처리가 두드러지고, 소설의 초반부에는 자못 탄탄한 긴장감을 보여주지만 3부에 이르면 소설의 구조가 급격하게 이완되는 양상을 보인다. 장편소설의 플롯이라는 게 요즘처럼 이완되는 것을 당연시하는 세태는, 우리가 살고 있는 현실의 다차원적인 복잡성과 파편성 때문이기도 하지만, 작가들 역시 단편과 장편의 질적 차이에 대한 치밀한 고민 없이 시간이 지나면 장편으로 자연스럽게 널뛰기 하는 관성에도 기인하는 현상이다.

　아리스토텔레스 식으로, 한 문단만 생략해도 전체 구조가 완전히 흔들리는 식의 완결된 구성을 요구하는 것이 현대에 있어서는 무리라고 할지라도, 김애란의 『두근두근 내 인생』은 중반부를 지나면 애초에 견지했던 소설적 긴장을 찾아보기 어렵다가, 종결부에 이르러 가까스로 그것을 회복하고 있다. 끝이 좋으면 모든 것이 다 좋다고 말할 수도 있겠으나, 전체적으로 플롯의 안정된 균질성이 지속되지 않는 상황에서 에피소드와 메일 형식을 통한 독백, 인물들의 어색한 유머가 반복되는 것은 약점이다.

김애란의 소설을 읽다 보면, 인물 성격의 대비 효과가 주된 서사적 장치로 활용되는 예를 자주 발견한다. 아이들은 의뭉스러운 성숙함을 보여주는 반면, 어른들은 유아기적 퇴행에 가까운 발언과 행위를 무의식적으로 반복한다. 아버지와 어머니, 장씨 할아버지로 대표되는 이 소설 속의 성인들은 동화나 명랑 만화에서나 등장할 법한 철없는 상황의 미숙성을 지속적으로 반복한다. 몸과 마음이 늙었으나 이제 막 사춘기를 통과하고 있는 17세 소년과 기묘하게도 유년기의 동심과 명랑성을 유지하고 있는 어른들의 반어적 대조가 이 소설의 동화적 성격을 도드라지게 한다.

나는 소설이 아니라 동화라고 말했는데, 사실 김애란의 『두근두근 내 인생』의 빼어난 흡인력의 근거는 이 인물들의 통념적 성격의 의식적인 뒤집기에 있으며, 이것은 동화 양식에서 선용되는 인물 형상화 방식의 영향으로 보인다. 사실 이런 동화적 성격 형성의 구도가 가장 관습화된 서사적 양식으로 고착된 것은 한때 유행했던 일본과 한국의 명랑 만화에서였을 것이다.

이것은 동화도 만화도 아닌 소설이지만, 에필로그 이후에 등장하는 한아름의 「두근두근 그 여름」이 본격 소설에 해당하는 통일된 인상을 보여준다. 반면, 프롤로그에서 에필로그에 이르는 이 소설의 거의 대부분의 분량에서, 장편소설에 맞춤한 성격의 입체성을 보여주는 인물은 '이서하'라는 이름으로 한아름에게 접근했던 30대 중반의 시나리오 작가와 여고 시절의 엄마에게 『홀로서기』와 빈소년 합창단 테이프를 선물했던 채승찬 피디PD, 그리고 방송 작가 정도다. 이들에게는 성숙한 어른들의, 세속적 삶의 인정하기 힘든 불편한 명암이 단편적이기는 하지만 비교적 현실적으로 발현되고 있어 이 소설의 흠결을 아슬아슬하게 보충하고 있다.

＊

　김애란의 소설을 읽는 오늘날의 젊은 독자들은 대체로 고달픈 삶의 정황에 포섭된, 그래서 따뜻한 위안을 필요로 하는 사람들이 많은 것 같다. 작가 역시 위로와 유머를 중시하는 견해를 자주 노출하고 있다. 사실 이 소설의 주동인물인 한아름이 우리의 아들, 딸이라고 생각한다면, 살려는 의지와 무관하게 처해진 한아름의 가혹한 운명 앞에서 괴로워하지 않을 독자는 거의 없을 것이다. 동시에 그 고통스럽기 짝이 없을 쇠락과 죽음의 증상들 앞에서, 공포와 불안도 없이, 자기만의 낱말 카드에 몰입하는 주인공의 의연함 앞에서는 어떤 경건함의 심정까지도 느끼게 된다.

　모든 유기체들의 한계상황임에 분명한 죽음의 진전 과정 속에서도 웃음을 잃지 않고, 눈에 뻔히 보이는 다큐멘터리 제작의 상업성과 허위성에 대해서도 분개하지 않으며, 생애 최초로 타인에게 내면을 개방했던 메일 대화 역시 '사기'로 드러난 마당에서도 결코 쉽게 절망하지 않는 한아름의 태도는 가히 초인적이라고 할 수 있다. 반면, 주인공 주변에 배치된 여러 인물들은 엄마, 아빠 모두를 포함하여 그 성격이 일종의 '캐리커처'처럼 축소되어 있다.

　이런 명랑성이 무의미하다는 것은 아니다. 다만 이 소설의 인물들은 왜 명랑할 필요가 없는 부분에서까지 명랑하며, 유머가 필요 없는 상황에서까지 슬랩스틱에 가까운 만담의 주인공이 되는가 하는 의문은 제기해 볼 수 있다. 한아름의 17세가 조로였다면, 아버지의 17세는 유아적이다. 여름날의 사랑으로 덜컥 임신한 아내의 집에 찾아가 장차 장인이 될 사람이 "그래, 너는 뭘 잘하냐?" 묻자, 이에 대답하는 말이 "아버님, 저는 태권도를 잘합니다"(14쪽)이다. 이를 듣고 "그리고 또 뭘 잘하나?" 하고 장인이 다시 묻자, 아빠가 속으로 생각한다는 것이 '나는 스트리트 파이터를 잘하는데…'라는 것은 골계적인 서술이다.

엄마의 소녀 시절 별명은 '시발공주'였다. 이웃집 장씨 할아버지는 한아름을 조명한 다큐멘터리가 끝나자 그의 집으로 찾아와 "아름아, 방송 봤니"라고 물은 후 "머리를 감싸안은 채 절망적인 표정으로 중얼거"리길, "내가 (방송에) 안 나와…" 하고 외친다. 아버지의 17세 시절의 나른한 수음을 묘사하면서 작가는 "한 날은 그게 하루에 몇 번이나 가능한지 알아보려는 실험을 하다 자기 성기를 꼭 쥐고 기절한 채 발견되기도 했다"고 서술한다. 이 서술문의 끝에서 작가는 아버지를 한 번 더 동화적으로 만드는데, "아! 인간이 하루 다섯 번 하면 죽을 수도 있는 거구나" 하는 진술은 글쎄, 엄살의 뉘앙스가 강하기는 하지만 역시 유머러스한 것은 사실이다.

이런 진술이나 소설 전체의 톤을 고려하면 이것은 작가가 유머를 창작상의 중요한 장치로 활용하고자 했음을 알 수 있다. 그래서 방송 작가가 한아름에게 "그래서 뭐가 되고 싶어요, 아름인?"이라고 묻자 "세상에서 제일 웃기는 자식이 되고 싶어요"라고 대답할 수 있는 것이다. 대책 없는 효자라고 해야 할지, 천성이 낙천적이라고 해야 할지 나도 '대략 난감'하다. 이것이 어떤 희비극적 상황을 오히려 효과적으로 성취하기 위한 전략으로 볼 수도 있겠다.

처방전이라고는 있을 수 없는 극단적인 한계상황을 유머를 통해 상대화하고 완화시킴으로써 삶과 죽음의 납득할 수 없는 한계상황을 오히려 더 부각시키는 효과를 의도했다고도 볼 수도 있겠지. 하지만 내 판단에 이는 유머의 과잉이다. 웃을 수 있는 상황이 아닌데, 웃으라고 권유하는 작가의 서사 장치는 어떤 의도에서 비롯되는 것인지. 왜 한아름을 제외한 거의 모든 성인들, 심지어는 고통을 참고 있는 그의 부모들마저 이 소설 속에서는 그저 실없이 웃고 떠들면서, 상황의 비극성을 회피하고 있는 건인지 나로서는 알쏭달쏭하다.

*

유머나 농담이 갖는 순기능은 심리적 압박감과 긴장을 완화하고 고통스런 상황을 일시적이기는 하지만 쾌적하게 휘발시키는 데 있을 것이다. 김애란의 『두근두근 내 인생』을 읽으면, 그렇게 극중 인물의 고통을 지켜보는 독자의 안타까움 역시 마술적으로 완화되고 쾌적하게 망각된다. 그래서 노화와 쇠락의 명백한 징후가 두드러지는 한아름 대신, "아! 만권의 책을 읽어도, 천수의 삶을 누려도, 인간이 끝끝내 멈출 수 없는 것이 추파겠구나"라고 흐뭇해하는 조숙한 한아름의 잔상이 더욱 오래 남게 된다.

소설 속에서 빈번한 유머와 연약한 골계가 지배적이 되다 보니 신체 연령이 80세로 급격하게 노화되었다는 한아름의 증상도 현실감을 잃게 된다. 눈이 멀어 앞을 볼 수 없는 주인공의 고통도 독자 입장에서는 관조적으로 응시하게 된다. 소설의 에필로그에서 묘사되고 있는 혼수상태의 환청은 매우 아름답고 몽환적으로 묘사되고 있지만, 바로 그렇기 때문에 도리어 죽음으로 건너가는 한아름의 장엄한 삶의 완성은 다만 고즈넉하게 보일 뿐이다.

그렇다면 지금 나는 김애란이 청년기의 명랑과 유머의 세계에서 비극 쪽으로 가야한다고 주장하는 셈인가. 현재까지의 소설적 상황을 보면, 물론 그것은 어려워 보인다. 사실 내 주장은 비극적 정서나 세계관이 중요한 것이 아니라 성격 묘사의 리얼리티가 더 살아나야 한다는 것이다. 이번 장편처럼 주인공을 제외한 거의 모든 인물의 성격이 단순화되고 엇비슷해져 개체로서의 존재감이 희미해지는 현상을 김애란은 극복할 수 있을까. 가능성을 열어두어야 하겠지만, 현재의 장편만을 보자면 당장 살아 움직이는 사람들의 장터가 김애란의 소설 속에 등장하는 것이 쉬운 일은 아닐 듯하다.

이것이 꼭 김애란에게만 해당되는 것은 아니겠지만, 나는 젊은 작가들에게 마치 장편소설을 쓰지 않으면 작가로서는 뭔가 미달된 듯한 느낌을 갖게 하는 오늘날 문단 일각의 경향도 문제라고 생각한다. 장편과 단편은 사실상 영화와 연극처럼 완전히 이질적인 양식임에도 불구하고, 오늘날의 작가들은 그 양식의 특이성에 대한 고려 없이 단편적 정황을 장편으로 확대하는 유혹에 자주 노출된다. 김애란이 그러지 않았으면 좋겠다.

『두근두근 내 인생』을 읽으면서 발견하게 되는 것이지만, 액자 구조 속의 또 다른 소설로 제시되고 있는 「두근두근 그 여름」에서의 소설적 밀도와 프롤로그에서 에필로그에까지 이르는 내면 독백과 대화체로 교차 전개되는 서사 사이에는 매우 큰 질적 편차가 존재한다. 이 편차가 극복되지 않은 채 장편의 말미에 돌올하게 제시되고 있는 작중인물 한아름의 소설은, 마치 앞선 서사의 불완전성을 은폐하기 위한 작가의 지적 배려처럼 느껴진다. 이러한 나의 유추가 어느 정도 설득력이 있다는 근거에서 말하자면, 실제로 이러한 서사적 배치는 자못 성공적으로 보인다.

그렇다고 해서 『두근두근 내 인생』이 탁월한 성취를 이뤘다고 고평할 만한 수준의 장편소설로 보기는 어렵다. 왜냐하면 이 작품을 통해서 김애란의 단편 세계가 충분히 심화되고 확장되었다고 보기는 어렵기 때문이다. 물론 양적인 괄목상대를 버텨낸 것은 사실이다. 또한 단편에서 장편으로 넘어가면서 이만한 역량을 발휘할 수 있는 작가가 또래 세대의 작가 가운데 별로 보이지 않는다는 점은 상대적으로 김애란의 소설을 돋보이게 만드는 요소이다. 그러나 김애란의 소설은 여전히 엄마 아빠의 생활 반경에서 벗어나지 못했다는 점에서, 여전히 가족 소설의 범주에 머무르고 있다. 이 희비극적 가족 콘서트의 세계를 극복하는 일이 김애란에게는 장편다운 장편으로 나아갈 수 있는 필요조건이라고 나는 생각한다.

끝으로 사소해 보이지만, 그렇지 않을 수도 있는 이 책의 한 가지 편집상의 의문에 대해 지적하고 글을 끝맺도록 하자. 이 소설의 '작가의 말' 다음에는 "본문에 인용되거나 언급된 책은 다음과 같습니다"라는 진술 후에 몇 권의 책과 음악의 출처가 명기되어 있다. 그런데 기이하게 느껴지는 것은 소설 속에서 소녀 적의 어머니와 방송국 피디가 된 승찬 아저씨의 관계에서 선물로 오간 서정윤의 『홀로서기』에 대한 출처 명기가 생략되어 있다는 사실이다.

이 소설 속에서 『홀로서기』라는 시집은 엄마와 승찬 아저씨뿐 아니라, 한아름과 승찬 아저씨의 만남에서도 중요하게 언급되고 있는 작품이다. 그런데 다른 출처는 소상히 밝혔으면서도 왜 『홀로서기』는 누락된 것일까. 1980년대의 대중적 베스트셀러였던 이 책을 누구나 다 알고 있어서 생략한 것이라고 보기는 어렵다.

문명화한 인간이 잃은 마술적인 친화력의 세계

위정자들이 쏟아내는 거짓과 기만과 반말 등이 모국어의 생태계를 파괴하고 있다. 언어는 뿌리부터 신음해, 비명과 절규와 탄식이 창궐한다. 성정이 거칠어지니, 문체라고 해서 온전할 리 없다. 강바닥을 죄다 긁어 파괴하는 일을 '녹색 성장'이라고 말한다면 이는 실어증이다. 녹색은 생명의 순환을 의미하는데 파괴를 성장으로 분식하고 있으니 이는 명백한 인지 부조화가 아닌가.

이 같은 현실 속에서 생태주의를 역설해온 작가 최성각의 절망은 뿌리 깊다. 그는 "글로써 세상에 대응하던 시간은 곧 글로써 세상이 달라질 리가 없다는 것을 확인한 기간이기도 했다"라고 고백한다. '말'이 파괴된 세상에서 '글'만이 온전할 리 만무한 것이다. 그러나 최성각의 유려한 글쓰기가 언어생태계의 복원에 대한 희망을 강렬하게 암시하고 있음은 분명하다. 그가 출간한 『달려라 냇물아』 『거위, 맞다와 무답이』 『날아라 새들아』를 연이어 읽다 보면, 마음이 평정을 찾고 맑아진다. 다 좋은 책이지만 나는 그 가운데서 『거위, 맞다와 무답이』를 독자에게 권하고 싶다.

『거위, 맞다와 무답이』는 소설이자 동화이며 에세이이자 논픽션이고 동시에 저자의 내밀한 일기 같은 책이다. '맞다'와 '무답이'는 그가 풀꽃평화연구소를 개소하면서 함께 살기 시작한 암수 거위들의 이름이며, 이 책은 2년여의 짧은 생활을 함께한 이들과의 추억에 바쳐진다.

이 어린 거위들과의 만남과 헤어짐 속에서 작가는 생명의 숭고한 본질을 깨닫고, 인간과 자연이 어떻게 우정 어린 친화력을 회복할 수 있는지를 고백한다. 물론 그것이 평화로 점철된 것은 아니다. 작가를 향해 공격적으로 돌진해오는 '맞다'의 기묘한 행동에 거위의 모가지를 움켜잡으며 내뱉는 원망도 있다. 그런가 하면 맞다와 무답이의 숭고한 사랑을 우연히 지켜보는 데서 오는 생명에의 경이도 있으며, 수리부엉이에게 끔찍한 죽음을 당한 거위들의 비극적 운명에 대한 비탄도 이 책에는 공존한다.

이 책 속의 거위들은 맞다와 무답이라는 작가의 명명 속에서 낯선 '거위'가 아닌 사회적 '혈육'이 되어, 참으로 평화롭고 조화로운 삶의 본질에 대해 질문하게 만든다. 작가는 이들과의 동거를 통해 '친화력'이야말로 인간과 자연의 근원적인 심성임을 감동적으로 설득한다.

이 책은 두 해 남짓 함께했던 '거위'에 대한 소설적 회고가 아니다. 오히려 문명화된 인간들이 상실해버린, 오래된 친화력의 세계에 대한 마술적이면서도 부드러운 환기에 가깝다.

어떤 인용의 오류

미국의 언론인인 리처드 솅크먼의 책을 읽다가 '신문이 없는 정부'라는 표현이 나와 밑줄을 그었다. 어디서 많이 들어본 표현이기 때문이다. 생각해보니, 이는 2001년 이른바 '언론사 세무조사' 정국 때, 소설가 이문열 씨가 〈조선일보〉에 발표했던 칼럼의 제목이었다. 이 칼럼에서 이문열 씨는 "국세청이 언론기업의 탈세혐의를 검찰에 고발하는 걸 3개뿐인 방송사가 모두 생중계하고 종일 그 뉴스로 화면을 뒤덮는 걸 보면 유태인 학살을 정당화하는 대국민 선전선동을 연상시킨다"는 경우와 같은 격렬한 수사법을 활용하면서, 사실상 '언론의 자유'가 아닌 '탈세의 자유'를 옹호했다.

그러면서 인용한 것이, 미국의 제3대 대통령 토머스 제퍼슨이 1787년에 했다는 다음과 같은 발언이었다. "나는 신문이 없는 정부, 혹은 정부가 없는 신문 중 어느 한쪽을 선택해야 한다면 한순간도 주저하지 않고 후자를 선택하겠다." 이 주저 없는 단호함만을 보면, 토머스 제퍼슨의 '언론의 자유'에 대한 신념이 대단하다고 하지 않을 수 없다. 그 자신이 행정부의 수반이면서 "정부가 없는 신문"을 선택하겠다니, 언론에 대한 그의 소신이 내게는 참으로 감동적으로 다가왔다. 그런데 리처드 셍크먼의 책이 정작 내게 흥미로웠던 것은, 이 제퍼슨이라는 사람이 철저하게 '말 따로, 행동 따로'의 인간이었다는 날카로운 비판에 이르러서였다. 셍크먼에 따르면, 제퍼슨은 언론 자유를 옹호하기는커녕, 오히려 틈날 때마다 언론에 폭언을 퍼부었고, 더 나아가 권력을 이용하여 정부에 적대적인 신문사들을 폐간시키려 했다. 또한 재임 중 자신을 비판하는 언론사는 명예훼손으로 기소하도록 부추겼다. 요컨대 리처드 셍크먼에 따르자면 제퍼슨은 이문열 씨의 생각과는 정반대로 '신문 없는 정부'를 원했던 대통령의 전형이었던 셈이다. 이쯤 되면, 언론탄압에 앞장섰던 제퍼슨의 발언을 인용하면서, '언론 자유'를 옹호하겠다고 나선 이문열 씨의 인용은 기막힌 모순이 아닐 수 없다.

이와는 무관하게, 나는 셍크먼의 책을 읽으면서 나 자신과 관련하여 다음 두 가지 생각을 해보았다. 첫째, 제발 '말 따로, 행동 따로'의 인간은 되지 말자. 둘째, 글을 쓰다 보면 나도 자주 '인용'을 하게 되는데, 적어도 '맥락' 없는 인용의 오류를 범하지 말자. 뭐 이런 것이었다.

성희롱의 문학적 탐구

최근에 흥미로운 소설을 한 편 읽었다. 교수에 의한 여대생 성희롱 사건을 소설화한 신승철의 『크레타 사람들은 거짓말을 하지 않는다』라는 작품이 그것이다. 한국사회에서 성희롱 및 성폭력은 지속적으로 반복되는 중대한 사회적 문제이다. 그런데 지금까지 이것을 소설의 주요한 소재로 탐구하는 작품들이 나오지는 않았다. 그러던 차에 신승철의 소설을 읽을 수 있었던 것은 아주 반가운 일이었다.

물론 이 소설은 성희롱에 대한 법률적 단죄를 위해 쓰여진 것은 아니다. 때문에 사건을 둘러싼 '피해자 중심주의'의 시각이 드러나지 않는다. 대신 이 소설은 하나의 사건을 둘러싼 이해당사자들의 관점을 '공문서 양식'을 통해 다채롭게 조망함으로써, 각각의 주장 속에 내포되어 있는 다양한 정서적 파문과 논리적 모순들, 그리고 특정한 제도 속에 속해 있는 인간 군상의 납득하기 힘든 욕망들을 만화경처럼 풀어놓는 데 집중하고 있다. 소설의 결론 역시 열린 결말을 취하고 있다. 성희롱 사건이 발생했다면, 피해자와 가해자가 존재해야 될 터인데, 이 소설을 끝까지 읽다 보면 도대체 누구의 말이 진실인지 확신하기 힘들다. 소설의 제목에서 암시되는 것처럼, 각각의 인물들이 주장하는 '진실'이라는 것들이 혹 거짓말이 아닌가 하는 생각이 들 정도로, 사건은 미궁 속으로 빠져든다. 피해자라고 주장했던 여학생은 자신의 주장의 진실성을 입증하기 위해 자살하고, 가해자로 규정되었던 대학교수는 유서를 쓰고 행방불명되는 것으로 소설이 종결된다.

그러나 소설에서의 복잡한 고민과 달리, 우리가 살고 있는 현실에서의 진실은 단순하다. 피해자가 있다면 가해자는 분명 존재하는 것이니까. 교수에 의한 학생 성희롱 사건이 발생했다면, 그것은 일단 불균등한 권력관계에서 자행된 것이라고 할 수 있다. 이것은 직장 내 성희롱에서도 마찬가지이다. 물론 성희롱 및 성폭력 가해자는 그것을 정당화하는 '상황논리'를 들먹이기 마련이다. 야만적인 것은 성희롱 사건이 발생할 경우, 그것의 증명을 피해자가 떠맡게 되는 현실상황이다. 대개의 성희롱이 비교적 은밀한 형태로 자행되고, 또 객관적 증거를 확보하기 어려운 상황에서 피해자에게 명백한 증거를 강요하는 것은, 많은 경우 또 한 번의 정신적 폭력에 피해자를 노출시키는 것이다. 대학은 물론 직장에서 성희롱 사건이 발생했을 때, 사태의 해결을 불가능케 하는 또 하나의 요인은 '조직 이기주의'다. 성희롱 사건이 확대되어 사회적 문제가 될 경우, 그 사건이 일어난 조직의 명예에 치명적인 타격을 가하기 때문에, 내부에서 조용히 해결해야 한다는 시각이 지겹도록 제기된다. 그런데 조용히 해결하자는 이야기는 사건을 은폐하자는 것과 다를 것이 없다. 이 소설 속에서도 이러한 정황들이 흥미롭게 묘사되고 있다.

성희롱 및 성폭력의 문제는 남성지배 사회의 추악한 단면이면서, 여성 인권에 대한 야만적인 부정이라고 할 수 있다. 이토록 중요한 문제가 이제 와서야 문학적 테마로 등장했다는 것은 다소 기이한 일로 생각되나, 어쨌든 반가운 일임에는 분명하다.

광장에서 쌓이는 교양

서재인이 교양인인 것은 아니다. 그러나 교양인은 서재인이 될 확률이 농후하다. 이런 요지의 문장을 읽은 것은 이광주 인제대 명예교수(서양사)의 『교양의 탄생』에서였다. 한국에서 문화사 연구가 본격화한 것은 2000년대였는데, 일찍부터 이광주 교수는 유럽의 문화사와 지성사를 소개하고 연구해왔다. 지금은 절판된 루이스 A. 코 저의 『살롱, 카페, 아카데미』의 번역자로 저자의 작업을 처음 알게 되었다. 이 책은 유럽에서 근대적 공론장이 살롱·카페·아카데미와 같은 시민적 친교의 장소에서 형성되기 시작했다는 점을 매우 풍부한 사례를 원용하면서 경쾌하게 설명한다.

이 책을 읽다 보니 학교 주변의 카페와 주점에서 열띤 세미나를 벌이던 청년 시절의 기억이 떠오르기도 했다. 세미나라고 했지만, 불혹이 넘은 현재의 관점에서 보자면, 그 장소의 풍경은 지적 갈증보다는 우리가 '불행 대결'이라고 조소하듯 명명했던 '너절한 가족사와 더러운 정치 현실에 대한 절규'가 대부분이었다고 기억된다. 과연 그런 중구난방의 술주정이야말로 청년기에 거쳐야 하는 지적 성숙의 통로였을까?

『교양의 탄생』을 읽으면서 확인할 수 있는 간명한 사실은 참다운 교양인의 풍모라는 것은 싸늘한 서재에서 창백한 손끝으로 페이지를 넘겨가는 평정에서 오는 것이 아니고, 광장과 살롱에서 벌이는 정열적인 대화를 통해 배양된다는 점이다. 지知에 대한 사랑이란 광장과 대화에 대한 욕망과 떼어놓을 수 없다. 그러니 인류사의 위대한 철인哲人이나 성인聖人은 하나같이 걸으면서 생각하고, 먹고 마시면서 골똘하게 대화를 나눴던 게 아닌가.

향연饗宴으로 번역되는 고대의 심포지엄 역시 오늘과 같이 '문어체의 논문 읽기→형식적인 토론→갑시다 뒤풀이로'의 분절이 아니라, 광장에서 먹고 떠들면서 세상에 대한 의문과 해명을 흥겹게 벌이는 것을 의미했다. 그런 점에서 보면, 오늘날의 지식사회란 '심포지엄'은 많은데 제대로 된 '향연'은 부재하는, 기묘한 서재인들의 공동체인 것이다.

『교양인의 탄생』은 유럽적 인문주의의 계보학적 탐색을 보여주되, 그것을 개념화하거나 추상화한 담론으로 고정하지 않고 생생히 실감할 수 있는 에피소드적 구성을 통해 전개하기 때문에, 좋은 소설책을 읽듯 흥미롭게 읽을 수 있는 책이다. 그러면서도 이 책은 교양 개념의 형성 과정에 깃들어 있는 문화사적 단층에 대해서도 흥미진진하게 서술한다. 고대 그리스 철인들의 세계가 중세의 교부철학에 의해 억압되고, 그것이 다시 르네상스 이후 세속적 인문주의에 의해 극복되다가, 근대에 이르러서는 민족주의와 공화주의와 결합되고, 그것이 다시 시장권력과 자본에 의해 재편되는 상황까지,

지성과 교양의 역사를 종횡무진 횡단한다.

아쉬운 것은 프랑스혁명 이후 민중의 지적 성장과정에 대한 탐구가 다소 미약하다는 점이다. 아직 '시민'이 되지 못한 '인간'에게 대저 교양이란 무엇이었는가 하는 질문.

'후일담'이라는 용어를 폐기하자

소설가 방현석이 '황순원문학상'을 받았다. 그간 뛰어난 작품활동에도 불구하고, 상대적으로 문학사적 평가의 장에서 소외되었던 작가에게 이 상이 주어졌다는 점은 내게 매우 흥미로운 사건으로 느껴졌다. 그러나 나는 두 가지 점에서 불편했다. 〈중앙일보〉에서 시행하고 있는 '황순원문학상'이란, 말도 많고 탈도 많은 '미당문학상'의 문제점을 은폐·분식하는 기능을 하고 있는 것이 아닌가 하는 불편함이 첫 번째 이유였다. 두 번째 이유란 방현석의 수상작인 「존재의 형식」에 대한 심사평들이 흥미롭게도 '후일담' 운운하는 식으로 전개되고 있음이 그것이었다.

특히 '후일담' 운운하는 심사평을 읽어보면서, 나는 이 용어가 이제는 폐기될 필요가 있다는 생각을 강하게 했었다. 그것은 두 가지 이유 때문이었다. 첫째, 많은 경우 '후일담'이란 표현의 용례는 우리의 현장비평에서 80년대 운동경력이 있던 작가들의 자기부정, 사상적 전향, 90년대적 현실에의 투항이라는 이미지와 결합되어 사용되었다. 둘째, 게다가 후일담이라는 용어는 논리적으로 볼 때에도 '개념어'로 승격될 만한 정의의 엄밀성조차 내포하지 않은 용어로 생각되었다. 그 이유를 나는 방현석과 베트남 시인 반레와의 인터뷰 글에서 이렇게 제시한 바가 있다. "후일담이란 조어는 '현실'은 사라지고, 이제 현실에 대한 '잔상'만이 남아 있다는 비관주의를 기본으로 한 발상법이라 할 수 있는데, 그런 비관주의의 자장 아래서 사고한다면, 90년대의 현실이란 물 위의 개구리밥처럼 '뿌리 없음'을 특징으로 한다."

바꿔 말하면 '후일담'이란 용어는 80년대에 정력적으로 진행되었던 진보적 실천행위를 냉소적으로 부정할 뿐만 아니라, 동시에 우리가 살아가고 있는 90년대 이후의 현실을 환멸적으로 추수하게 하는 이데올로기적 효과를 내포하고 있다는 것이 나의 판단이다.

이 용어가 위험한 것은 거기에 내포되어 있는 '인간관'에서도 잘 나타난다. 평론가 김윤식은 소설가 김영현의 단편소설 「벌레」를 거론하면서, 이 소설이야말로 인간은 '이데올로기적 존재'라는 인식에서 '벌레와도 같은 존재'라는 인식의 전환을 가능케 했다며 경탄해 마지않았다. '인간=벌레'라는 인식은 반휴머니즘인 동시에 역사 허무주의라고 할 수 있으며, 이러한 인식이 극대화될 때, 종국에 산다는 일은 통제 불가능한 욕망 속에서 버둥거리는 것에 불과하다는 결론이 제출된다.

이러한 도식에 따르자면, 80년대의 소설은 '현실+이데올로기'의 산물이고, 90년대의 소설은 '일상+욕망'의 산물이라는 도식도 가능해지는데, 문제는 '후일담'이란 용어를 통해서 전자는 '철 지난 구닥다리'의 서사적 상투형으로 배격되고, 후자는 적극적으로 승인되는 이데올로기적 효과에 있다. 여기서 흥미로운 것은 그 말도 많고 탈도 많은 '근대' '탈근대' 논법이 이러한 비평적 관점에 노골적으로 삼투하고 있다는 점에 있다. 거기에는 현실 소비에트 블록의 붕괴에서 자본주의의 영구적인 승리가 확인되었으므로, 바야흐로 역사의 진보는 끝장났다는 우파 이데올로그들의 '역사종말론', 바꿔 말하면 자본주의의 천년왕국을 찬미하는 무뇌아적 현실추수주의가 개입되어 있다.

'후일담'이라는 용어가 갖는 또 하나의 문제점은, 80년대에 진보적 문학운동에 적극적으로 가담하였고 90년대에 이르러 전시대를 창조적으로 성찰하면서 동시에 대안적 문학 실천논리를 계발하고자 했던 진보적 문인들의 '자체반성'을 냉소적으로 부정하게 만드는 또 다른 이데올로기적 효과를 창출했다는 점에 있다. 80년대 후반 현실 소비에트 블록의 해체 이후, 진보적 문인집단이 깊은 고뇌의 시간을 가짐으로써 분명해진 것은, '관념적 급진화'라는 전시대의 문학적 인식과 실천의 문제점을 지양하면서, 동시에 변화된 현실을 어떻게 자신들의 문학 속에 효과적으로 수용하면서, '해방의 문학'을 갱신할 수 있는가 하는 미학적 프로그램의 계발 필요성이었다. 이를 위해 비평가들과 작가들에게 필연적으로 요구되었던 것은 자신들이 열정적으로 활동했던 80년대 문학공간에 대한 '비판적 성찰'이었다. 물론 '비판적 성찰'이라는 이 말은, 결코 과거에 대한 '전면부정'을 의미하는 것이 아니었음에도 불구하고, '후일담'이라는 용어의 등장으로 말미암아, '과거부정'의 뉘앙스로 잔뜩 분칠되었던 것이 이후의 사태진행 과정이었다.

이에 대해서는 최근 '아름다운 작가상'을 수상한 소설가 김남일이 『한겨레21』과의 인터뷰에서 했던 다음과 같은 발언도 참고하는 것이 좋겠다.

평론가들은 이런 소설에 '후일담 소설'이라는 딱지를 붙이고 지나간 시대에 대한 향수나 아련함만 담는다는 비판을 많이 했지만 나는 거기에 새로운 길목에 선 작가들의 글쓰기와 실존에 대한 고민들도 담겨 있다고 생각한다. 또한 1980년대 우리가 살아온 과정과 이야기를 송두리째 쓸모없는 것으로 비난하고 버려서는 안 된다고 느낀다.

우리는 위의 인용문 가운데 "새로운 길목에 선 작가들의 글쓰기와 실존에 대한 고민들"에 주목할 필요가 있다. 이 유의미한 성찰의 과정을 '후일담'이란 조어는 지금까지 언급한 바에서 알 수 있듯 냉소적으로 격하시켰던 것이다.

그렇다면 이제 중요한 것은 90년대로부터 지금 현재까지의 현실을 어떻게 규정할 수 있는가의 문제다. 올바른 현실인식이 있어야 정교한 미학적 실천의 카테고리도 설정할 수 있지 않겠는가. 이 부분에 대해서 이야기하자면, 더욱 많은 지면이 필요하겠지만 내가 다른 지면에서 거론했던 다음과 같은 발언을 인용하는 것으로 일단 대체하겠다. 이런 내용이다.

"흔히 오해되듯 90년대는 80년대의 '결여형'으로서의 '후일담'의 시대가 아니다. 이 시기는 전통적인 소수자로서의 민중의 존재와 함께, 새로운 일군의 소수자들 – 동성애자, 홈리스, 여성, 자발적 무위도식자, 반제도적 청소년들, 이주 노동자 등 – 이 광범위하게 출현한 시기이다. 또한 이 시기는 이념적으로는 민중적인 것과 수구적인 것의 대립에, 신좌파와 신자유주의의 대립이 더해져 사회적 갈등이 복수적으로 심화된 시기이기도 하다. 90년대를 '결여형'이 아닌 갈등의 '복수형'으로 파악하는 것은 문학적 투쟁의 전선이 해소된 것이 아니라, 다변화되고 오히려 확대되어가고 있음을 환기시킨다. 전태일이 죽어간 바로 그해에 태어난 내 눈 속에, 오히려 더 많은 전태일이 보이는 것은 그런 까닭이다."

그러니, 이제 '후일담'이라는 용어는 폐기돼야 한다.

비평을 읽지 않는 몇 가지 이유

아주 난감한 질문이 던져졌다. 도대체 독자들이 비평을 읽지 않는 이유가 무엇이냐는 물음이 그것이다. 비평을 필생의 업으로 결심하고 실천하고 있는 비평가 자신에게 이러한 질문이 던져졌다는 점에서, 그 질문은 내게 가혹하게 느껴진다. 그러나 가혹한 운명 앞에서 때때로 우리들의 실존은 마술적으로 단련된다. 갑작스럽게 던져진 물음 앞에서 내가 할 수 있는 일이란 혼신의 열정으로 이 상황과 싸우는 일일 것이다. 얼마간 내가 생각해본 다음의 대답은 그 싸움의 내적 기록인 셈이다.

① '인식의 새로움'에 기여하는 비평을 발견하기 힘들다

좋은 비평은 그것을 읽는 독자들에게 각성된 인식이 촉발하는 지적 쾌락을 선사한다. 그것이 가능하기 위해서는 관습적이고 상투적인 사유로부터 자유로울 필요가 있다. 비평가들의 수사학적 관용구 가운데 '전복적 책읽기'라는 말을 우리는 자주 발견하게 되는데, 사실상 오늘날의 현장비평에서 그러한 관용구에 대응되는 비평 태도를 발견하는 것은 대단히 어려운 일이다. 나른하게 쓰여진 많은 비

평들이 독자들에게 제시하고 있는 것은 '관습적 사유에의 함몰' 태도이다. 좋은 비평은 '입장의 낯설기 효과'를 적극적으로 활용한다. 읽기에 있어서의 전복성이란 인식의 차이를 극대화하는 데서 가능해질 수 있다. 그런데 현장에서 발표되고 있는 많은 비평들이 갑남을녀라면 누구나 한번쯤 생각해보았음 직한 관습화된 시각에 멈춰 있는 경우가 많다. 사정이 이러하니, 독자들이 구태여 아까운 시간을 투자하여 비평을 읽을 이유가 어디 있으랴.

② '육성'이 담겨 있는 비평을 찾기 힘들다

내가 철저하게 비평의 독자였을 무렵, 그러니까 비평가로 공식적으로 등단하기 직전에 읽었던 비평들 가운데 가장 깊은 감동을 느꼈던 것은 싸늘한 분석적 논리에 기반한 것들이 아니었다. 나는 비평에서 비평가 자신의 고통스러운 '육성'을 발견하는 것에서 희열 비슷한 느낌에 빠져들곤 했다. 그런 비평들은 많은 경우, 작품 안으로 깊이 파고들어가는 과감성보다는 작품 앞에서의 절망을 뻔뻔스럽게 때로는 다소 숙연하게 밝히는 것에서 감동의 빛을 발했다. 독자들이 비평에서 읽고 싶어 하는 것은, 비평가들이 자주 오해하는 것처럼 작품의 흔적이 아니라, 비평을 쓰고 있는 비평가 자신의 체취이자 육성이다. 그런데 그것은 많은 경우 다수결의 동의가 아닌, '고독한 편견'이 발하는 뜻밖의 진실에 속한다. 비평에서 육성이 사라질 때, 한 편의 평론은 수학능력시험 대비용의 문학자습서와 비슷한 운명으로 전락한다.

③ '지식 잡화상'과 같은 비평가의 태도도 문제다

문학비평은 필연적으로 잡식성의 장르가 될 수밖에 없다. 문학비평이 대상으로 하고 있는 작품이라는 것이, 우리가 살고 있는 현실 전체를 자신의 탐사지로 삼고 있기 때문에, 그것을 조명하는 비평 역시 제도적으로 주어진 지식의 경계를 뛰어넘는 것을 당연시한다. 그런데 이러한 태도가 비평가의 예리한 자각 없이 자동화될 때, 비평가들은 어처구니없는 '지식 잡화상'으로 전락한다. 한마디로 비평이 지식 땜질의 기술적 언어로 전락한다는 말이다. 지식잡화상으로 전락한 비평은 상식의 눈으로 바라보아도 능히 해독 가능한 일차원적 문제를, 체감할 수 없는 추상적 개념어로 덧칠하는 것이 마치 비평의 의무인 양 '현학성'을 극대화한다. 작품 자체가 도저히 호평을 가할 수 없는 수준의 것일지라도, 지식 잡화상인 비평가는 기이한 열정으로 자신이 보유하고 있는 잡다한 지식을 동원하여 언어의 지랄탄을 쏘아댄다. 독자들은 이러한 비평에서 자신의 무식이 추궁당하는 느낌에 빠졌다가, 시간이 지나 그것이 한갓 언어의 사기술에 불과했다는 것을 발견하고는 비평에 대한 자신의 시선을 거두어들인다. 무관심이 복수인 것이다.

④ 비평적 평가에 대한 불신도 문제다

개별 작품들에 가해진 비평적 평가에 대한 독자들의 불신도 심각한 문제로 판단된다. 사실상 90년대 이후의 우리 비평은 비유컨대 '뻥튀기 담론'으로 일관해온 것은 아닌가 하는 우려로부터 자유롭지 못하다. 대형출판사에서 출간되는 거의 모든 작품들이 문제작으로 언급되었으며, 주요 문학매체에 발표되어 문학상의 수상작이 되었던 거의 모든 작품들이 한국문학의 '축복'이니 '기적'이니 하는 헌사에 기꺼이 노출되었다. 문제는 이러한 헌사에 일말의 신뢰를 표시하면서 해당 작품을 읽었던 독자들이 느껴야만 했던 배신감의 누적이다. 많은 경우 앞에서 언급한 과잉된 헌사들은 한국비평을 구조화하는 '주례사 비평'의 토양으로부터 배태된 것이라고 할 수 있는데, 그 누이 좋고 매부 좋은 문인들 간의 언어적 카르텔이, 독자 편에서는 비평에 대한 전면적인 불신으로 전화되었던 것이다. 비평의 주요한 기능 가운데 하나가 '가치평가'의 문제라고 할 때, 이에 대한 불신의 심화라는 현상은 비평의 존재근거를 그 근저에서부터 위협하는 상황이라는 점에 문제의 심각성이 있다.

⑤ 비평에 있어서의 '현장성' 또는 '논쟁성'의 상실도 문제다

비평의 주요한 매력 가운데 하나는 치열한 상호논쟁의 전개에 있다. 독자들은 한 가지 사안에 대한 개별 비평가들의 상이한 관점을 지켜보면서, 자신이 견지하고 있었던 관점을 수정하고 보충하는 것을 기꺼이 즐긴다. 비평에 있어서의 논쟁은, 논쟁의 대상이 된 특정한 작품이나 사안이 일도양단 식의 투명한 결론에 도달하기 어려운 상황에서, 오히려 그 난제를 해결해가는 개별 비평가들의 개성적인 시각을 날카롭게 드러낸다. 그런데 90년대 이후 우리 비평에서는 이 매력적인 논쟁적 대화가 실종되어버렸다. 비평이 치열한 논쟁의 태

도를 회피할 때, 결과하는 현상은 '현장성'의 상실이라는 문제이다. 논쟁은 과거를 향해서도 미래를 향해서도 나아갈 수 있지만, 궁극적으로는 동시대를 어떻게 읽고 판단할 것인가라는 문제와 연동된다. 말하자면, 비평가는 논쟁을 통해서 어떤 방식으로든 동시대에 개입하게 된다는 말일 텐데, 비평에 있어 이러한 태도의 상실은 독자 편에서는 문학장文學場에 대한 참여의 열기를 차갑게 식혀버리는 것이다.

위에서 언급한 다섯 가지 사항이 독자 편에서 본 비평에 대한 관심 회피의 원인이라면, 이제 비평가 자신의 고뇌에 대해서도 말할 필요가 있을 것 같다. 현재의 문학독자들은 비평 읽기가 재미없다는 말을 자주 하지만, 그 쓰기의 주체인 비평가들은 비평을 쓰는 일이 요즘처럼 힘든 때가 없다는 말을 자주 한다. 왜 이런 현상이 나타나는 것일까.

수년 전 국내에서 있었던 문학을 주제로 한 국제심포지엄에서 일본의 저명한 문학비평가 가라타니 고진은 자신의 비평과 관련하여 주목할 만한 진술을 한 바 있다. "나는 더 이상 현장비평을 하지 않는다. 일본의 순문학은 더 이상 비평을 요구하지 않기 때문이다. 논의할 작품이 없는데 비평이 존재할 수 있으랴." 대략 이런 논조의 진술을 펼쳤던 것으로 기억된다. 그런데 이러한 진술을 들으면서, 나는 머지않아 한국문단에서도 동일한 고뇌에 빠지는 비평가들이 다수 출현할 것이라고 상상했다. 그것은 현단계의 한국문학의 지형을 참고해볼 때, 우리가 순문학 또는 본격문학이라고 지칭하는 작품군들이 보여주는 역량의 미달현상이 갈수록 심화되고 있는 것처럼 보이기 때문이다.

내 판단에 최근의 한국문학계에서 가장 역동적인 작품활동을 벌이면서, 또 질적으로도 가장 높은 수준의 작품을 생산해내는 사람들은 저널리즘에서 관심을 기울이고 있는 일군의 젊은 작가들이 아니라, 언필칭 4·19세대로 명명되는, 이제는 60대에 다다른 중견작가들이다. 한승원, 이청준, 황석영, 김주영과 함께 한 세대 위라고 할수 있을 박완서 등의 수준 높은 작가적 성취는 그것이 화려하면 할수록, 오히려 젊은 세대 작가들의 문학적 공백은 더욱 커 보인다. 그렇다고 해서, 나와 동세대 혹은 바로 윗세대의 작가들이 창작진영에서 사라진 것은 아니다. 오히려 이들은 과거에는 볼 수 없었던 작품의 '대량생산' 체제를 보여주고 있다. 이제 갓 30대 또는 40대 중반에 이른 작가의 출간작품 수가 10여 종을 상회하는 것도 이제는 흔한 풍경이 되었다. 그런데 문제는 이렇게 대량생산된 작품들이 많은 경우, 개인적인 차원에서는 '동어반복'의 발성법을, 문학사의 차원에서는 '기성품'의 경향을 고스란히 반복하고 있는 경우가 많다는 것이다. 작품의 '양적 축적'이 '질적 비약'으로 이어지지 못하는 이러한 현실 앞에서, 모든 진지한 비평은 그 의욕을 상실한다.

비평이 의욕을 상실하면서 번성하는 것은 스트레이트성의 문학기사와 '상품시'로 명명할 수 있을 출판사의 보도자료의 자극적인 문구들이다. 비평과 기사 사이에 아무런 차이를 발견할 수 없고, 또 그것이 보도자료의 홍보성 문안을 그대로 닮아가고 있는 시점에서,

독자들에게 우리들이 써내려간 비평을 읽어주시라는 주문을 던지는 것은 후안무치한 일이다. 비평가인 나 자신의 입장에서 이 거대한 동어반복과 기성품의 대열에 수사학적인 위장을 통해 편승하는 것 또한 비평가로서의 양심이 용납할 수 없는 일이다. 그렇다면 대안은 비평을 쓰는 일을 중지하거나, 이러한 상황을 초래한 문학상황에 전면적으로 개입하는 일, 이 두 가지가 남는다. 비평이 회생하기 위해서는 작품의 회생이 선행되어야 하고, 그래야만 독자들의 창조적인 개입이 가능해지기 때문이다.

이러한 문제와 함께, 아카데미에 포섭된 비평의 궁색한 현실도 환기될 필요가 있다. 앞에서도 잠깐 언급했지만 나는 비평의 생명은 '동시대적 개입'의 태도, 즉 '현장성'에 있다고 믿는 사람 중의 하나이다. 비평이 동시대에 탄력적으로 개입하기 위해서 가장 필요한 태도는 이론화의 유혹과 현장에서의 거친 언어의 견인력 사이에서 끈질긴 균형을 취하는 태도가 필요하다. 그러나 그것은 아슬아슬한 균형이다. 이러한 태도가 가능하기 위해서는 강단비평과 저널리즘비평의 상호보족적인 관계의 형성이 필요하다. 그런데 90년대를 관통하면서, 우리의 비평은 강단비평에 포섭되었고, 비평의 한 축을 담당해야 할 저널리즘 비평은 거의 실종되는 형국에 이르렀다. 특히 비평의 강단으로의 실종은 대단히 심각한 문제를 파생시켰다. 강단비평의 노골화된 생리라는 것이 미끈한 이론화와 가치중립적인 객관화에 있기 때문에, 그것은 필연적으로 형성 중에 있는 비평가의 개성을 말살시킨다. 비평이 보수적인 아카데미 제도 속에 학문적으로 편입됨으로써, 이론의 외양을 취하고 있는 담론은 번성하지만, 그 번성하고 있는 담론의 현실대응력은 심각하게 약화된다. 이러한 문제점을 타계하기 위해서는 저널리즘 비평이 활성화됨으로써, 강단비평의 제도화와 맞서는 긴장관계가 조성될 필요가 있다. 그러나 오늘날 문학출판을 포함한 저널리즘 지형에서의 비평적 실천은 미미하기 짝이 없다.

왜 이런 현상이 벌어지는 것일까? 나는 비평가의 '생존조건'이라는 문제가 이 부분에서 심각하게 음미될 필요가 있다고 생각한다. 오늘날 한 사람의 비평가가 되기로 결심한 사람이, 자신의 문학적 신념과 삶의 의지를 관철시키기 위한 최소한의 조건을 확보할 수 있는 공간은 '아카데미'를 제외하고는 찾아볼 수 없다. 문학출판을 포함한 저널리즘 현장에서 비평가들의 안정적인 생존은 거의 불가능하다. 게다가 비평의 언어가 자본주의적 교환 시스템에서 상품성을 갖고 있는 것도 아니다. 자기 비평의 생존을 위해 많은 비평가들은 아카데미 시스템에 포섭되거나 수혈되는 것을 자연스럽게 생각한다. 그런데 그 포섭과 수혈의 과정은 모든 제도화의 메커니즘이 그렇듯 관료제적 순응 장치에 적응할 것을 요구한다. 만일 아카데미라는 공간의 외부에서, 비평가가 최소한의 글쓰기 조건을 확보하면서, 자신의 발언을 계속할 수 있다면, 오늘날 비평을 둘러싼 집단적인 무기력과 타매의 분위기도 얼마간 지양될 수 있을 것이다.

일본의 '아이러니'를 읽다

　　근대문학이 일본과의 주체적·비주체적 교섭 과정에서 성립된 것이기 때문에 일본과 관련한 저작을 꽤 꼼꼼히 읽어왔다. 개인적으로도 일본은 내 조부의 장년기, 내 부친의 유년기 삶의 공간이어서 낯선 곳이라 할 수 없다. 후쿠오카에서 신칸센을 따라 도쿄로 향할 때, 나고야에서 간혹 상념에 잠기곤 하는 것은 그런 내력 때문이었을 것이다.

　　권혁태 교수(성공회대)의 『일본의 불안을 읽는다』는 한국의 사회과학자들이 써내려간 '일본론' 가운데 가장 생생하고 또 인상적인 시각을 발견할 수 있었던 책이다. 이 책을 읽으면서 느끼게 되는 것은 '일본의 불안'의 핵심에 '아이러니'가 있다는 사실이다.

　　아이러니는, 원하는 행동은 이것인데 실제로 나타나는 결과는 그것과 정반대인 인물과 상황에 대한 풍자가 주된 동력이다. 물론 일본 역사를 이 아이러니만으로 환원해서는 안 될 것이다. 그렇지만 현대 일본사의 전개 과정 자체가 그런 아이러니로 충만하다는 사실 또한 부정하기 어렵다.

　　가령 메이지 유신 이후 일본의 국가 발전 전략은 '아시아를 벗어나 유럽으로(탈아입구脫亞入歐)'였으나, 그 결과는 무력에 의한 아시아 지배로 귀결되었다는 저자의 지적이 그런 경우다. 어떤 차원에서 보면 패전 이후 점령국 미국이 일본에 '평화헌법'을 이식했지만, 오늘에 와서는 도리어 일본의 재무장을 촉진하고 있는 상황 역시 일본 현대사의 중대한 아이러니다.

우리 시각에서 생각해보면, 전후 일본의 지식인들이 설파한 '일억총참회—億總懺悔(식민지인을 포함한 일본제국 신민이 참회해야 한다는 것)'라는 구호도 아이러니다. 그 1억 속에는 엉뚱하게도 한반도의 '조선인'이 포함되어 있었으니까. 이런 아이러니는 부지기수다. 가령 1960년대 급진적 좌파 학생운동 세력 '전공투'가 퇴폐적 심미주의자에서 극단적인 극우파로 전향한 미시마 유키오를 초청해놓고 의기 투합하는 장면이 그러하다.

사실 일본이 전후 청산 과정에서 보인 아이러니의 극점은 전범인 일왕이 패전 이후에 전혀 역사적 책임을 짊어지지 않았다는 것, 한국전쟁 덕에 경제를 부흥시켰던 일본이 '북조선'에 대한 전도된 적개심과 공포를 확대 재생산함으로써, 오늘의 동아시아 체제에서 여전히 미국의 파출소 구실을 하고 있다는 점에 있을 것이다. 말하자면 일본은 여전히 제스처로서의 '탈아입구'에 매몰되어 있다.

그러나 이 책은 그런 일본의 아이러니를 문화사적으로 박진감 넘치게 해명하는 데서 멈추지 않는다. 실로 이 책을 읽으면서 "아, 멋진 책이군" 할 수 있는 이유는 이런 국가적 아이러니를 지양하기 위해 온몸으로 싸우고 있는 풀뿌리 민중의 현실을 매우 진지하게 조명하고 있기 때문이다. 가령 나리타 공항의 건설 과정에서 시작해 현재에 이르기까지 그 투쟁을 멈추지 않고 있는 주민운동의 현황, 오키나와로 상징되는 일본적 내셔널리즘의 폭력성, 풀뿌리 단위에서 전개되는 반핵 평화 투쟁의 전개 과정에 대한 입체적인 소개는 일본 역사를 큰 틀에서 맥락화한 시각이 동반되었기에 생생하고 또 감동적이다.

그러나 이 책을 읽으면서, 우리들은 역설적으로 한반도의 현실로 되돌아온다. 일본에 비추어본 한국의 현실은 어떠한가. 어쩌면 일본 못지않은 불안과 트라우마로 충만한 곳이 바로 한국이 아닐까.

노년의 욕망 꿰뚫는 성숙한 시선

첫 창작집을 냈다면 그는 신인 작가일까. 그럴 수도 있고 아닐 수도 있다. 『오피스텔 토마토』의 작가 정혜련이 그런 경우다. 1996년 「월간문학」 신인상으로 등단한 이 작가는 무려 13년 만에 첫 창작집을 출간했다. 작가로서는 꽤 긴 세월을 침묵 속에서 보낸 셈인데, 소설을 읽다 보면 그 침묵의 시간이 오히려 작가적 역량을 날카롭게 벼려나갔던 인내의 시간이었음을 알 수 있다.

이 작품집에 수록된 단편 아홉 편 사이에 질적 편차는 거의 존재하지 않는다. 대개의 작품이 일상에 대한 여성 인물의 내면적 고뇌와 심리적 불안을 섬세하게 서사화하고 있지만, 요즘 소설에서 흔히 접하는 감정 과잉이나 독한 에고이즘은 보이지 않는다. 반면 견고한 일상의 안팎에 존재하는 희비극적 상황에 깃든 갈등의 복잡성을 거리를 두고 끈질기게 탐색하는 원숙한 시선이 돋보인다.

정혜련의 소설에서 특히 돋보이는 것은 노년의 삶에 대한 성숙한 탐색 태도이다. 한국 소설에서 노년의 삶이란 박완서의 경우를 제외하면 소설적 공간에서 극히 희박한 비율을 차지한다. 한국 소설에 묘사된 세계는 대부분 청년의 모험과 욕망으로 점철된 것이어서,

현실에서와 마찬가지로 노년 세대는 소외되어 있다.

근대 이후의 인간에게 늙어간다는 것은 일종의 '잉여 인간'이 된다는 것으로 표상되어왔다. 노년의 삶을 장악하는 소외와 와병과 죽음이라는 부정할 수 없는 인간 운명의 드라마는 그렇게 미끈한 문명화 과정 속에서 은폐되곤 했던 것이다. 그러나 정혜련은 「컴퓨터의 집」과 「당신의 증거」라는 탁월한 작품을 통해 노년에도 욕망은 결코 죽지 않을 뿐 아니라 치매를 포함한 고통스러운 노화와 쇠락의 운명 속에서도 인간됨의 존엄과 품위를 잃지 않으려는 삶의 투쟁은 오히려 더 강렬하다는 사실을 소설을 통해 감동적으로 증명한다.

흥미로운 것은 소설에 등장하는 거의 모든 젊은 인물이 추억과 회상에 수동적으로 젖어 있는 반면, 노년의 인물은 대개가 행동주의자라 명명해도 될 정도로 자기 운명에 대한 결단과 선택을 능동적으로 감행하는 존재로 그려지고 있다는 점이다. 회한에 잠긴 내성적인 젊은 축과 좌충우돌하는 행동주의 속에서 자신의 운명을 결단하는 노년 세대에 대한 작가의 대조적인 시선은 이채롭기도 하고 개성적이기도 한 것이다.

기억해 둘 두 이름-김진석과 복거일

적어도 문학비평의 영역에 한정시켜 말한다면, 2003년은 전 문단이 혼신의 열정으로 논쟁을 진행했던 쟁점이 뚜렷이 부각되지 않은 한 해였다. 문학비평계가 일종의 '조정국면'을 통과하고 있다고 해석될 수 있는 부분이다. 물론 이 와중에도 과거에 촉발된 논쟁에 대한 추가적인 논의가 얼마간 진행되었던 것이 사실이다.

먼저 미당 서정주의 문학에 대한 평가의 문제를 둘러싼 논의가 2003년에도 지속되었다. 미당 서정주의 시를 국정교과서에서 제외시킨 문제를 둘러싸고 논쟁이 있었고, 미당 문학의 친일적 성격과 이에 대한 문학사적 평가의 문제를 둘러싸고도 논의가 진행된 바 있다. 현재의 평단의 성격과 비평의 의미를 '비판적 글쓰기' 진영과 '문학주의' 진영으로 이분화한 한 비평가에 대해 여타 비평가들의 반론이 제기되기도 하였다. 몇몇 문예지에서는 현단계의 시비평의 문제점을 거론하는 비평이 특집으로 실리기도 하였는데, 비판의 대상이 된 당사자들의 후속 논의가 진행되지 않아 논의의 심화와 확산에는 이르지 못했다.

문학의 영역을 뛰어넘어 인문학 전반으로 시야를 확대해볼 때도, 뜨거운 '공통의 의제'를 발견하기는 어려웠던 것으로 보인다. 인문학 전반 역시 문학비평계와 마찬가지로 일종의 '조정국면'을 거치고 있다는 조심스러운 판단을 내려야 할 듯하다. 그러나 내 판단에 적어도 다음 두 사람의 비평적 작업은 뚜렷이 기억할 필요가 있을 듯하다.

　나는 우선 철학자 김진석의 비평에 주목할 필요가 있다고 생각한다. 그간 『사회비평』지의 주간으로 활동하면서 진행했던 비평들을 갈무리한 『폭력과 싸우고 근본주의와도 싸우기』가 출간되었다. 제목에서도 나타나는 것이겠지만, 이 책은 현단계의 한국사회에서 지식인들의 유의미한 담론적 실천이 일체의 '근본주의'와의 싸움에 있다는 것을 분명히하고 있다. 그가 이론적 근본주의자로 거론하고 있는 임지현, 문부식, 박노자에 대한 비판의 각도는 섬세하게 보자면 차별적이지만, 대체로 파시즘 개념의 무분별한 확장이 초래할 수 있는 담론의 '이론적 모순'과 현실에 대한 '무책임성'에 대한 가장 날카로운 비판의 형식을 띠고 있다는 점은 적극적으로 존중될 필요가 있다. 가령 이런 지적이 그렇다. "세상의 모든 폭력을 없애야 한다거나 우리 안의 모든 폭력을 근절해야 한다는 근본주의는, 그 엄숙한 화려함에도 불구하고, 사회적 현재 속에서는 얼마든지 공허하고 무책임할 수 있기 때문이다." 개인적인 판단을 노골적으로 드러내는 것이 가능하다면, 나는 김진석의 비평을 2003년 한 해 가장 뛰어난 비평 가운데 하나로 평가하고 싶다.

또 한번 개인적인 판단을 선명하게 드러내자면, 가장 최악의 비평적 작업을 수행한 인물로 나는 소설가 복거일을 꼽을 수 있다고 생각한다. 그는 530여 쪽에 이르는 『죽은 자들을 위한 변호』라는 책에서, 엉뚱하게도 친일파를 '소수파'로 규정하면서, 이들에 대한 역사적 책임을 묻는 행위를 중단해야 한다는 기괴한 주장을 펼쳤다. 그런데 이 책에서 제기되고 있는 복거일의 주장은, 일본의 우경화 바람에 편승해 일본 내에서 베스트셀러가 되었던 김완섭의 『친일파를 위한 변명』 유와 같은 저작들과 별다른 차이를 찾아볼 수 없을 정도로, '역사의식'을 상실한 자유주의의 지적 허약성을 노골적으로 보여주고 있다는 것이 나의 판단이다. 특히 이 저작에 대한 김진석과 고종석의 비판에서도 알 수 있듯, 이 저작은 역사의식이 거세된 '자유주의'가 다다를 수 있는 '지적 태만'의 풍경을 우리에게 선명하게 보여주고 있다고 판단된다.

비평이란 무엇일까. 아카데미의 세련된 이론화의 유혹과 싸우면서, 동시에 논리화되기 힘든, 그래서 모순으로 가득 찬 현실과도 싸우면서, 그 양자를 박치기시키면서 글쓰기를 통한 유효한 현실적 개입의 방식과 실천적인 목표를 지속적으로 설정하는 행위를 의미할 것이다. 그런 차원에서, 앞으로 우리 비평계가 아름다운 혼란(?)으로 명명될 수 있을 지적 '역동성'을 회복하기를 기원하는 마음 간절하다.

생사의 본질 묻는 '세속적 인문주의'

미국 대학 교육의 종말을 선언한 당사자는 예일 대학 법대 석좌교수 앤서니 T. 크론먼이다. 그는 대학에서 계약·파산·법률학 등을 강의하면서도, 유럽의 전통 인문학 커리큘럼과 정신에 충실한 '지도 연구 프로그램'의 책임자이기도 하다.

1960년대 이후 미국의 대학에서는 인문학이 급격히 위기 속으로 빠져들었다. 거기에는 여러 원인이 있겠지만, 크론먼은 '학술 연구주의'의 극단적인 강화(교수 업적 평가)가 인문학 분야에까지 무제한적으로 관철되었다는 사실을 지적한다. 크론먼의 생각에 인문학은 전문화에 근거한 업적 지상주의와는 전혀 다른 내적 논리를 가진 학문 영역이다.

사회과학과 자연과학은 '객관적 진리'를 '과학적으로' 탐구할 수 있다는 학문적 이상을 내세우나, 인문학은 '삶의 전체적인 의미'를 탐문한다는 점에서 '과학'보다는 '종교'와 더 유사한 성격을 갖고 있다. 그러면서도 인문학은 '죽음 앞에 선 인간'의 유한성에 대한 자각을 '신'의 절대성에 굴복시키지 않은 채 끈질기게 세속적인 삶의 장소에서 삶과 죽음에 대한 질문을 상기시킨다. 이러한 태도를 크론먼은 '세속적 인문주의'로 명명한다.

세속적 인문주의자는 총체적인 삶의 의미라는 근원적인 질문을 던지는 자이기 때문에, 근대 대학이 요구하는 업적 지상주의와 분과 학문의 전문성(학문상의 노동 분업)에 매몰되어서는 안 된다. 그는 새로운 사실이나 정보의 집적과 의미화에 관심을 기울이기보다는 죽음으로 귀결될 것이 분명한 인간에게 '삶의 본질적 의미란 무엇인가'라는 오래된 질문을 던진다.

그러나 오늘의 교육 현실이나 대학 구조 속에서 이런 질문은 '비학문적'이고 '비과학적'이며 '비전문적'인 것으로 간주된다. 인문학자조차 삶의 의미에 대해 학생과 대화를 지속하기보다는 신분 보장과 관련된 업적 평가용 논문 쓰기에 골몰하니, 삶의 무상성에 절망한 사람은 중세와 같이 종교로 귀환하거나 과학기술의 환상적 유토피아에 매몰될 수밖에 없다는 것이다.

크론먼은 심원한 인생 공부를 대학의 인문학 강좌에서 교육해야 한다고 말한다. 대학의 인문학 강좌에 언젠가는 삶의 무상함에 필연적으로 직면하게 될 학생에게 근원적이고 존재론적인 질문을 던져 심원한 인생 공부를 하게 해야 한다는 것이 크론먼의 지론이다. 인문학 교육의 궁극적 목표는 인간다운 삶의 총체적 의미와 전망을 묻는 데 있다. 그런데 이런 질문을 노동 현장에서 끈질기게 탐문하기는 어렵다. 그러니 노동이 유예된 대학 시절에 학생은 체계적으로 삶과 죽음의 의미에 대해 탐문하고 장기적인 인생 철학을 설계해야 한다.

예일 대학에 개설된 '지도 연구 프로그램'은 그런 의욕에서 출발한 체계적인 인문학 강좌다. 이 프로그램에는 사명감으로 충만한 인문학 교수 수십 명이 자발적으로 참여한다. 강좌당 학생 수는 15명으로 엄격하게 제한되어 있고, 학생들은 인문학 고전을 읽고 매주 에세이를 제출해야 한다. 엄격한 면접을 거쳐 해마다 학생 200명이 이 프로그램을 이수한다. 이 강좌의 특징은 성적 평가가 없다는 것이다. 인생의 의미를 묻는 데 성적이란 무의미한 것이니까.

공정무역 실체는 역겨운 장삿속

『녹색평론』 같은 매체를 통해서 천규석 선생의 글을 간간이 읽어온 터이지만, 눈썹에 힘을 주고 저서를 정독한 것은 이번이 처음이었다. 『천규석의 윤리적 소비』는 불편한 진실을 말하는 자의 강단 있는 언어와 추상같은 비판, 현실과 미래의 문명에 대한 고민으로 가득한 책이다.

이 책에서 제기되는 불편한 진실 가운데 역시 논란이 되는 것은 공정무역에 대한 그의 생각이다. 생산자에게 더 많은 이익을 주기 위해 소비자와의 국제적인 직거래를 통해 커피나 초콜릿 같은 기호식품을 소비하는 공정무역 운동이 우리 사회에도 퍽 낯익은 것이 되었다. 언뜻 생각해보면, 오로지 더 많은 이익을 내기 위해 제3세계의 노동자를 착취하는 다국적 기업의 커피나 설탕 산업에 비해, 공정무역의 형태로 생산자의 소득을 더 많이 보전해주는 것이 윤리적으로 보인다. 국내에서도 여러 형태의 시민단체나 생협을 중심으로 공정무역 상품이란 것이 출시되고, 윤리적 소비를 의식하는 소비자에게 판매되고 있다.

그런데 천규석 선생은 그런 공정무역의 확산이 전혀 윤리적인 소비가 아니라고 비판한다. 공정무역이란 결과적으로 보면 히말라야 오지의 산악국가까지 (자급 대신) 세계시장에 예속시키는 데 일조하는데 그런 장삿속을 인도적 지원으로 위장하고 있기 때문에 더 역겹다는 것이다. 천규석 선생은 다른 제조업도 그러하지만, 커피나 사탕수수 같은 대규모 단작농업에 의존하는 기호식품 생산이 유럽의 식민주의를 기초로 하고 있고, 그것이 결국 토착 지역의 자급 구조를 붕괴해 오늘과 같은 수탈적인 경제구조를 만들었다는 점을 자세히 설명한다.

그렇다면 대안은 무엇인가. 일단 토착 지역의 자급자족 구조를 복원하는 것이 우선이라는 것. 동시에 국내의 시민단체나 생협이 공정무역에 앞장서기보다는 도농 간의 농산물 직거래라는 원래 취지를 상기함으로써, 농업의 자급 구조를 확대하는 것이 중요하다고 말한다. 그러나 이때의 도농 직거래가 원거리 거래를 의미하는 것은 아니다. 선생은 먹을거리를 중심으로 지역의 마을공동체 또는 농촌공동체와 노동조합들이 노·농연대를 하는 것이 중요하다고 말한다. 가령 최근 민주노총 부산지역본부에서 시작한 노동자 생협이 그러한 모델에 해당될 것이다.

선생은 최선의 윤리적 소비는 자급자족을 촉진하는 소비이며, 자급자족 구조의 내실화만이 생태적 지속을 가능하게 한다고 말한다. 자급자족이 단지 먹을거리 문제에 그치는 것은 아니다. 자급자족은 민중의 자치를 가능케 하는 근원적 토대라는 것이 선생의 주장이다. 거꾸로 오늘날의 세계 분업적 무역체제나 그것을 뒷받침하는 국가라는 존재는 이 토대를 붕괴시킴으로써만 생존할 수 있는 반인간적 체제라는 것이다.

천규석 선생이 책에서 제기하는 문제는 다만 윤리적 소비에 한정되는 것은 아니다. 어떻게 국가와 자본의 가공할 압력을 거슬러 민중이 스스로의 삶과 민주주의를 보존할 수 있는지의 문제가 이 책에는 거듭 제기된다. 혹자는 이 책에서 제기되는 주장들을 현실성 없는 '근본 생태주의'라고 비판할 수 있겠지만, 곰곰 읽어보면 백척간두에 선 문명의 임박한 파국에 대한 이유 있는 경고라는 사실을 확인할 수 있다.

'숨은 신'의 이면 파헤쳐 식민사관 극복하기

김윤식 교수는 스스로 자신을 '벤허선의 노예'로 표현한 적이 있다. 그는 '필사적으로'라는 표현에 걸맞게 한국 근대문학과 비평의 현장에서 글쓰기를 멈춘 적이 없다. 비유컨대 그에게 '근대'란 '숨은 신'과도 같은 것이었다. 신에 대한 열망이 크고 높을수록, 그것에 도달할 수 없다는 절망은 넓고 깊었을 것이다.

논문과 대담을 모은 김윤식의 『내가 살아온 한국 현대문학사』는 일종의 자전적 고백의 성격도 띠고 있다. 한국전쟁 직후의 폐허와도 같은 현실 속에서, 그가 어떻게 제로 상태의 한국 근대문학 연구에 매진할 의지를 다질 수 있었는지, 또 그 학문적·비평적 실천의 야심은 무엇이었는지를 이 저작처럼 성실하게 보여주는 책은 없다.

이 책의 여러 논문에서 그는 근대문학 연구를 향한 집념의 뿌리에 '식민지 사관'의 극복이 있었음을 밝혔다. 그는 식민지화를 가능케 한 '근대'의 성격과 이념에 대한 지적 탐구 경로를 밝히는 한편, 오늘의 중진 자본주의 단계에 도달한 한국의 정치경제학적 현실 속에서 왜 '소설'에 대한 관심이 '글쓰기'로 전환될 수밖에 없었는가를 논의한다. 소설이야말로 역사적 근대에 조응하는 미학적 양식이었다는 것. 이는 그가 선용하는 게오르그 루카치의 이론이거니와, 오늘과 같은 말기 근대의 성격 변화와 인간적 위엄을 상실한 시민계층의 속물화는 그 미학적 결과로 소설 양식의 쇠락을 초래할 것이다. 1991년 이후의 현실에서 그는 이것을 '인간은 벌레다'라는 명제에서 찾았고, 이것이 소설 양식의 쇠락을 대체한 '글쓰기'에 대한 탐구로 그를 이끌어, 다시 일제 말기와 광복 공간의 '글쓰기'를 야심차게 조망하게 만들었을 것이다.

물론 후학의 처지에서 보면, 김윤식의 '근대'에 대한 시각 역시 또 다른 비평의 대상이다. 가령 그의 '근대 공부'에 충격을 가한 로스토의 『경제성장의 제 단계』 등을 포함한 근대화 이론을 어떻게 볼 것인가 하는 문제가 그 한 예다. 로스토의 근대화론은 김윤식은 물론 1960년대 학계에서 '근대'를 조망하는 유력한 프리즘 구실을 한 것이 사실이고, 일정한 학문적 성과는 물론 경제개발계획의 이론적 원천으로서 실질 효과를 낳은 것도 사실이다.

그러나 로스토의 근대화론이란 실제로는 제3세계에 대해 미국의 지배력을 확보하기 위한 국가정책 프로젝트의 하나로 기획한 기술합리적 통치담론(정일준)이었다. 따라서 그것을 가치중립적 보편 담론으로 간주하는 것은 위험하다. 동시에 분단 이후 남북한 문학사를 기술하는 데 '원리적으로' 통일문학사론은 불가능하다는 시각 역시 논쟁의 뇌관을 품고 있는 주장이다.

'인간 실격' 몰고 온 자본주의 문명화

　　대제국을 건설한 칭기스칸의 신화, 용맹한 유목민들, 적막하게 펼쳐진 사막. 그리고 어떤 이는 슬픈 몽고반점을 기억할지도 모른다. 그러나 또 누군가는 무진장 묻혀 있는 자원을, 실크로드를, 미개척의 낙토樂土를 상상할지도 모른다.

　　그러나 이는 몽골에 대한 환영적幻影的 사고에 불과할 뿐이라고 전성태는 말한다. 그가 최근에 출간한 창작집 『늑대』에는 위에서 우리가 거론한 단편적 이미지가 실은 한국인의 오만한 속물적 사고의 연장에서 출현한 것이라는 점이 거듭 논파되고 있다. 전성태의 소설에 재현된 몽골은 사회주의에서 자본주의로의 급격한 체제 교체 속에서, 결국 심원한 인간의 본질이 한없이 상처받고 붕괴되는 현장으로 묘사되고 있다.

　　그러나 그것이 간단하게 자본주의나 사회주의 이데올로기로 상징되는 체제적 사고에 대한 비판적 분석으로 연결되는 것은 아니다. 그것만이 노골화된다면 소설은 속류사회학에 불과하다. 중요한 것은 체제 변동 속에 끼여 영혼이 찢기거나 분쇄되는 인간의 속물화와, 이에 저항하는 또 다른 사람들의 찢긴 자의식에 대한 섬세한 통찰이다. 물론 거기에는 관찰자인 한국인 역시 포함된다.

이 소설집 속에서 강렬한 배음으로 진동하는 늑대의 울음소리는, 넓게 보면 문명화 과정의 거센 속물적 전개 속에서도 소멸되기를 거부하는 자연의 야생적인 본질과 길들여지지 않는 들사람들의 잃어버린 희망에 대한 강력한 은유라고 볼 수 있다. 그러나 전성태는 그것을 명료한 편집자적 논평을 통해 발설하지 않는다. 그것이 소설의 미묘한 매력을 발휘하게 만드는데, 가령 다음과 같은 작중 몽골 시인의 진술은 암시적이다. "흰 늑대든 검은 늑대든 늙으면 모두 회색 늑대가 된다."

몽골을 거쳐간 사회주의와 자본주의는 '흰 늑대'와 '검은 늑대'의 여과 없는 비타협적 투쟁이었지만, 본질은 '회색 늑대'에 있다는 것. 그러나 회색 늑대로 상징되는 준엄한 자연의 법칙이란 인간들이 끝내 알 수 없는 것이었으며, 결국 오늘의 몽골인은 물론 그곳에 거주하는, 욕망으로 가득한 한국인 모두가 낮은 단계로 전락해버린 게 아닌가 하는 의혹이 이 소설집에서는 거듭 제기된다.

왜 하필 몽골에서 그것을 발견했는가 하고 묻는 사람이 있을 수 있다. 그런 질문에 대해 전성태는 이런 '인간 실격' 상황은 자본주의적 문명화의 예외라기보다는 필연이며, 그럼에도 '회색 늑대'에 대한 믿음과 추구가 살아 있는 한, 삶의 전락을 지연시킬 수 있다고 말한 것인지도 모른다.

일제 말 일본인의 열망과 절망

현대 일본 소설에 대한 한국 독서계의 반응은 양가적이다. 몇몇 예외는 있지만 지식인 독자의 경우는 일본 소설을 과소평가하는 데서 더 나아가 경멸적인 태도를 취하는 경우도 종종 나타난다. 반면 대중 독자들은 한국에 번역되어 나온 일본 소설 한두 편은 흥미롭게 읽어본 경험이 있을 것이다.

어떤 이유로 한국의 대중 독자가 하위 문학으로부터 본격문학에 해당하는 작품까지 흥미롭게 읽는가 하는 문제는 분석할 만한 가치가 있다. 이유는 여러 가지일 것이지만, 현대 일본 소설이 미니멀한 소재에서 출발하되, 그것을 '오타쿠'적인 열정으로 핍진하게 탐구함으로써, 우리가 사는 세계에 대한 비범한 알레고리적 분석과 비판에 능란한 면모를 보인다는 점은 흥미롭다. 소설적 공간과 인물의 생활세계는 과감하게 축소하되, 그 축소된 세계에서 겪게 되는 갈등의 드라마를 보편적인 인간 조건의 한 비유로 제시하는 능력은 탁월한 게 일본 소설의 중요한 특성이라고 생각될 정도다.

그러나 일본 소설이 그런 경향으로만 점철된 것은 아니다. 2009년에 출간된 세노오 갓파의 『소년 H』라는 작품을 읽고 나서 오늘의 일본 소설과 독서계에서도 이른바 역사에 대한 비판적 성찰 능력이 돋보이는 문제적 작품이 간헐적이나마 발표되고 있으며, 이런 작품에 대한 독서열 역시 만만치 않다는 사실이 놀라웠다.

이 소설은 일종의 자전적 성장소설에 해당하지만, 작중인물의 성장기가 중·일 전쟁기인 1937년에 시작되어 패전과 미 군정기까지 걸쳐 있기 때문에, 일본 제국주의의 격렬한 떠오름과 침몰에 대한 시대적 증언까지 감당하고 있다. 물론 이 소설의 주인공인 H는 소년이고, 당대의 숨 막히는 시국 상황 역시 '순진한 소년의 눈'으로 서술되고 있기에, 격변하는 세계사적 현실에 대한 입체적 분석에서는 한계를 보인다.

그러나 고베라고 하는 한정된 공간에 거주하는 여러 작중인물의 평범한 일상이 어떻게 숨 막히는 시국의 격변과 맞물려 파괴되고 또 마멸되고 있는가를 매우 구체적으로 실감나게 묘사하기 때문에, 역으로 해당 시기를 식민지의 주민으로 살았던 우리의 과거사를 반추하면서 읽다 보면, 예기치 않았던 전율에 빠져들게 된다.

특히 이 소설에는 일제 말기 일본에 거주하던 평범한 일본인들이 과연 시국의 변화 속에서 어떤 열망과 절망을 체험했으며, 이 전시 상황에 속수무책으로 동원되어 비정한 죽음의 체제에 용해되어 갔는지가 매우 구체적으로 묘사되어 있다. 반대로 전시 체제에 저항하거나 비협력적 태도를 취했던 평범한 일본인들이 어떻게 시대의 폭력 앞에서 고통스러운 죽음에 직면하거나 인격 분열 상태에 처하는지에 대한 작가의 공감적 시선 역시 음미할 만하다.

특히 일본의 지식인에게서는 쉽게 들을 수 없는 일왕의 전쟁 책임 문제를 '소년 H'가 반복적으로 거론하고 있다는 사실은 과거사에 대한 작가의 예리한 책임 의식과 비판적 성찰 능력을 짐작하게 한다. 이렇게 말하니 꽤 심각한 소설로 오해할 수 있겠지만, 소설의 전반적인 톤은 유머로 충만한 것이어서 읽는 재미 역시 쏠쏠하다.

거리의 통증을 자각하고, 몸 섞는 것

　　　나는 문인들이 여전히 해야 할 많은 역할들
이 있다고 생각한다. 물론 우리 시대의 문학과 문인이 처해 있는 조
건이 호의적인 것은 아니다. 차라리 아주 삭막하고 불안하기 그지
없다. 적어도 오늘날 문학과 문인이 처해 있는 상황은 20여 년 전의
언필칭 '문학의 시대'와 비교해본다면, 거의 곤두박질치고 있다고 해
도 과언이 아니다. 이러한 현상을 '문학의 몰락'으로 규정할 수 있을
까? 나는 이런 수세적 표현에 강하게 저항할 필요가 있다고 본다.

　문학이 몰락했다기보다는, 문학에 실렸던 대사회적 하중이 경감
되었다고 보는 것이 옳을 것 같다. 문학이 더 이상 과도한 계몽적 역
할을 수행할 필요가 없을 만큼, 우리 사회의 평균적인 의식은 높아
졌다. '정치적 민주화'의 진전은 봉쇄된 언로言路의 우회적 생산기지
로서의 문학의 책임감을 경감시켰다. 어두운 면이 없는 것은 아니지
만, 가령 '사이버 스페이스'와 같은, 과학혁명을 통해 가능해진 새로
운 여론 생산의 장은 '시민적 지식인'으로 명명할 수 있을 새로운 여
론 주도층을 생산해가고 있다.

　문인들에게는 '문학의 몰락'으로 보이는 일련의 현상들은 넓은 범

주에서 보자면, '의제설정'과 '여론생산'의 메커니즘에 주도적으로 참여했던 고전적 지식인들이 특권적으로 소유했던 '지식-권력' 또는 '지식-자본'의 민주주의적 분배의 결과라고 볼 수 있다. 문학이 누렸던 독점적 지위가 흔들리고, 지식인이 자동적으로 누려왔던 권위와 명성이 전락하고 있는 이 현상은, 문인들을 포함한 지식인 집단에게는, 약간 과장하자면 '전대미문의 재앙'처럼 보이겠지만, 한 사회의 일반이성의 성숙이라는 차원에서 보자면 분명한 역사적 진전이라고 나는 생각한다.

이 부분에서 나는 우리 문인들이 뼈아픈 반성의 시간을 얼마간 가질 필요가 있다고 본다. 90년대를 경과하면서 지금까지 우리 문인들은 지나치게 문학이라는 고유한 장의 논리에만 충실한 나머지, 계몽의 완숙기에 도달한 이 일반이성의 역사적 진전의 중요성을 경시해왔다. 우리의 문학인들은 한편에서는 대중을 여전히 계몽의 대상으로 간주하면서, 사실상 '성찰적 자기계몽'의 역할을 철저히 방기해왔다. 문학이 몰락한 것이 아니라, 차라리 과부화된 문학의 역할이 재조정되고 있는 국면이었다는 것이 사태의 진실에 더욱 가깝다. 한 가지 분명한 것은 문학이 지식과 예술 생산의 장에서, 이제껏 경험해본 적이 없는 마이너리티의 처지에 빠지게 되었다는 점일 것이다.

문학이 주변화된다는 것은 저주이자 축복이라는 것이 나의 생각이다. 중심은 반성하지 않으며 갱신하지 않는다. 주변화된 문학은 역설적으로 그 변화된 조건에 대한 성찰과 반성을 통해, 새로운 사회적 역할에 대한 자각과 함께 '저항성'이나 '전복성'과 같은, 불우인 不遇人들의 변혁적 에너지를 다시금 수혈하는 것이 정당한 방향이었을 것이다. 그런데 주변화된 문학의 상황과 문인의 처지를 비관했던 우리 문학은 이러한 자체 정비의 시간을 견뎌내지 못한 채로, 이 악무한적 자본주의의 핵심기제인 자본과 권력 복합체의 추파에 무기력하게 포섭된 감이 없지 않다.

그러나 문학이 마이너리티가 되었다고 하는 사실이 자동적으로 사회적 책임의 면제논리가 될 수는 없다. 한 사회의 일반이성은 역사적 진전의 궤도를 따르고 있지만, 이러한 국내적인 현실과는 무관하게 우리가 살고 있는 한반도는 그야말로 지구적 모순이 누적된 복수화된 갈등과 투쟁의 장이 되어가고 있다. 지식인의 일원임에 분명한 문인들에게 주어진 사회적 책임은 이러한 누적된 모순과 복수화된 갈등과 투쟁의 장에서, 명료한 언어와 논리로 현실에 적극적으로 개입하는 한편, 새로운 방식의 문학적 실천을 모색하는 데서 올 것이다.

복수화된 갈등과 투쟁의 장에서 한국문학의 대응은 대체로 무력했다. 가령 경계인 송두율을 둘러싼 사회적 논란의 예에서 알 수 있듯, 소수의 문인들을 제외한 대다수 문인들은 이 사태에 대해 집단화된 침묵으로 일관했다. 송두율의 정치적 선택과 학문행위를 둘러싼 일련의 문제는 '지식인의 사회적 책임'과 '표현의 자유'라는, 문학의 측면에서도 대단히 중요한 의제임에도 불구하고, 한국의 문인집단이 이 사태를 수수방관하거나 침묵으로 일관했다는 사실은 문인들의 '정치적 마비상태'를 단적으로 보여준다고 나는 생각한다.

문학적 재현이나 표현의 차원에서도 요즘의 우리 문학은 우리 사회의 대다수를 차지하고 있는 사회적 약자와 소수자의 고통에 대한 공감능력을 잊어버렸다. 범람하는 '사회적 타살'의 형식인 자살의 증가로부터, 경제적 금치산자들의 집단화된 분노와 절규, 차상위 계층으로 명명되는 사회적 하층민들의 실의와 절망에 대한 우리 문학의 불감증은 이미 우려할 만한 상황에 도달해 있다. 작가들은 개인적 절망을 과장하는 데 익숙해가고 있는 것으로 보이며, 비평가들은 대개가 박래품에 불과한 현란한 이론의 수집과 적용에 골몰하고 있다. 문학은 이제 재야在野의 분노를 망각하고 있는 것으로 보이며, 문인들은 급격하게 아카데미의 푹신한 소파에서 알량한 심미주의와 초월주의를 만지작거리는 데서 즐거움을 느끼고 있는 듯하다. 공적 분노로 승화되어야 할 작가의 고통은 쾌적한 카페나 남루한 대폿집의 탁자 위에서만 카타르시스를 발산하고, 문단에서 유통되는 언어는 솔직히 말해 '그들만의 은어체계'가 아닌가 할 정도로 '소통의 힘'을 상실해가고 있다.

이러한 현실 속에서 문인의 사회적 책임이란 무엇일까. 나는 그것이 오직 '작품으로의 귀환'만을 의미한다고는 생각하지 않는다. 대외적으로는 작품활동을 거의 중단한 것으로 알려졌던 한 중견소설가가, 어느 날 '꽃병'이 휘날리던 노동자 집회에서 신분을 숨긴 채 시대를 증언하는 사진을 찍고 있는 장면이 목격되었다. 나는 그가 절필한 것이 아니고, 오히려 몸으로 작품을 쓰고 있었다고 생각한다.

적어도 그는 문학이 '거리'의 통증에 민감한 예술이라는 사실을 웅변적으로 암시하고 있었다. 거리의 통증을 자각하고 몸 섞는 것, 그것은 변함없는 작가의 사회적 책임이다.

'영혼이 있는 도시'에서 산다는 것은 무슨 뜻인가

김민수 교수(서울대)가 쓴 디자인 관련 저작들을 읽으면서 깨닫게 되는 것은 장소성에 뿌리박은 삶의 조화로운 설계야말로 그의 디자인관의 핵심이라는 점이다. 그는 '장식성'으로 전락해 학대받아온 디자인 개념에 철학과 인문주의의 숨결을 불어넣고자 한다. 그가 명명한 '필로디자인'이라는 개성적인 조어에는 그런 미학적 야심이 숨어 있다. 그런 그가 김정호의 '대동여지도'에 버금가는 도시디자인 지도를 독서계에 제출했다. 『한국 도시디자인 탐사』에서 그는 한국의 광역시들을 수년간 답사하고 문헌학적 연구를 융해시킨 후, 우리가 '영혼이 있는 도시'에 산다는 것의 의미가 무엇인가라는 예리한 질문을 던진다.

이 책에서 김민수 교수가 제기하는 도시디자인 철학은 무엇보다도 '장소성'에 대한 자의식과 관련되어 있다. 그가 보기에 한국의 광역시는 각 도시가 가진 역사성과 장소에 대한 실존적 자의식을 분식한 채, '환경미화'라는 낡은 사고 위에 구축된 '명품주의'와 '개발주의'가 극성을 부리는 것으로 나타난다.

각각의 광역시가 역사적으로 뿌리박은 장소의 기억과 철학이 휘발된 대신. 거기에는 장소성에 어울리지 않는 번쩍거리는 사각형 건물이 들어서고 있으며, 외래어로 치장된 '웰빙주의'가 판을 친다. 예컨대 우리에게 공업 도시로 인식되는 울산에서 그의 시야는 신화적인 기운이 생생하게 살아남아 있는 '울산 반구대 암각화'로 향하며, 이 기억의 역사와 조응하지 않는 도시공간의 인공성을 비판적으로 분석한다.

저자가 이 책에서 강조하는 것은 도시디자인이란 그곳에 거주했던 인간과 자연을 둘러싼 '삶의 주름들'에 대한 통찰에 입각해 설계되어야 한다는 것이다. 그런 면에서 그가 책 종결 부분에서 건축가 정기용이 설계한 전북 무주군 안성면사무소에서 아름다움을 느끼는 것은 자연스럽다. 목욕탕과 건축물이 딸린 이 면사무소는 껍데기뿐인 '멋진 건축'보다는 지역민의 일상적 동선과 요구와 조응하는 '공공 디자인'의 가장 성공적인 사례라는 것이다.

정치학자인 인병진 교수도 공화주의를 역설하는 최근의 저서에서 이 안성면사무소를 우연히 방문한 후 '공화주의'와 결합한 건축의 아름다움을 읽어낸 바 있는데, 그렇게 참다운 의미의 도시 디자인은 삶을 미학적으로 조직하고, 거기에 장소의 정체성과 기억을 불어넣는 뿌리의 숨결과도 같은 것이다. '영혼이 있는 도시'는 결코 먼 곳의 불빛이 아니다.

'평등한 잡종'에서 출발한 인간

김재영의 소설집 『폭식』을 펼치면 「꽃가마배」라는 단편소설을 만나게 된다. 이 소설의 문제적 인물은 능 르타이라는 젊은 타이 여성이다. 이 여성은 결혼 이민을 통해 한국으로 왔지만, 결혼을 결심한 동기나 한국에서의 결혼 생활 등은 여러 장애로 점철된 것이었다.

'다문화 가정'이라는 다소 기묘한 표현이 오늘날 저널리즘에 빈번하게 등장하지만, 소설 속에서 제3세계 여성이 한국으로 결혼 이민을 결심하는 동기는 결국 경제적 궁핍 탓이다. 20대 젊은 여성이 중년의 하반신 장애 남성과 자발적으로 재혼한다는 것 자체가 사실상 가난이 한계상황임을 의미한다. 한계상황에서 하는 막다른 선택은 비록 자발성의 형식을 띠었더라도, 실제로는 화폐와 육체를 교환하는 성 노동에 가깝다.

실제로 상처한 중년 남성에게 결혼을 끈질기게 권유하던 고모의 발언은 이를 잘 보여준다. "파출부 부르는 것보다 색시 들이는 게 훨씬 싸다니까. 월급 안 주고 밥 먹여주면 되니까." 물론 능 르타이가 이러한 한국인의 냉혹함을 몰랐다고는 할 수 없다. 그러면서도 능 르타이는 그 남자를 사랑한다. 아니 사랑할 수 있다고 타이의 아버지에게 말한다.

물론 능 르타이의 이런 의지적인 희망은 체념일 수도 있고, 극복할 수 없는 한계상황을 마술적으로 수용하게 만드는 숙명론일 수도 있다. 그러나 그런 숙명론이나 의지와 무관하게 한국에서 그녀의 삶은 대체로 비극적이었고, 남편과의 사이에서 아이를 낳기는 했지만 결국 남편이 죽은 뒤 집을 떠나 공장에서 일하다 사고로 죽음에 던져지는 것으로 소설은 전개된다.

이 소설에서 우리는 능 르타이의 복잡한 내면을 유추하게 만드는 단서를 작가가 섬세하게 기술하지 않는 데에 불만을 표할 수도 있다. 사실 능 르타이는 한국어로 자기 의사를 표현할 수 있는 능력이 없는 상태였고, 그래서 "나는 야자 껍질 속의 지렁이로 살고 싶지 않아요"라는 그녀의 절규 역시 나중에야 소설의 화자인 '나'에 의해 인식되는 것이다.

이 소설의 화자인 '나'는 능 르타이의 남편과 전처 사이에서 난 딸로, 격렬하게 외국인 계모를 부정했지만, 그녀가 죽자 이복동생을 찾아 타이로 떠나는 인물로 그려진다. 그녀가 이 소설 속에서 감당하는 기능은 패러독스다. 그녀의 애인은 영어학원 강사인 마이클. 마이클이 미국으로 떠나고 3개월 뒤, 그는 연락이 끊긴 마이클을 만나기 위해 미국행 비자를 신청했다가 거절당한다. 거절 이유는 안정된 재산과 직업이 없어 불법 체류자가 될 확률이 높다는 것.

타이 여성을 경멸적으로 바라보는 '딸'의 인종적 편견이 제시된

후, 그녀 자신이 미국의 인종적 편견에 봉착하게 되는 장면이 겹쳐지면서 패러독스는 진가를 발휘한다. 그렇게 미국 입국을 거부당한 딸이 자신이 거부했던 계모가 낳은 이복동생을 찾아 타이행을 선택하는 장면을 배치함으로써, 작가가 독자에게 제시하는 것은 따뜻한 화해라는 상투적 진술이 아니다.

소설에서 작가는 꽃가마배를 타고 김수로왕에게 시집온 외국인 허황옥과 관련된 신화적 해석을 병렬적으로 배치한다. 이것은 다문화주의에 대한 강조가 아니라 모든 인간은 평등한 잡종에서 출발했다는 점을 상기시키는 것처럼 보인다.

왜 노래가 되지 못했나

이윤기는 창작집인 『노래의 날개』의 '작가의 말'에 다음과 같은 말을 적어놓고 있다. "유행가의 노랫말들이 요즘 들어 마음에 절실하게 묻어든다. 읽히는 시의 생명보다는 불리는 노래의 생명이 더 긴 것 같다. (……) 그런 노래 한마디 부르고 싶었는데." 시가 본질에 육박해 들어가는 견고한 정신의 고갱이라면, 노래란 자꾸만 그 본질을 회피해서 휘발되는 신파적인 우리 삶에 맞닿아 있다. 유행가가 절실하게 느껴진다는 것은 본질과는 무관하게 흐르는 듯한 일상적인 삶의 무상성이, 섬뜩하게 안타깝고 소중하다는 것을 깨닫게 되는 연륜과 무관치 않다. 시간은 그처럼 무섭게 삶을 풍화시키는 게 아닌가.

그러나 안타깝게도 이윤기의 작품들은 역시 노래에 가 닿지 못했다. 18세 청춘기의 방황으로부터 지역 변두리에서 새 삶을 모색하는 초로의 일상을 소재화하고 있는 그의 작품들은, 역설적으로 뚜렷한 메시지를 발성하고자 하는 작가의 의욕이 소설적 육체의 절실함을 약화시키고 있다.

이번 작품집에서 '노래'에 얼마간 다가간 작품은 '나'의 세계를 얼마간 벗어난, 「전설과 진실」과 「하모니카」라는 작품이라고 판단된다. 전자는 이제는 전설에 가까운 신비로움의 이미지를 품게 된 시인 박정만의 삶을, 후자는 휴먼 다큐인 〈인간시대〉에 등장했던 두 인물의 비극에 가까운 일상적 삶을 '카메라의 눈'으로 조명하고 있는 작품인데, 이들 작중인물을 조명하고 평가하는 화자의 성숙한 시선이 돋보인다.

왜 이런 결과가 나타나게 된 것일까. '나'를 중심에 놓고 소설적 상황을 전개시킨 작품들이 평면적인 감흥을 주는 데서 멈추었던 데에 비해, '타인'들의 삶을 엿보면서 그 삶에 감응하고 있는 '나'의 내면을 드러내는 작품들은 일층 역동적인 인상을 주었다. 이는 '노래'에 다가가기 위한 소설의 본질이란 결국 '타인 만나기/이해하기'의 일부라는 것을 우리에게 환기시킨다. 타인을 만난다는 것은 우연의 산물이지만, 그를 이해하는 것은 의지의 필연성이 강제하는 것이다. 이렇게 우연과 필연이 뒤얽힌 삶의 공간에서 분비되는 노래가 더욱 절실하고 아름답다는 것, 당연한 일 아닌가.

난장, 문학 언로 트기

전북대 강준만 교수는 불과 한 달 간격으로 한국문학의 현장을 다룬 두 권의 저서를 출간했다. 『이문열과 김용옥』, 『인물과 사상 20: 한국문학의 위선과 기만』이 바로 그 책이다. 이전에 출간한 『무덤 속의 한국문학』까지 고려한다면, 아무래도 강준만의 '문학사랑'이 예사로운 수준이 아닌 듯하다. 지금까지 강준만의 주된 활동영역이 언론개혁 문제에 집중돼왔다고 생각하는 사람들이 다수이겠지만, 강준만의 문학에 대한 관심은 단행본 『인물과 사상』이라는 매체의 출발 이전부터 지속되어온 것임에 틀림없다는 것이 나의 판단이다.

단행본 『인물과 사상』 창간호에 이문열과 마광수에 관한 논의가 등장한 것을 보면, 강준만의 문학에 대한 관심은 최근 몇 년간 문단에서 활발하게 논의되고 있는 '문학권력 논쟁' 이전부터 이미 시작된 것으로 보아도 무방하다. 내가 왜 이런 이야기를 하고 있는가 하면, 근래 강준만과 몇몇 비평가들 사이에 벌어진 논쟁을 살펴보다 보면, 문학은 쥐뿔도 모르는 사람이 난데없이 문학계에 나타나서 웬 난리냐는 식의 조롱조의 표현들도 종종 등장하기 때문이다. 내 판단에 이런 사람들의 문학에 대한 관점은 문학과 삶을 밀착시키고자 노력했던 80년대 문학운동 진영의 보편화된 인식 수준에 비교해 보더라도, 매우 퇴행적인 사고방식인 것처럼 보인다.

그렇다면 강준만 자신의 생각은 어떠한가? 『한국문학의 위선과 기만』의 머리말에는 이렇게 쓰여 있다. "나는 문학을 사랑하고 문인을 존경한다. 그런 사랑과 존경이 없었더라면 내가 감히 어찌 '한국 문학의 위선과 기만'이라는 구호를 외칠 수 있겠는가. 이는 결코 모순이 아니다. 나는 한국 문인들 거의 대부분이 원치 않는 구조와 질서 속에 갇혀 있다고 생각한다. 그러나 나는 그 구조와 질서는 영원불멸의 것이 아님을 믿는다. 나는 기존 구조와 질서가 확대재생산되는 악순환의 고리를 끊는 데 미력하나마 일조하고 싶을 뿐이다."

강준만은 언로言路의 왜곡을 극복하는 것을 지식인으로서의 실천적 사명으로 삼고 있다. 언로의 왜곡을 극복하다니? 의사소통의 장을 수평적이며 민주적인 상태로 구조화하는 것을 의미할 터이다. 그렇다면 한국의 문학판은 이 언로의 왜곡으로부터 자유로운가? 나는 전혀 그렇지 못하다고 생각한다. 이것은 나만의 생각일 뿐인가? 그렇지는 않은 것 같다.

2003년 〈경향신문〉의 윤성노 기자가 실시한 문인설문조사 결과 응답 문인의 70% 이상이 한국문단이 기형적으로 왜곡되어 있다는 의견을 제출한 바 있다. 또한, 한국문학평론가협회 주최로 열린 〈한국적 문학 제도의 재인식〉이라는 제하의 학술회의에서는 순천대 한만수 교수가 아주 흥미로운 문인설문조사 결과를 발표했다. 설문에 응한 73.4%의 문인이 문단의 평가가 진영의식, 파벌, 출판사의 이해관계에 따라 왜곡되어 있어 신뢰할 수 없다고 답했으며, 전현직 문학담당 기자들 역시 64.3%가 문단의 평가를 불신한다는 의사를 피력했던 것이다. 이 설문결과에 따르면, 한국문학은 지금 '불신시대'를 살고 있는 셈이며, 강준만의 표현처럼 '무덤 속의 한국문학'에 불과한 것인지도 모른다.

강준만은 한국문단이라는 구조화된 시스템과 이 시스템을 활용하기도 하고 그것에 활용되기도 하는 문인들 사이의 상호작용의 '관계망'을 집요하게 분석하는 동시에 바람직한 대안설정의 방향성까지도 제시하고 있다. '문학사회학'의 일종이라 볼 수 있을 터인데, 문제는 이론적으로는 문학사회학의 가치에 대해 열정적인 노력을 기울이는 문학인들까지도, 강준만의 실천적 작업에 대해서는 냉소와 경원의 심정을 노골적으로 피력하는 모습이 종종 눈에 띈다는 점에 있다. 아마도 이는 강준만이 주장하는 '문화특권주의'와 '지식폭력'의 경향성으로부터 문학인들조차 자유롭지 못하기 때문에 나타나는 현상이 아닐까 한다.

나는 한국의 문학판이 비유컨대 '난장亂場'이 되어야 한다고 생각한다. 문학인들이 가장 경원하는 것이 억압과 부조리이며, 그들이 목숨처럼 소중하게 여기는 것이 자유와 표현의 권리라면 말이다. 이러한 관점에서 나는 문학에 대한 강준만의 '논쟁적 사랑'을 한국문학계가 적극적으로 끌어안아야 한다고 생각한다. 그렇지 않은가?

민족은 '악'의 체제인가?

"승자가 자신을 '주류'로, 죽어서 말이 없는 패자를 '비주류'로 그리는 것이 지금까지의 역사 기술이 아니었던가?" 박노자의 『하얀 가면의 제국』의 머리말에 있는 발언이다. 이 책에서 박노자는 '비주류'의 역사를 복원하는 한편, '주류'의 역사인식을 통박하는 과감한 시각을 유감없이 펼치고 있다.

그렇다면 왜 하필 '하얀 가면'이라는 것일까. 제목에는 드러나 있지 않지만, '하얀 가면'을 쓰고 있는 사람은 '검은 피부'를 가진 사람들, 즉 유색인종들이다. 일찍이 알제리의 정신분석의인 프란츠 파농이 이런 용어를 만들어냈거니와, 이들은 '하얀 가면'으로 상징되는 서구적 인식론에 압도된 결과, '검은 피부'로 상징되는 자기의 삶 전체를 의식적·무의식적으로 부정하게 된다. 이것이 역사의 차원으로 나아가면, 자기 역사에 대한 부정과 구미의 역사에 대한 찬탄으로 이르게 될 것임은 분명하다.

박노자가 이 책에서 복원하고 있는 '비주류'의 역사 가운데, 체첸공화국과 티벳에 대한 논의, 그리고 자본주의 수혈 이후 부패한 러시아 사회에 대한 조명은 매우 흥미롭다. 박노자는 러시아인이었고,

혈통적으로는 유태인이다. 그런 그가 러시아와 유태 민족주의(시오니즘)에 대한 날선 비판을 날리고 있는 것은, 그 자신의 기원과 정체성을 뒤흔든다는 점에서 매우 힘든 작업이지만, 그것이 '비판적 지식인'의 정치적으로 올바른 태도를 보여준다는 점에서, 나는 아낌없는 박수를 보내고 싶다. 한국사에 대한 박노자의 충고도 의미 있다. 가령 동학을 봉건제의 타파를 통한 '민중혁명'의 단계로 끌어올리려 했던 정권 쪽의 '관변 민족주의'와 저항세력 쪽의 '민중민족사관' 모두를 비판적으로 검토할 필요가 있다는 지적이 그러하다.

그러나 이 모든 장점에도 불구하고, '민족국가' 또는 '국민국가'를 근본적으로 '악'의 체제로 규정하는 박노자의 무정부주의적 급진주의, 역사를 선적 이상화의 형태로 재구성하려는 시각은 좀 더 면밀한 사고실험을 거쳐야 할 것으로 보인다. 근본주의는 위험하니까.

어디로 돌아가나

작가적 위기라는 것이 있다. 소설가 이문열 씨는 최근 수년 동안 이 '위기의 시절'을 초조하게, 때로는 과격하게 견뎌나갔다. 그 자신은 스스로를 '보수주의자'로 명명하는 것을 즐겼고, 이 글을 쓰는 나 역시 한때 그를 '전통지향적 보수주의'의 세계관을 견지하고 있는 작가로 생각했던 적이 있지만, 현재시점에서 생각해보면, 이문열 씨는 보수주의자도 또 일각의 진보주의자들이 비판하는 수구냉전주의자도 아니라는 생각이 든다. 문학판에서 정치판으로 노골적으로 이동하면서도, 문학에 대한 담론을 포기하지 않는 이문열 씨, 극우적 발언을 일삼았으면서도 진정한 보수주의자로 스스로를 명명했던 이문열 씨, 요컨대 그는 얼마간 기회주의적 문사의 길을 가고 있었다.

『신들메를 고쳐매며』라는 산문집을 읽었다. 표제가 된 산문은 책을 엮기 위해 급하게 쓴 글인 듯하고, 나머지의 글들은 틈틈이 언론지상을 통해 발표한 것을 묶은 것이다. 이문열 씨가 언론지상에 발표한 민감한 칼럼들에 대해서, '과거의 나'는 이런 평가를 내린 바가 있다.

"이문열은 2001년 이른바 '언론사 세무조사' 정국에 일련의 문제적인 칼럼을 발표하면서 한국사회의 시계를 거꾸로 돌려놓았다."

나는 정치권에서 활약하고 있는 이문열 씨의 태도라고 하는 것 역시 이러한 평가에서 여전히 벗어나지 못했다고 생각한다.

이 산문집은 독설이 더욱 강해졌다는 것과, 늙음을 자못 두려워하게 되었다는 것과, 반대급부로 젊음의 패기를 이유 없이 질타한다는 것을 빼고는, 과거의 칼럼들을 모아놓은 탓에 눈에 띄는 것이 없어 평가의 수고를 덜 필요가 있다는 생각이 든다. 다만 눈에 띄는 것은 "나 돌아가리, 방금 빠져 있는 부질없는 시비에서 벗어나는 대로 나 떠나온 곳으로 되돌아가리"라는 문학적 귀거래사의 고백이 아닐까. 나는 이문열 씨가 참으로 현명한 판단을 했다고 생각한다. 부박한 정치의 나팔수 역할을 그만두고, 작가여 서재와 원고지로 돌아가시기 바란다. 그리하여 소설가 이문열로 다시 뵐 수 있기를 기원한다.

비평의 길, 비명의 길

비평가 고 이성욱은 생전에 단 한 권의 책을 세상에 남겼다. 『리베로의 비평』이라는 문화평론집이 그것인데, '만담'과 '비평'의 경계가 희미해져만 가는 문화비평계에서 그의 뾰족한 지성은 빛을 발했다. 모든 죽음이 다 그렇게 갑작스러운 것이지만, 그의 돌연한 죽음은 더욱 기막히게 느껴졌다. 암세포가 그의 몸 구석구석으로 퍼져갔을 때까지, 요컨대 그의 삶이 종점에 다다를 때까지 그는 스스로의 죽음을 전혀 의식하지 못했다. 그는 제 삶의 남아 있는 시간을 기약하지 못한 채로, 박사논문을 썼고 교수 공채에 응시했으며 현해탄을 넘나들며 연구와 비평을 계속했다. 그의 죽음은 잘못 배달된 특급우편과도 같은 것이어서, 그의 사후 출간된 네 권의 저작들은 유복자의 운명으로 남았다.

사후에 출간된 『비평의 길』은 그가 남긴 유일한 문학평론집이다. 이성욱은 1989년에 「반미문학의 전개과정과 과제」라는 건조한 제목의 평문으로 문단에 등장했지만, 비평가로서 본격적인 자기정립의 도정을 시작한 분기점은 1992년이었다. 이해에 그는 소설가 이인화의 『내가 누구인지 말할 수 있는 자는 누구인가』의 표절 문제를 날카롭게 현장검증한 평문 「'심약한' 지식인에 어울리는 파멸」을 발표했다. 이 평문은 포스트모더니즘이라는 패션화된 담론의 미학적 사기 행태를 통렬하게 비판하는 것과 함께 그것을 가능케 한 태도의 알리바이, 즉 80년대에 대한 문단 일각의 청산주의적 태도의 허약성을 문제 삼고 있다. "변혁이라는 특급열차"가 소비에트 및 동구권의 몰락이라는 현실 변화와 함께, '은하철도 999'처럼 날렵하게 지상을 떠나버렸지만, 이성욱은 구시대의 청산이 아닌 재조정을 요구했다. 예술생산의 현실반영에 대한 미학적 성찰과 함께 변화된 현실 속에서의 문학적 실천을 위한 '과학적 좌표'를 생산하자는 것이 이성욱의 제안이었다.

그러나 과학이라니? '과학의 시대'는 끝장나고, 바야흐로 '욕망의 (시대가 아닌) 시장'이 만개하던 흐름 속에서, 이러한 제안은 아름답기는 하지만 대체로 무력한 것이었다. 독자 대중들은 과학과는 전혀 무관한 올드팝의 분위기를 잔뜩 거느린 일본 작가 무라카미 하루키나 요시모토 바나나 식의 포르노그라피에 열광했으며, 그 열광은 이성욱이 통렬하게 비판했던 이인화는 물론 박일문과 장정일, 그리고 장석주 등등의 동년배 작가들에 의해 거침없이 확대 재생산되었다. 이러한 문학경향에 대한 이성욱의 '과학적 비판'은 물론 타당한 것이었다. 그러나 평문의 논리적 타당성과는 무관하게, 당대문학은 요지부동인 채로 '러브 이즈 블루'를 반복했다.

욕망의 시장이 그렇게 확대되는 한편, '환멸의 비애'도 뻥튀기 되었는데 과학에 절망한 진보적 작가들의 세칭 '후일담 문학'의 번성은 이웃사촌임에 분명한 작가들조차 문학적 '자살골'을 넣고 있는 것으로 이성욱에게 비쳐졌다. 게다가 시장이라는 '괴물'은 문학은 물론 '잠수함 속의 토끼'와도 같았던 비평마저 집어삼켰다. 90년대 중반을 건너뛰어 후반에 이르면 '비평의 길'은 차라리 '비명의 길'에 가까워졌다. 과학은 고사하고 문학과 자본의 공모로 잠수함 속의 토끼는 질식해버렸던 것이다. 문학비평가 이성욱은 요컨대 '잠수함 속의 토끼'와도 같은 가쁜 호흡의 글쓰기를 계속했던 것이다.

문학에 대한 이성욱의 글쓰기가 가쁜 호흡으로 진행되었다면, 문화에 대한 그의 관심은 그 폭이 넓고 발랄했다. 문화유물론자임을 자청했지만 거기에는 탐닉과 반성이 교차되는, 외줄을 타는 광대의 긴장감과 유사한 그 무엇이 있었다. 그는 출렁이는 문화의 외줄 위에서 비평이라는 날렵한 부채를 좌우로 흔들면서 균형을 잡고자 애썼다. 아니, 그의 고백처럼 그는 문화라는 그라운드 위의 한 유연한 '리베로'를 꿈꾸었던 것인지도 모른다. 적어도 문화판에서의 이 리베로의 희열은, 문학이라는 올드 미디어 안에서의 '골키퍼'의 처지와 유사한 응집된 긴장감과는 다른 것이다.

이성욱은 살아생전에 문학평론집을 출간하지 않았다. 유복자가 되어 세상에 나온 『비평의 길』을 읽으면서 거기에는 이유 있다는 생각이 들었다. '변혁' '당파성' '과학적 세계관' '전위' '전형' 등의 개념어가 수시로 출몰하는 태반의 원고들을 바라보면서, 그는 단단했던 자신의 과학적 세계관이 시간 속에서 침식되었거나 풍화되었다고 자책했을 것이다. 시대에 질식한 '잠수함 속의 토끼'는 비명을 지르고 있었던 것이다. 그 비명은 고통스러운 것이었지만, 유난히 울림이 크고 명료한 것이기도 했다. 물론 그것은 이유 있는 비명이다.

저널리즘과 인물비평

    강원대 서준섭 교수가 편역한 『한용운 선집』을 읽었다. 이 책에는 한용운의 시와 산문뿐만 아니라, 그가 당시 일간지와 잡지에 기고했던 논설로부터, 중국의 선승 동안상찰同安常察이 지은 담화체 시 『십현담十玄談』에 대한 주해註解인 『십현담주해』까지 게재되어 있다. 이 책을 읽으면서 내가 확인한 것은 시인이자 승려였으며 독립운동가였고, 동시에 그 모든 것이 될 수 있었던 인간 한용운의 높은 정신세계였다. 이와 함께 또 한 가지 소득이 있었다면, '문학'에 대한 한용운의 관점을 확인했다는 것인데, 이 책의 편역자에 따르면, 한용운은 자신이 수행했던 글쓰기 전체를 '문학'으로 인식했다는 것이다.

    이러한 '글쓰기=문학'이라는 등식은 사실 동아시아의 전통적인 문학관이었다고 볼 수 있다. 우리 근대문학사를 검토해보건대, 가령 홍명희라든가 신채호와 같은 사람들은 이러한 전통적인 문학관념을 토대로 자신의 글쓰기를 실천했다고 볼 수 있다. 그러나 계몽기에 이르자, 이광수를 포함한 당시의 젊은 문인들이 '문학=미美, 정情'이라는 근대(/서구)적 문학관을 수용하였거니와, 이렇게 수용된 문학관이 현재까지도 일반적인 문학의 정의를 이루고 있다고 볼 수 있다. 이러한 관점에서 이른바 문학비평이라고 하는 것 역시 '시, 소설, 희곡' 등과 같은 특정 장르에 집중하게 되었는데, 이러한 태도는 그 특유의 '전문성'을 확보했다는 차원에서는 높은 평가를 내려야겠지만, 그럼에도 불구하고 아쉬움이 남는 것은 어쩔 수 없는 일이다.

내가 느끼는 아쉬움은 이러한 '전문성'에 대한 고정관념이 글쓰기의 다채로운 스타일과 인식의 유려함을 개성적으로 표출하고 있는 많은 저작들에 대한 상대적인 무관심을 낳게 된다는 점에 있다. 가령, 순문학 작품이 아니라고 하더라도, 읽기와 쓰기에 자극을 주는 많은 '글쓰기들'이 존재한다. 나는 고종석의 유려한 산문과 신문 칼럼을 즐겨 읽고, 진중권의 촌철살인에 가까운 글쓰기에 경탄하기도 하며, 박노자의 중후하면서도 뜨거운 열기를 확인할 수 있는 칼럼에 동의하고, 강준만의 호쾌하면서도 예리한 구어체의 사회비평을 즐겨 읽는 편인데, 내게 이들의 개성적인 '글쓰기'는 이런 표현이 가능하다면 '통합적 감동'을 주곤 한다. 때문에 나는 종종 이 잡다한(?) '글쓰기'의 매력을 밝히고 싶다는 욕망에 빠져들곤 한다.

정지환 기자의 『대통령 처조카와 시골군수』도 나에게 그런 생각을 떠올리게 한 책이었다. 이 책의 저자인 정지환은 월간 『말』지의 기자로 활동하면서, 저널리스트로서의 날카로운 사회인식을 보여준 바 있다. 특히 〈조선일보〉 문제와 관련하여 저자가 갖고 있는 날카로운 문제의식은 많은 사람들에게 잘 알려져 있다. 일각에서는 그를 '안티조선 전문 기자'로 부르기도 하는데, 그만큼 저자가 써온 기사들에 대한 독자들의 반응이 뜨거웠다고 생각하면 될 것 같다. 그런데 저자는 2002년 초에 8년여간 재직해왔던 월간 『말』지에 사직서를 제출하고 '독립기자'라는 새로운 실험을 하고 있다. 독립기자라니? 그 의미를 정확하게 규정하기는 힘들겠지만, 미디어의 구속력으로부터 자유로우면서도. 기자로서의 고유한 문제의식에 기반한 글쓰기를 자율적인 조건 속에서 수행해가는 새로운 기자 개념이라고 볼 수 있다.

미디어로부터 독립한 기자라고 하는 이상을 실천하기 위해 저자는 다양한 활동을 펼치고 있는데, 그 활동의 일부가 이 책에 녹아들어 있다. 나는 이 책에 수록된 글의 밑그림을 인터넷신문인 〈오마이뉴스〉를 통해 흥미롭게 읽어왔는데, 이 책은 〈오마이뉴스〉에 발표하였던 기사를 수정·보완하여 출간한 것이다. 기사도 흥미로운 독서의 목록이 될 수 있는가? 저자의 일차적인 문제의식은 이 부분에 닿아 있는데, 가령 "저널리즘이 결코 '시간의 쓰레기'가 아니라 '역사의 고전'이 될 수 있다"는 진술에서 우리는 이에 대한 해답을 찾을 수 있다고 본다. 국문학을 전공하고 있는 내 개인적인 체험에서 볼 때도 '저널리즘'은 결코 시간의 쓰레기가 아니다. 가령, 근대계몽기의 〈대한매일신보〉에 게재된 기사들은 그 기사를 읽었던 당대인들에게는 '시사적'인 것으로 다가왔겠지만, 수십 년이 경과한 시점의 나에게는 한국적 근대성의 형성배경을 확인케 하는 소중한 역사적 사료로 간주된다(심지어, 신문에 실려 있는 조악한 상품광고까지도 그랬다).

이 책에서 저자가 진행하고 있는 글쓰기는 '인물분석'이라는 형식을 띠고 있는데, 이에 대한 저자의 문제의식을 다음과 같은 문장에서 확인할 수 있다. "나는 인물분석에 있어서도 이러한 저널리즘의 강점을 살려 그 인물이 살아 숨쉬고 있는 공간이자 배경인 역사와 사회의 본질을 통찰하는 작업이 필요하다고 생각했다." 인물을 분석하는 방식을 범박하게 구분하자면, 두 측면에서 진행할 수 있겠다. 한 방향은 인물의 '내면풍경'에 대한 분석을 통해 해당 인물과 그를 둘러싼 세계의 일단을 해명하는 방식이다. 이런 방법은 소위 문학적 '작가론'에서 자주 활용된다.

그 반대방향에서의 분석도 가능하다. 특정한 인물의 행위나 사유의 구조화된 조건, 즉 현실과 역사에 대한 분석을 통해, 역으로 인물의 내면풍경을 검토하는 방법이 그것이다. 이러한 방법이 주로 활용되는 것은 저널리즘에서이다. 그렇다면 이 책에서는 어떠한 방법이 활용되고 있는가? 그 두 방법 모두를 필요에 따라 효과적으로 활용하고 있다. 가령, 친일파문제 연구가인 임종국론인 「한반도 방방곡곡이 '보림재' 되는 날」에서는 인물의 내면풍경을 드러내는 데 집중하고, 「유승준이 오태양을 노래하다」에서는 병역거부와 관련된 다양한 사회적 이슈와 배경에 대한 논의를 전개한 후에, 가수 유승준과 양심적 병역거부자 오태양의 사회적 의미를 분석하고 있다.

무엇보다도 나에게 인상적으로 느껴지는 것은 '글쓰기'에 대한 저자의 섬세한 자의식이다. "하나의 사물이나 현상을 설명하는 데 있어 가장 적합한 표현은 오직 하나일 뿐이라는, 그리하여 작가는 그 가장 적합한 표현을 찾기 위해 한 치의 타협도 없이 투쟁해야 한다는 '일사일언—事—言'의 원칙을 인물분석에 그대로 적용해본 셈이다."
글쓰기의 내용과 형식에 대한 고민이 존재하지 않을 때, 모든 글은
'쓰는' 것이 아니라 '갈기는' 것이다. 그만큼 '언어의 육체성'이 중요
하다는 이야기일 터인데, 이에 대한 저자의 문제의식은 매우 투철한
것이어서 "개성적인 글쓰기가 나의 철학"이라는 표현까지 등장한다.
실제로 그는 자신의 고백에 정직했다는 것이 나의 판단이다.

  다시 앞으로 돌아가자면, 오늘날의 현실에서 '글쓰기=문학'이라
는 등식을 무리하게 적용할 수는 없을 것 같다. 하지만 어떤 글쓰기
는 분명히 문학적이며, 설사 그렇지 않더라도, 그것을 읽은 자에게
또 다른 '글쓰기'의 욕망을 자극한다. 그때, 어떤 '글쓰기'는 다른 '글
쓰기'를 낳는다.

대화는 사랑이고, 정신분석은 사랑의 실천이다

줄리아 크리스테바의 『사랑의 정신분석』이라는 책이 있다. 이 책은 고전적 정신분석학을 둘러싸고 있는 다소 음울한 이미지와는 전혀 다른 성격의 책이다. 프로이트로부터 출발한 고전적 정신분석학은 '인간이란 모두 병들어 있다'는 비관적 인간이해에서 출발한다. 그런데 이러한 비관론은 사실 우리에게는 너무나 익숙한 것들이다. 역사상 인간들에게 뜨거운 환호의 대상이 되었던 다채로운 종교들이 우리들에게 갈파했던 것은 "이 세상은 고해의 바다이며, 낙원은 피안에 있고, 인간은 결핍된 존재다"는 주장들이었다. 정신분석학은 이 세 가지 주장 가운데, 피안에 있다는 낙원의 존재만을 적극적으로 부정함으로써 인간 실존의 비극성을 더욱 심화시킨다.

고통으로 가득 찬 이 세계에서, 그렇다면 '병든 인간'은 어떻게 행복할 수 있을까? 고전적 프로이트주의, 그러니까 프로이트의 이론에 따르면 행복이란 '성욕의 충만'이나 '몽상의 자가발전' 속에서만 가능하다는 것인데, 성욕의 충만이라는 것 역시 어떤 완벽성에 도달한다는 것은 누구에게나 가능한 문제가 아닐뿐더러, 젊음의 에너지가 유한하다는 점에서 결과적으로 그것은 비극성의 심화에 일조할 뿐이다. 몽상 속에서의 행복이란 것도 그렇다. 프로이트가 열정적인 몽상의 현실태로 제시한 예술이라는 것 역시, 특정한 소수의 사람들에게서나 발현될 수 있는 것이라는 점을 고려한다면, 병든 인간이 삶 속에서 지속적인 행복을 향유한다는 것은 원천적으로 불가능하다는 싸늘한 결론 앞에 우리들이 서는 것은 불가피한 일처럼도 보인다. 그럼에도 불구하고 인간은 일상으로 명명되는 저 도저한 시간의 드라마 속에서 각자의 배역을 열심히 수행하고 있으며, 언젠가는 무無로 환원될 것이 분명한 자신의 미래를 의식적·무의식적으로 망각하면서, 오늘도 악다구니의 삶을 살아가고 있다. 그 악다구니의 치열성, 죽음에 대한 방법적 망각, 자기화된 쾌락원리의 실현을 통해서, 인간은 역사를 만들고 있으며, 오늘도 스펙터클한 일상을 무사히 살아가고 있는 것이다.

  스무 살 전후에 받아들였던 정신분석학은 내게 임상의학의 성격을 띠고 있었다. 그것은 심각하게 반복되던 청년기의 조울증을 치유하기 위한 실용적인 지식이었다. 그렇지만 내가 정신분석학을 접하기 이전에도, 이미 나 자신은 그 병력이라고도 할 수 없는 나른한 조울증의 정체를 누구보다 잘 알고 있었다. 그것은 너무나도 생생하게 내 삶을 장악했던 가족사의 비극으로부터 배태된 것이었는데, 따라서 치유의 일차적인 해법은 가족사의 비극을 종결시키는 데서부터 시작해야 한다는 것은 분명해 보였다. 그러나 한국사회에서 지극히 상투적인 형태로 반복·재현되는 가족사의 비극은, 다만 그것을 인식한다고 해서 해결될 수 있는 문제는 아니었다. 생활은 언제나 인식을 앞질러갔고, 짧은 안심의 순간 잠복하고 있던 상처의 지뢰는 폭발하곤 했으며, 분석은 언제나 사후적인 심의행위일 수밖에 없었기 때문이다. 분석한다고 세상이 바뀌는 것은 아니다. 그것이 세상을 바꾸려는 실천과 결합될 때, 비로소 세상은 바뀔 수 있다. 아마도 임상의학으로서 정신분석학이 주장하는 저 추상화된 과학주의에 대해서 내가 싸늘한 시선을 던진 것은 이런 깨달음이 시작된 때부터였을 것이다.

마음은 세상의 반영이다. 세상이 병들었는데, 그 병든 조건 속에서 살아가는 인간의 마음만이 투명할 수 있다면, 그것이 오히려 이상한 일이다. 이런 관점에서 보면, 병든 인간의 근본적인 치유란 병든 세상의 근본적인 치유로부터 출발하는 것이 타당하다. 빌헬름 라이히의 수정주의적 정신분석학이나, 최근 독서계에서 각광받고 있는 들뢰즈·가타리 유의 해방적 정신분석학이 현실개조의 사회적 실천을 강조하고 있는 것은 아마도 이러한 문제의식의 소산일 것이다. 그러나 마음이 세상의 반영이라고 해서, '마음'과 '세상'이 기계적으로 연결되어 있는 것은 아니다. 마음과 세상은 마치 명랑한 메아리처럼 서로의 존재를 '반향'하는 관계에 있다. 세상의 객관성과 마음의 주관성 사이의 관계는 '구조적 결정론'의 차원이 아니라 '상호작용론'의 관점에서 바라볼 필요가 있다. 그렇게 본다면, '나'는 '세상'과 대화함으로써만 존재한다.

줄리아 크리스테바의 『사랑의 정신분석』은 이 '대화'의 중요성을 정신분석학의 중요한 화두로 제시하고 있다. 그런데 생각해보면, 임상담론으로서의 정신분석학의 출발점이 바로 대화인 것이다. 분석자(의사)는 피분석자(환자)와의 대화를 통해 질병의 원인을 규명하며, 피분석자는 분석자와의 대화를 통해서 그것을 인식하고 치료에의 의욕을 갖게 된다. 철저하게 대화에 기반하고 있는 정신분석학의 특성상 그것은 서로에 대한 온전한 신뢰를 필요로 한다. 분석자와 피분석자 사이의 이 신뢰로 충만한 대화적 관계를 크리스테바는 '사랑'이라는 표현으로 더욱 구체화한다. 그의 주장을 간명하게 요약하자면, 대화는 사랑으로부터 출발해야 한다는 것이며, 이때 정신분석은 '사랑의 실천'이어야 한다는 것인 셈이다. 가령 다음과 같은 주장에서 이러한 사고의 내용물을 우리는 확인할 수 있다. "분석치료의 궁극적인 효력은 사랑의 관계라는 범주에 속하는 윤리적 차원, 즉 말하는 존재가 타자-존재를 향하여 개방하기와 타자-존재 안에 수용되기와 분리될 수 없습니다."

그렇다고 해서, 크리스테바가 인간 존재의 밝은 면만을 바라보고 있는 것은 아니다. 그는 이렇게도 말하고 있다. "우리는 보기에 따라 나르시스적이고, 근친상간적이며, 마조히스트이자 변태 성욕자, 부모 살해자일 수 있습니다." 그러면서도 동시에 인간은 '더불어 살' 수 있는 존재이기도 하다는, 이 인간존재의 양면성에 주목하면서 '사랑'의 능동적이고도 치유적인 기능을 더욱 강화시킬 필요가 있다는 것이 크리스테바의 생각인 듯하다. 다음과 같은 주장이 『사랑의 정신분석』에서 크리스테바가 펼친 생각의 '속살'처럼 나는 느껴진다. "사랑의 말 한마디는 흔히 화학 요법 혹은 전기 요법보다 더 효과적이고, 더 심층적이며, 더 지속적인 치료 수단이 됩니다. 물론, 사랑의 말은 우리의 생물체적 숙명에서 비롯되거나, 또한 그와 동시에 우연히 잘못 던져진 악의에 찬 말들에서 비롯되는 불행한 사태를 치료할 수 있는 유일한 치유법입니다."

이처럼 크리스테바의 『사랑의 정신분석』은 낮의 명랑성으로 반짝인다. 그것은 고전적 정신분석학에 드리운 음울하기 짝이 없는 '병적 인간'의 음산한 풍경과는 전혀 다른 풍경을 우리에게 제시한다. 이 책의 번역자는 그것을 "에로스적 욕망의 패러다임을 아가페적 사랑의 패러다임으로 전환시켜야 한다"는 문제의식의 발현으로 요약하고 있는데, 대단히 타당한 지적으로 내게 느껴진다. 그런데 나는 이러한 크리스테바의 인식론으로부터 우리가 조금 더 나아갈 필요가 있다고 자주 생각한다. 그것은 '질병'에 대한 우리들의 통념화된 인식 자체를 변경할 것을 요구한다.

생물학적으로 모든 유기체는 시간이 흐르면 노화와 질병이라는 피할 수 없는 과정을 따라야 한다. 유기체가 질병에 걸리는 것은 넓은 차원에서 보면, 자연의 순리에 스스로를 일치시켜가는 과정으로도 볼 수 있다. 그렇게 본다면, '질병'은 단순히 제거의 대상으로만 파악될 수 있는 것은 아닐 터이다. 자연의 질서 안에서, 적어도 질병은 자연스러운 것이다. 우리는 질병이 우리에게 가하는 무서운 고통 때문에, 질병에 대한 적대감을 노골화하는 것을 당연시 여기지만, 그것의 갑작스러운 출현 앞에서 자신의 삶을 근본적으로 성찰하는 계기를 얻는 것 또한 사실이다. 나는 개인적인 난치병(?)에 속하는 조울증이 찾아올 때마다, 요즘 들어 자주 그것과 놀아나고 있는 스스로를 발견한다. 사랑은 무차별적인 것이다. 질병이라고 예외일 수 있을까? 크리스테바의 『사랑의 정신분석』을 읽으면서, 나는 종종 이런 엉뚱한 생각을 해보곤 했다.

아름다움이 우릴 구원할 거야

시전문지 『시경』 2003년 하반기호에는 흥미로운 한 편의 에세이가 게재되어 있다. 문학평론가 임헌영의 「고통 속의 유미주의 체험」이 그것인데, 이 에세이를 내가 흥미롭게 읽은 이유는 고통과 아름다움의 관계에 대한 필자의 체험적 성찰이 돋보였기 때문이다.

우리는 일상 속에서 비극적이라는 말을 자주 사용한다. 이 '비극적'이라는 말을 미학상의 가장 중요한 원리로 정립한 것은 아리스토텔레스이고, 비극적 정황을 관통한 자의 내면에 풍부하게 울려 퍼지는 승화작용을 '카타르시스'라고 명명했다는 것을 우리는 잘 알고 있다. 비극적 상황에 처해 있는 자가, 그것에 압도되어 정서적으로 하강하는 것이 아니라, 도리어 상황의 구속력을 뛰어넘어 보다 심원하고 풍부한 정서적 상태에 도달한다는 이 이론은, 물론 크나큰 역설이 아닐 수 없다.

임헌영은 위에서 소개한 에세이에서 비극과 카타르시스의 문제를 자신의 '감옥체험'과 결부시켜 설명하고 있다.

"나에게 비극은 진지하지도, 완결된 행동의 모방으로도, 쾌적한 장식의 언어로도 사용될 수 없는 지저분한 잡문 형식으로 다가왔다."

그 지저분한 잡문 형식이란, 1974년 박정희 정권에 의해 조작된 이른바 '문인간첩단 사건'이었다. 이 어처구니없는 비극적 상황 속에서, 당시 급진적 사회파 문학평론가였던 임헌영은 아리스토텔레스가 갈파했던 카타르시스 이론의 허구성을 발견한다.

그 자신의 삶이 지독하게 비극적인 정황에 처해 있고, 또 감옥에서 역시 비극적이기 그지없는 예수의 처형장면이나, 플라톤의 『파이돈』에 묘사되어 있는 소크라테스의 비극적 최후를 읽어나가도, 그놈의 카타르시스라는 것은 결코 체험되지도 이해되지도 않았다는 것이다. 임헌영은 그 상황을 이렇게 말하고 있다.

"결국 아리스토텔레스가 말하는 카타르시스는 비참하지도 않은 사람에게나 감동을 줄 수 있는 하찮은 것인가. 대체 문학이란 이렇게 무력한가라는 자책이 나를 때렸다. 온갖 비극들이 너무 웃기는 코미디 같았다."

문학이란 것이 그렇다. 그 자신이 비극의 일부일 때, 카타르시스는 불가능해진다. 최소한의 관조적 거리유지가 안 될 때, 미적 향수란 것은 불가능해지는 것이다. 지극한 생계난에 빠진 사람이, 그 사람의 상황과 완벽히 일치하는 드라마를 미적인 태도로 향수한다는 것은 불가능한 일인 것처럼.

오히려 감옥의 임헌영에게 카타르시스를 선사한 것은 엉뚱하게도, 일본의 퇴폐적인 사소설 작가인 다니자키 준이치로의 소설이었다.

"만약 이 작품을 평범한 일상생활 속에서 내가 읽었다면 팽개쳤을 것이다. 유미주의 따위가!라고 개탄했을 것이다. 그런데 이상하게도 그 추운 겨울 감방 안에서 얼어터진 발가락을 바늘로 찔러 죽은 시커먼 피를 짜내면서 읽었을 때 왜 그렇게도 내 영혼이 평온한 위안을 받았던가."

그 이유를 나는 이렇게 생각한다. 일상 속의 그가 완전한 '미적 결여상태'에 있었기 때문에, 오히려 미적인 것이 구원처럼 다가올 수 있었던 것이다. 역사 전체가 폐허나 야만상태에 처해지더라도, 인간은 아름다움을 통해서 자신의 추락한 영혼을 구원하는 끈질긴 관성을 갖고 있다. 인간은 극단의 상황 속에서도, 자신의 인간됨을 포기하지 않으며, 어처구니없게도 자꾸만 아름다움에 대해 상상하고 싶어 한다. 그렇게, 아름다움이 우리를 구원할 것이다.

'서재의 공화국'에 대한 몽상

일본의 문필가인 다치바나 다카시의 『나는 이런 책을 읽어 왔다』를 읽었다. 친구의 서가에 욕심 없이 꽂혀 있던 책인데, 아주 흥미로웠다. 요컨대 그것은 '책에 대한 책'이었고 '책과 관련된 추억에 바쳐진 책'이었다. 이 책에서 내게 가장 흥미로웠던 부분은 제3장의 '나의 서재-작업실론'이라는 부분이었다. "나는 20대 때 10년 동안 두세 평 남짓한 단칸방에서 살았다. 30대에는 방 두 개에 부엌이 딸린 집에서 살았다. 어쨌든 한 곳에서 평균 2년 이상은 살지 않았다." 이런 서술을 시작으로, 그는 자신의 '서재론'을 개성적으로 전개시키고 있다.

다치바나의 '서재론'을 읽으면서, 내가 생각한 것은 방학동에 자리잡고 있는 거의 난민촌과도 같은 내 자취방의 풍경이었다. 그 방의 구조는 지극히 단조롭다. 2개의 책꽂이가 있고, 소박한 컴퓨터 책상 위엔 주인을 닮아 제멋대로인 '낭만파' 컴퓨터가 한 대 있고, 방의 중앙엔 밥상이 하나 있다. 그리고 속이 텅 빈 냉장고가, 마치 정에 굶주린 삽살개처럼 설명하기 힘든 울음소리를 내고 있다. 구석자리엔 '사철 발 벗은' 이부자리가 무방비의 표정으로 펼쳐져 있다.

생각해보니, 내게는 책상이 없다. 책상이 없으니 책을 읽을 때면, 게으르게 눕는 것이 예비동작이다. 20대의 어느 시절에, 맨몸뚱이로 집을 나왔는데, 세월이 흐르다 보니 별수 없이 책들이 늘어났다.

잦은 이사 때문에 번거로워 가구를 사지 않았다. 하지만 늘어만 가는 책의 보관은 내게도 골칫거리였다. 그런 책을 무턱대고 사각의 벽에 쌓아 올렸다. 다락방이 있어 다행이었는데, 그곳 역시 책들의 피난처가 되었다. 그 난장판과도 같은 책들의 호위 속에서 글을 쓰고 책을 읽었다. 읽어야 할 책과 자료가 넘쳐났지만, 정리할 엄두를 내지 못했다. 이사를 할 때면 많은 책과 자료들이 버림받았다. 게다가 내가 방치하고 있는 책과 자료들은 '이산가족'의 처지에 빠져 있다. 집을 나오기 전, 차마 동행하지 못했던 '과거의' 책들이 내 본가가 있는 쌍문동의, 이제는 내 동생의 고적한 '흡연실'이 되어버린 내 방에 어리둥절하게 방치되어 있다.

내 거창한 꿈은 이 책들의 이산離散을 종결시켜, 기어이(?) 만나게 하는 것이다. 하지만 지금의 내 빈약한 '은행 잔고'는 그 꿈을 비웃고 있다. 글을 쓸 때마다 나는 어쩔 수 없이 분주해진다. 한참 글을 쓰고 있는데, 필요한 책이 본가에 있다는 것을 알게 되었을 때의 '가벼운 절망감'은, 분명 귀찮다는 느낌과는 다른 것이다. 마을버스를 타고 '왔다리갔다리' 하면서, 분주하게 책을 읽고 글을 쓰면서, 언젠가는 완전한 '서재의 공화국'을 건설하리라는 희망을 종종 품곤 한다. 그러나 이 난민과도 같은 책들의 처지는, 유랑을 멈추지 않는 내 정신의 은유처럼 느껴져, 서늘하다.

다치바나 다카시는 '서재론'의 끝에서, 자신이 커다란 책상을 구입했을 때의 즐거움을 말하고 있다. 내가 꿈꾸는 '서재의 공화국'이 실현되는 날, 나도 커다란 책상을 하나 살 작정이다.